风物图典注析

詩經

[春秋] 孔丘 编订
[宋] 马和之 绘
杨维清 注

北京燕山出版社
BEIJING YANSHAN PRESS

图书在版编目（CIP）数据

诗经：风物图典注析 / 杨维清注 . —— 北京：北京
燕山出版社 , 2021.5
　ISBN 978-7-5402-5297-7

　Ⅰ . ①诗… Ⅱ . ①杨… Ⅲ . ①《诗经》– 诗歌研究
Ⅳ . ① I207.222

中国版本图书馆 CIP 数据核字 (2018) 第 297612 号

诗经：风物图典注析

责任编辑：王亦言
插画绘制：鄂姿羽
装帧设计：沐希设计
出版发行：北京燕山出版社有限公司
社　　址：北京市丰台区东铁匠营苇子坑 138 号
邮　　编：100079
电话传真：86-10-65240430（总编室）
印　　刷：沈阳晟邦印刷包装有限公司
开　　本：889 × 1194　1/32
字　　数：420 千字
印　　张：14.5
版　　别：2021 年 5 月第 1 版
印　　次：2021 年 5 月第 1 次印刷
标准书号：ISBN 978-7-5402-5297-7
定　　价：79.80 元

出版说明

　　《诗经》是我国历史上第一部诗歌总集，收录了从西周初期（公元前 11 世纪）到春秋中叶（公元前 6 世纪）约 500 年间的305 篇诗。《风》160 篇，大都是各地民歌，表现了各地方的曲调风格。《雅》105 篇，均为朝廷乐歌。其中《大雅》31 篇，多为西周前期的诗，《小雅》74 篇，多为西周后期的诗。《颂》40 篇，主要为庙堂祭祀的乐歌。其中《周颂》31 篇，为周天子祭祀天地山河和先祖的诗。《鲁颂》4 篇，为鲁国贵族歌颂鲁僖公的诗。《商颂》5 篇，诗作题旨不详，古文派认为其为商代贵族祭祀先祖的诗，今文派则认为是春秋时宋国贵族歌颂宋襄公的诗。

　　《诗经》作为中国诗歌之发源，历代注解汗牛充栋，是研究中国古代天文、地理、历史、政治、经济、文化、生活、礼制、风俗等不可或缺的重要资料，时至今日仍然值得我们了解和学习。

　　为给读者呈现一本高品质的《诗经》，本书特选权威底本，对诗中出现的所有疑难字重新考证、注释，更从力求还原古韵的角度，对全诗注音。现将编辑原则介绍如下：

一、《诗经》原文，均用中华书局影印阮元十三经注疏本《毛诗正义》核校，其中明显为误字的，均已改正。如确非误字，为不同底本之差，则在注释中说明。如《鄘风·君子偕老》中"蒙彼绉絺，是绁袢也"，注"绁袢"时特加"唐代石经作'是绁袢也'"。

二、关于《诗经》词义的注解，以毛亨、郑玄为主。毛、郑不同者，参以朱熹《诗集传》为断，杂取高邮王氏父子《经义述闻》和《经传释词》、马瑞辰《毛诗传笺通释》、方玉润《诗经原始》等书。对于近代各家新解，本就争议巨大者，选取十分谨慎。

三、所有正文注音均采用《汉语拼音方案》中现代汉语普通话标准音。古字中存在异读，未经现代汉语普通话审音的，以《汉语大字典》和《王力古汉语词典》为主，或依反切法推为书面语标准音。

另全文中有同字异读的，只标注不常用的异读音，如"御"字在《召南·鹊巢》"之子于归，百两御之"中标为 yà，"莫"字在《齐风·东方未明》"不能辰夜，不夙则莫"中标为 mù；同一首诗中有同字异读的则分别标出。

四、全书字形以《通用规范汉字表》中简化字为准。规范汉字中无此义或异读的，字形仍按简化字处理，特在注释中注明繁体字或异体字字形。如《邶风·泉水》"载脂载辖，还车言迈"的"还"字，注为"还：旧作'還'，通'旋'，掉头"。

但简化后容易引起误读的，如"余"和"馀"、"仇"和"雠"、"于"和"於"等，均依诗义处理字形。

另全文中有《通用规范汉字表》外未简化的繁体字，依国务院 1986 年文件中"今后，对汉字的简化应持谨慎态度，使汉字的形体在一个时期内保持相对稳定"的指示精神，表外字不做类推简化处理，仍然保留繁体或异体字形。

五、《诗经》的题旨千年来众说纷纭，毛序以"德化"为宗，朱熹以"义理"为解，清代方玉润又提出还原"诗"的本来意义。本书解诗以方玉润《诗经原始》为主，参以《诗序》、孔颖达《毛诗正义》、朱熹《诗集传》、严粲《诗缉》、姚际恒《诗经通论》等，力求"汇百家、得真义"，为读者理解全诗提供最优参考。

六、为更好体现《诗经》中的古意，全书特收入南宋马和之所绘《小雅·鹿鸣之什图》《节南山之什图》《豳风图》《唐风图》《鲁颂三篇图》《周颂·清庙之什图》，以及宋高宗赵构手书《毛诗序》。

《诗经》是中国古典现实主义的源头，也是人类艺术殿堂中熠熠生辉的明珠，流传千年仍影响着每一个中国人。本书在编辑过程中力求校释明晰，注音准确，希望能献给读者一本经得起考验的优秀读本，使更多的人能领略《诗经》的魅力，但其中肯定也存有缺点错误，诚恳盼望方家不吝指正，十分感谢。

北京燕山出版社

国 风

目——录

雅

大　雅

颂

国风

《诗集传》云：风者，民俗歌谣之诗也。古帝王巡狩列国，令太史陈诗以观民风。可以知政治之得失，而考俗尚之美恶者，莫若乎风。于是采其善者，列于乐官，以时存肄，资观感而垂声教，用至广也。

周南

南，一说为地名，郦道元《水经注》引《韩诗序》说："南，国名也。其地在南郡、南阳之间。"方玉润《诗经原始》说："窃谓南者，周以南之地也。大略所采诗皆周南诗多，故命之曰'周南'。何以知其然耶？周之西为犬戎，北为豳，东则列国，惟南最广，而及乎江、汉之间。"成诗时间大抵在西周末、东周初年，周王室东迁前后。

关 雎 (jū)

乐得淑女以配君子也

　　这是一首描写古时贵族青年恋上采荇菜的女子，却始终"求之不得"，只能将恋爱与结婚的憧憬寄托于想象中的诗。闻一多《风诗类抄》："关雎，女子采荇于河滨，君子见而悦之。"

关关雎鸠[1] (jū jiū)，在河之洲[2]。
窈窕淑女[3] (yǎotiǎo)，君子好逑[4] (hǎo)。

参差荇菜[5] (xìng)，左右流之[6]。
窈窕淑女，寤寐求之[7] (wù mèi)。

求之不得，寤寐思服[8]。
悠哉悠哉[9]，辗转反侧[10]。

参差荇菜，左右采之[11]。
窈窕淑女，琴瑟友之[12]。

参差荇菜，左右芼之[13] (mào)。
窈窕淑女，钟鼓乐之 (yuè)。

[1]关关：水鸟鸣叫的声音。雎鸠：一说鱼鹰。《诗集传》："雎鸠，水鸟，状类凫鹥，今江淮间有之，生有定偶而不相乱。"

[2]洲：水中的陆地。

[3]窈窕：美好的样子。善心为窈，美状为窕。

[4]君子：这里指女子对男子的尊称。逑：配偶，匹也。

[5]参差：长短不齐的样子。荇菜：一种多年生的水草，叶子可以食用。

[6]流：选取，择取。

[7]寤寐：意为日日夜夜。

[8]思：语气助词，没有实义。服：思念。

[9]悠哉：长长的忧思。

[10]辗转反侧：卧不安眠。

[11]采：摘取。

[12]琴瑟：琴和瑟都是古时的弦乐器。友：爱。

[13]芼：采摘。

葛 覃
gé tán

因归宁而敦妇本也

这是一首描写少女身处异地，想要回家探望父母的诗，质朴地表达了少女对父母深切的感激和牵挂。方玉润《诗经原始》："盖此亦采之民间，与《关雎》同为房中乐，前咏初昏，此赋归宁耳。"

葛之覃兮[1]，施于中谷[2]，
维叶萋萋[3]。黄鸟于飞[4]，
集于灌木，其鸣喈喈[5]。

葛之覃兮，施于中谷，
维叶莫莫[6]。是刈是濩[7]，
为绤为绤[8]，服之无斁[9]。

言告师氏[10]，言告言归[11]。
薄污我私[12]，薄浣我衣[13]。
害浣害否[14]，归宁父母[15]。

[1] 葛：葛藤，一种多年生草本植物，纤维可以用来织布。覃：长长的。

[2] 施：蔓延。中谷：谷中，即山谷当中。

[3] 维：语气助词，相当于"其"。萋萋：茂盛的样子。

[4] 黄鸟：黄雀。另说为黄鹂。

[5] 喈喈：鸟儿鸣叫的声音。

[6] 莫莫：茂密的样子。

[7] 刈：用刀割。濩：煮。

[8] 绤：细布。绤：粗布。

[9] 服：做这事。无斁：心里不厌弃。

[10] 告：告假。师氏：女师，类似保姆。古者女师教以妇言、妇德、妇容、妇功。

[11] 归：指回娘家。

[12] 污：洗去污垢。私：内衣。

[13] 浣：洗涤。

[14] 害：何，什么。否：不。

[15] 归：回家。宁：使……安心。

卷 耳
juǎn

念行役而知妇情之笃也

　　这是一首表现思念，描写愁苦的诗，诗中妇人思念远行丈夫的感情真挚动人。戴震《诗经补注》："卷耳，感念于君子行迈之忧劳而作也。"

采采卷耳 [1]，不盈顷筐 [2]。
嗟我怀人 [3]，寘彼周行 [4]。
jiē　　　　　zhì　háng

陟彼崔嵬 [5]，我马虺隤 [6]。
我姑酌彼金罍 [7]，维以不永怀 [8]。
zhì cuī wéi　　huī tuí
léi

陟彼高冈，我马玄黄 [9]。
我姑酌彼兕觥 [10]，维以不永伤 [11]。
sì gōng

陟彼砠矣 [12]，我马瘏矣 [13]，
我仆痡矣 [14]，云何吁矣 [15]！
jū　　　　　tú
pū

[1] 采采：采了又采。卷耳：野菜名，又叫苍耳。

[2] 盈：满。顷筐：斜置的竹筐。

[3] 嗟：语气助词。怀：想，想念。

[4] 寘：放置。周行：大道。

[5] 陟：登上。崔嵬：高山。

[6] 虺隤：腿软的病。

[7] 姑：姑且。金罍：青铜酒杯。

[8] 维：语气助词，无实义。永怀：长久思念。

[9] 玄黄：马因病而毛色枯黄。

[10] 兕觥：犀牛角做成的大酒杯。

[11] 永伤：长久忧思。

[12] 砠：多土的石山。

[13] 瘏：马病不能进也。

[14] 痡：人病不能行也。

[15] 云：语气助词，没有实义。何：多么。吁：忧愁。

樛 木
jiū

祝所天也

　　这是一首祝福新郎的赞美诗，表达了作者对于婚姻的纯真向往和美好祝愿。李善注："言二草之托樛木，喻妇人之托夫家也。"

南有樛木[1]，葛藟累之[2]。
　　　　lěi
乐只君子，福履绥之[3]。
　　　　　suí

南有樛木，葛藟荒之[4]。
乐只君子，福履将之[5]。

南有樛木，葛藟萦之[6]。
　　　　　　yíng
乐只君子，福履成之[7]。

[1]樛木：向下弯曲的树木。

[2]葛藟：蔓草名。累：纠缠。

[3]福履：福禄。绥之：使之安定。

[4]荒：覆盖。

[5]将：扶助。

[6]萦：回旋缠绕。

[7]成：成就。

《陈风·东门之枌》

東門之枌

東門之枌疾亂也幽公淫荒風化
之兩行男女棄其舊業巫會於道
路歌舞於市井爾東門之枌宛丘
之栩子仲之子婆娑其下穀旦于
差南方之原不績其麻市也婆娑
穀旦于逝越以鬷邁視爾如荍貽
我握椒

螽 斯 {zhōng}

美多男也

　　这是一首祝愿别人多子多孙的诗。方玉润《诗经原始》："其措词亦仅借螽斯为比，未尝显颂君妃，亦不可泥而求之也。读者细咏诗词，当能得诸言外。"

螽斯羽[1]，诜诜兮[2]。{shēn}

宜尔子孙[3]，振振兮[4]。{zhēn}

螽斯羽，薨薨兮[5]。{hōng}

宜尔子孙，绳绳兮[6]。

螽斯羽，揖揖兮[7]。{jí}

宜尔子孙，蛰蛰兮[8]。{zhé}

[1]螽斯：蝗虫。羽：翅膀。

[2]诜诜：众多。

[3]宜：多。

[4]振振：繁盛。

[5]薨薨：很多虫飞的声音。

[6]绳绳：延绵不绝。一说为戒慎。

[7]揖揖：会聚。

[8]蛰蛰：聚多。

桃 夭

喜之子能宜室家也

这是一首贺新娘的诗,以盛开的桃花象征即将出嫁的女子,美嫁娶之时。姚际恒《诗经通论》:"桃花色最艳,故以取喻女子,开千古词赋咏美人之祖。"

桃之夭夭[1],灼灼其华[2]。

之子于归[3],宜其室家[4]。

桃之夭夭,有蕡其实[5]。

之子于归,宜其家室。

桃之夭夭,其叶蓁蓁[6]。

之子于归,宜其家人。

[1] 夭夭:少好貌。

[2] 灼灼:鲜艳貌。华:花。

[3] 之:这,这个。子:指出嫁的姑娘。

归:女子出嫁。

[4] 宜:和顺,和善。室家:指夫妇,家庭。

[5] 蕡:果实繁盛。

[6] 蓁蓁:树叶茂盛。

兔罝 jū

美猎士为王气所特钟也

这是一首赞美优秀猎人，希望他们能成为保家卫国的战士的诗。方玉润《诗经原始》："窃意此必羽林卫士，扈跸游猎，英姿伟抱，奇杰魁梧，遥而望之，无非公侯妙选。"

肃肃(sù)兔罝[1]，椓(zhuó)之丁丁(zhēng)[2]。

赳赳武夫[3]，公侯干(gān)城[4]。

肃肃兔罝，施于中逵(kuí)[5]。

赳赳武夫，公侯好仇(qiú)[6]。

肃肃兔罝，施于中林[7]。

赳赳武夫，公侯腹心[8]。

[1] 肃肃：密实貌。兔罝：捕兔的网。

[2] 椓：敲击。丁丁：敲击木桩的声音。

[3] 赳赳：威武的样子。

[4] 干城：干为盾牌，城为城郭，这里比喻坚强的护卫者。

[5] 逵：四通八达的路口。

[6] 仇：同"逑"，这里指助手。

[7] 施：设置、安放。中林：林中，树林里。

[8] 腹心：心腹，能尽忠的亲信。

芣苢
_{fú yǐ}

拾菜讴歌，欣仁风之和<ruby>畅<rt>chàng</rt></ruby>也

这是一首农妇采摘时哼唱的短歌。方玉润《诗经原始》："夫佳诗不必尽皆征实，自鸣天籁，一片好音，尤足令人低回无限。读者试平心静气，涵咏此诗，恍听田家妇女，三三五五，于平原绣野、风和日丽中群歌互答，余音袅袅，若远若近，忽断忽续，不知其情之何以移而神之何以旷。"

采采芣苢^[1]，薄言采之^[2]。

采采芣苢，薄言有之^[3]。

采采芣苢，薄言掇之^[4]。
_{duō}

采采芣苢，薄言捋之^[5]。
_{luō}

采采芣苢，薄言袺之^[6]。
_{jié}

采采芣苢，薄言襭之^[7]。
_{xié}

[1]芣苢：植物名称，即车前子，其籽可作药用。

[2]薄言：发语词，含劝勉之意。采：采摘。

[3]有：取。

[4]掇：拾取。

[5]捋：从植物根茎上成把摘取。

[6]袺：用手捏着衣襟兜东西。

[7]襭：把衣襟别在腰间兜东西。

汉 广

江干樵唱，验德化之广被也

　　这是一首纯洁的情诗，全诗充满了对喜爱的人由衷的仰慕，以及因得不到而深深地感叹。陈启源《毛诗稽古编》："夫说之必求之，然惟可见而不可求，则慕悦益至。"

南有乔木[1]，不可休^{xiū}思[2]。

汉有游女[3]，不可求思[4]。

汉之广矣[5]，不可泳思[6]，

江之永矣[7]，不可方思[8]。

翘翘^{qiáo}错薪[9]，言刈^{yì}其楚[10]。

之子于归，言秣^{mò}其马[11]。

汉之广矣，不可泳思，

江之永矣，不可方思。

翘翘错薪，言刈其蒌^{lóu}[12]。

之子于归，言秣其驹^{jū}[13]。

汉之广矣，不可泳思，

江之永矣，不可方思。

[1] 南：南边。乔木：高耸的树木。

[2] 休：在树下停靠、休息。思：语气助词，没有实义。

[3] 汉：指汉水。游女：在汉水岸上出游的女子。

[4] 求：追求。

[5] 广：宽广。

[6] 泳：泅渡。

[7] 江：指长江。永：长。

[8] 方：渡河的木排。这里指乘筏渡河。

[9] 翘翘：树枝支出的样子。错薪：杂乱的柴草。古者嫁娶以薪为火把，故析薪、束薪均代指新婚。

[10] 刈：割。楚：灌木的名称，即荆条。

[11] 秣：喂马。

[12] 蒌：蒿草。

[13] 驹：小马。

《陈风·衡门》

衡门诱僖公也愿而无立志故作

是诗以诱掖其君也衡门之下可

以栖迟泌之洋洋可以乐饥岂其

食鱼必河之鲂岂其取妻必齐之

姜岂其食鱼必河之鲤岂其取妻

必宋之子

衡门

汝坟 (rǔ)

南国归心也

这是一首思妇的诗。女子在汝水旁边砍柴时，突然思念起了远方的丈夫，并且想象已经见到了丈夫，对丈夫并没有抛弃她感到欣慰。方玉润《诗经原始》："汝旁诸国，去周尤近，故首先向化，归心愈亟，唯恐其弃予如遗耳。"

遵彼汝坟[1]，伐其条枚[2]。

未见君子，惄如调饥[3] (nì)。

遵彼汝坟，伐其条肄[4] (yì)。

既见君子，不我遐弃[5] (xiá)。

鲂鱼赪尾[6] (fáng chēng)，王室如燬[7] (huǐ)。

虽则如燬，父母孔迩[8] (ěr)。

[1] 遵：循，沿着。汝：汝水，淮河的支流。坟：旧作"墳"，堤岸。

[2] 条枚：树枝叫条，树干叫枚。

[3] 惄：饥饿，或作忧思。调饥：《鲁诗》作"朝饥"，指早上饥饿思食。此句指未见君子之时，如朝饥之思食。

[4] 肄：树枝砍后再生的小枝。

[5] 遐弃：远离。

[6] 赪尾：红色的尾巴。

[7] 燬：烈火焚烧。

[8] 孔：甚。迩：近。此句指虽国家有难，但近在身旁的父母也需要你。

麟之趾

美公族龙种尽非常人也

这是一首赞美贵族子孙的高贵、仁厚、繁盛的诗。姚际恒《诗经通论》："盖麟为神兽，世不常出，王之子孙亦各非常人，所以兴比而叹美之耳。"

麟之趾 [1]，振振公子 [2]，

于嗟麟兮 [3]！

麟之定 [4]，振振公姓 [5]，

于嗟麟兮！

麟之角，振振公族 [6]，

于嗟麟兮！

[1] 麟：麒麟。趾：蹄。

[2] 振振：仁厚貌。公子：诸侯的儿子。

[3] 于嗟：叹词，相当于"啊""呀"。

[4] 定：额头。

[5] 公姓：诸侯的孙子。

[6] 公族：诸侯的宗族子弟。

召南

_{shào}

　　召，地名，与周邑皆在岐山阳，故南面地方最广。武王得天下后，
封旦于周，封奭于召，以为采邑，周、召二公之号由此起。其所采民间
_{shì}
歌谣，一些与召公有关，一些无关，因均为召地以南之诗，故谓之《召南》。
另说周地、召地近周朝帝都，受文王之化最深，故居《诗经》之首也。

鹊 巢

这是一首赞美新娘、祝愿她婚后幸福的诗歌。方玉润《诗经原始》："窃意《鹊巢》自喻他人成室耳，鸠乃取譬新昏人也。盖新昏者必治室……诗人既美其宫室之富，又颂其子妇之贤，亦未可知。"

维鹊有巢[1]，维鸠居之[2]，

之子于归，百两御之[3]。

维鹊有巢，维鸠方之[4]。

之子于归，百两将之[5]。

维鹊有巢，维鸠盈之[6]。

之子于归，百两成之[7]。

[1] 维：发语词，没有实义。鹊：喜鹊。

[2] 鸠：布谷鸟，传说布谷鸟不筑巢。居：居住。

[3] 两：同"辆"。百两：很多车辆。御：迎接。

[4] 方：占有，占据。

[5] 将：护送。

[6] 盈：满，充满。

[7] 成：完成了结婚的仪式。

采 蘩
fán

夫人亲蚕事于公宫也

　　这首诗描写了蚕妇们为公侯采白蒿养蚕的生动画面。《礼记·祭仪》："古者天子诸侯必有公桑蚕室，近川而为之，筑宫仞有三尺，棘墙而外闭之。"

于以采蘩[1]？于沼于沚[2]。

于以用之[3]？公侯之事[4]。

于以采蘩？于涧之中[5]。

于以用之？公侯之宫[6]。

被之僮僮[7]，夙夜在公[8]。

被之祁祁[9]，薄言还归[10]。

[1] 于以：到哪里去。蘩：白蒿。

[2] 沼：池。沚：水塘。

[3] 用之：使用它。

[4] 事：蚕事。

[5] 涧：山间水道。

[6] 宫：蚕室。

[7] 被：通"髲"，用假发编的头饰。僮僮：首饰盛美的样子。代指蚕妇众多。

[8] 夙夜：早晚。公：公桑，君主的桑田。

[9] 祁祁：从容不迫。一说为服饰盛美。

[10] 薄言：语助词，放在动词之前，无实义。还：旧作"還"，同"旋"，随即。归：回家去。

草　虫

思君念切也

　　这是一位痴情女子在等待夫君行役归来时所唱之诗。戴震《诗经补注》："草虫，感念君子行役之诗也。"

yāo
喓喓草虫^[1]，趯趯阜螽^[2]。
chōng
未见君子，忧心忡忡^[3]。
gòu
亦既见止^[4]，亦既觏止^[5]，
我心则降^[6]。

jué
陟彼南山，言采其蕨^[7]。
chuò
未见君子，忧心惙惙^[8]。
亦既见止，亦既觏止，
yuè
我心则说^[9]。

陟彼南山，言采其薇。
未见君子，我心伤悲。
亦既见止，亦既觏止，
yí
我心则夷^[10]。

[1] 喓喓：昆虫鸣叫的声音。草虫：蝈蝈。

[2] 趯趯：昆虫跳跃的样子。阜螽：蚱蜢。

[3] 忡忡：心神不定。

[4] 止：语气助词，没有实义。

[5] 觏：相逢，遇见。

[6] 降：放下。

[7] 言：第一人称代词，我。蕨：一种野菜，可食用。

[8] 惙惙：忧愁的样子。

[9] 说：同"悦"，高兴。

[10] 夷：平静，安定。

采 蘋
pín

女将嫁而教之，以告于其先也

这是一首描写少女祭祀祖先的诗。《礼记·昏义》："古者妇人先嫁三月，祖庙未毁，教于公宫，祖庙即毁，教于公室。教以妇德、妇言、妇容、妇功。教成之祭，牲用鱼，芼之以蘋藻，所以成妇顺也。"

于以采蘋^[1]？南涧之滨^[2]。
pín

于以采藻^[3]？于彼行潦^[4]。
lǎo

于以盛之^[5]？维筐及筥^[6]。
chéng　　　　　　　jǔ

于以湘之^[7]？维锜及釜^[8]。
　　　　　qí　fǔ

于以奠之^[9]？宗室牖下^[10]。
diàn　　　　yǒu

谁其尸之^[11]？有齐季女^[12]。
shī　　　　zhāi

[1] 于以：在哪里。蘋：水生植物，可食。

[2] 滨：水边。

[3] 藻：一种水草，可食。

[4] 潦：雨水，也解作积水。行潦：聚积的雨水。《毛传》解为山涧中的流水。

[5] 于以盛之：用什么来装它？

[6] 筐：方筐。筥：圆箩。

[7] 湘：煮。

[8] 锜：三只脚的锅。釜：无脚的锅。

[9] 奠：放置祭品。

[10] 宗室：代指祠堂、宗庙。牖：朝南的窗户。

[11] 尸：主持祭祀。

[12] 齐：同"斋"，祭祀前洁身以示虔敬。季女：少女。

甘 棠
t
甘 棠[táng]

思召伯也

　　这是一首人民纪念召伯的诗。召伯是周宣王的大臣，曾辅助周宣王攻伐南部的淮夷，立下大功。方玉润《诗经原始》："愚谓召伯之政，其浃人心，深入肌髓者，固非一时一事。而人之所以珍重爱惜，而独不忍伤此甘棠树者，必其当日劝农教稼，或尽力沟洫时，尝出而憩止其下。"

蔽芾甘棠[1]，勿翦勿伐[2]，
　召伯所茇[3]。
[shào bì fèi jiǎn bá]

蔽芾甘棠，勿翦勿败[4]，
　召伯所憩[5]。
[qì]

蔽芾甘棠，勿翦勿拜[6]，
　召伯所说[7]。
[shuì]

[1]蔽芾：树木茂盛的样子，一说为幼小的样子。甘棠：落叶乔木，果实甜美。

[2]翦："剪"，意思是剪断。

[3]茇：草屋，这里是指在草屋中居住。

[4]败：破坏，摧毁。

[5]憩：休息。

[6]拜：拔除。

[7]说：同"税"，止息。

《豳风·七月》

献羔于公五月斯螽动股六月莎
鸡振羽七月在野八月在宇九月
在户十月蟋蟀入我床下穹窒熏
鼠塞向墐户我妇子曰为改岁
入此室处六月食郁及薁七月亨
葵及菽八月剥枣十月穫稻为此
春酒以介眉寿七月食瓜八月断
壶九月叔苴采荼薪樗食我农夫
九月筑场圃十月纳禾稼黍稷重
穋禾麻菽麦嗟我农夫我稼既同
上入执宫功昼尔于茅宵尔索綯
亟其乘屋其始播百谷二之日凿
冰冲冲三之日纳于凌阴四之日
其蚤献羔祭韭九月肃霜十月涤
场朋酒斯飨曰杀羔羊跻彼公堂
称彼兕觥万寿无疆

七月

幽七月

毛詩國風
七月陳王業也周公遭變故陳后
稷先公風化之所由致王業之艱
難也七月流火九月授衣一之日
觱發二之日栗烈無衣無褐何以
卒歲三之日于耜四之日舉趾同
我婦子饁彼南畝田畯至喜七月
流火九月授衣春日載陽有鳴倉
庚女執懿筐遵彼微行爰求柔桑
春日遲遲采蘩祁祁女心傷悲殆
及公子同歸七月流火八月萑葦
蠶月條桑取彼斧斨以伐遠揚猗
彼女桑七月鳴鵙八月載績載玄
載黃我朱孔陽為公子裳四月秀
葽五月鳴蜩八月其穫十月隕蘀
一之日于貉取彼狐貍為公子裘
二之日其同載纘武功言私其豵

行 露

贫士却昏以远嫌也

　　这是一首拒婚的诗，虽然对方可以将其诉讼，可以将其送进牢房，但主人公一点也没有屈服。朱熹《诗集传》："不为强暴所污者，自述己志，作此诗以绝其人。"

yì yì
厌浥行露[1]，岂不夙夜[2]，

谓行多露[3]。

谁谓雀无角[4]，何以穿我屋[5]？

谁谓女无家[6]？何以速我狱[7]。

虽速我狱[8]，室家不足[9]。

谁谓鼠无牙，何以穿我墉[10]？

谁谓女无家，何以速我讼[11]？

虽速我讼，亦不女从[12]。

[1]厌浥：潮湿的样子。行露：道路上的露水。行：道路。

[2]夙夜：这里指天没亮的时候，有早起的意思。

[3]谓：同"畏"，畏惧、担忧。

[4]谁谓：谁说，谁认为。角：喙，鸟的嘴。

[5]何以：以何，用什么、怎么。穿：啄穿。

[6]女：同"汝"，你。无家：没有家室。这里指尚未婚配。

[7]何以：为何，为什么。速：招致。狱：诉讼，打官司。

[8]虽：虽然、即使，表示假设、让步。

[9]室家不足：男子娶妻为有室，女子婚配为有家。此指结婚的理由不足。

[10]墉：墙，墙壁。

[11]讼：诉讼，官司。

[12]亦不女从：宾语前置，即也不从女（汝）。

羔 羊

美召伯俭而能久也

这首诗赞美了古代廉洁清正的官员们。方玉润《诗经原始》："夫一裘而五缝之，仍不肯弃，非节俭何？晏子一狐裘三十年，人称俭德，载在《礼经》，其是之谓乎？"另说其诗讽刺统治阶级官僚。崔述《读风偶识》："为大夫者夙兴夜寐，扶弱抑强，犹恐有覆盆之未照……若无所事事者，百姓将何望焉？……明系太平日久，诸事皆废弛之象。"

羔羊之皮[1]，素丝五纪[2]（tuó）。

退食自公[3]，委蛇委蛇[4]（wēi yí）！

羔羊之革[5]，素丝五緎[6]（yù）。

委蛇委蛇！自公退食[7]。

羔羊之缝[8]（fèng），素丝五总[9]，

委蛇委蛇！退食自公。

[1] 羔羊：小曰羔，大曰羊。

[2] 素：白颜色。纪：丝线数，五根丝线为一纪。此处为缝合意。

[3] 退食自公：吃完公饭回家。

[4] 委蛇：神态从容自得。

[5] 革：袍的里面，与上文"皮"相对。

[6] 緎：四纪为一緎。此处为缝合意。

[7] 自公退食：同"退食自公"。

[8] 缝：皮与皮的缝隙，即缝合处。

[9] 总：四緎为一总。此处亦为缝合之意。

léi
殷其靁

讽众士以归周也

　　这是一首妇女思夫的诗，描写一位妇女思念在外的丈夫，期盼丈夫早日回家的心情。还有一说引自方玉润《诗经原始》："所谓南山者，岐周地近终南，故每以为咏耳。当时文王政令方新，天下闻声向慕，有似雷发殷殷，群蛰启户。故诗人借以起兴，而其振兴起舞之意，则有不胜其来归恐后之心焉。"

殷其靁[1]，在南山之阳[2]。

何斯违斯[3]，莫敢或遑[4]？

振振君子[5]，归哉归哉[6]！

殷其靁，在南山之侧[7]。

何斯违斯，莫敢遑息[8]？

振振君子，归哉归哉！

殷其靁，在南山之下。

何斯违斯，莫敢遑处[9]？

振振君子，归哉归哉！

[1] 殷：雷声。靁：雷的古字。

[2] 阳：山的南边。

[3] 何斯：此时也。违斯：此地也。

[4] 莫敢：不敢。或：有。遑：空闲。

[5] 振振：仁厚貌。

[6] 归哉归哉：回来吧，回来吧。

[7] 侧：两边、两旁。

[8] 遑息：有闲暇休息。

[9] 处：居住。

摽有梅

biào

讽君相求贤也

这是一首反映女子适婚待嫁的诗。女子自比树上快要成熟的梅子，以梅子成熟反映女子强烈期盼爱情的心情。另有方玉润《诗经原始》："虽然，士之遇与不遇亦何足虑，而特如需材孔亟之世也何哉？诗人有念于此，故作诗以讽当时在位，使勿再事优游而有遗珠之憾云尔。"

摽有梅[1]，其实七兮[2]。

求我庶士[3]，迨其吉兮[4]？
shù　　dài

摽有梅，其实三兮。

求我庶士，迨其今兮[5]？

摽有梅，顷筐塈之[6]。
jì

求我庶士，迨其谓之[7]。

[1] 摽：落下，坠落。有：助词，没有实义。梅：梅树，果实就是梅子。

[2] 七：七成。指树上果实还有七成未落。

[3] 庶：众，多。士：指年轻的未婚男子。

[4] 迨：及也，趁着。吉：吉日。

[5] 今：今日，现在。

[6] 顷筐：斜置的筐。塈：拾取。

[7] 谓：以言相告。另有马瑞辰《通释》："谓，'会'假借字。仲春男女相会。"

《豳风·东山》

小 星

小臣行役自甘也

　　此诗描写一个官职低下的小吏出差赶路，自叹命运不济的诗。另有方玉润《诗经原始》："嗟嗟！用人而苟得其平，则虽废弃终身，犹不敢怨，况于役乎？此诗虽以命自委，而循分自安，毫无怨怼词，不失敦厚遗旨，故可风也。"

嘒
嘒彼小星[1]，三五在东[2]。

肃
肃肃宵征[3]，夙夜在公，

寔
寔命不同[4]。

　　　　　shēn mǎo
嘒彼小星，维参与昂[5]。

　　　qīn chóu
肃肃宵征，抱衾与裯[6]，

寔命不犹[7]。

[1]嘒：微光闪闪。

[2]三五：用数字表示星星的稀少。

[3]肃肃：奔走忙碌的样子。宵：夜晚。征：行走。

[4]寔：此，是。

[5]维：语气助词，没有实义。参、昂：西方的星宿名。

[6]衾：被子。裯：被单。

[7]犹：同，一样。

江有汜 (sì)

这是一首为夫所弃的女子自我排解的诗。闻一多《诗经通义》："妇人盖以水喻其夫，以水道自喻，而以水之旁流枝出，喻夫之情爱别有所归。"

江有汜，之子归，不我以[1]；
不我以，其后也悔[2]。

江有渚(zhǔ)，之子归，不我与[3]；
不我与，其后也处(chǔ)[4]。

江有沱(tuó)，之子归，不我过[5]；
不我过，其啸(xiào)也歌[6]。

[1] 汜：江水分岔流出重又退回江里。之子：指丈夫。归：回家，与前面江水流出又回相呼应。不我以：不用我，不需要我。

[2] 其后也悔：想必以后会悔过。其：副词，表推测。也：句中语气词。

[3] 渚：水中的小沙洲。不我与：不同我交往。

[4] 处：同居。指以后会和我生活，与上文以后会悔过相呼应。

[5] 沱：江水的支流。不我过：不到我这里来。

[6] 啸：吹口哨。怡然自得意。

野有死麇
jūn

拒招隐也

　　这是一首描写青年男女相爱，野外幽会的诗。另有方玉润《诗经原始》："愚意此必高人逸士抱璞怀贞，不肯出而用世，故托言以谢当世求才之贤也。"

野有死麇[1]，白茅包之[2]。
máo

有女怀春[3]，吉士诱之[4]。

林有朴樕[5]，野有死鹿。
pú sù

白茅纯束[6]，有女如玉。
tún

舒而脱脱兮[7]，无感我帨兮[8]，
tuì　　　　hàn shuì

无使尨也吠[9]。
máng fèi

[1]麇：獐子，与鹿相似，没有角。与下文鹿、朴樕具为聘礼。

[2]白茅：一种白而软的草，可用以包裹。

[3]怀春：对异性产生爱慕。

[4]吉士：古时对男子的美称。诱：追求。

[5]朴樕：小树。

[6]纯：包裹。束：捆扎。

[7]舒：慢慢的，轻柔的。脱脱：徐缓的样子。

[8]感：同"撼"，意思是动摇。帨：女子系在腹前的佩巾，如今之围裙。

[9]尨：长毛狗，多毛狗。

何彼襛矣
_{nóng}

讽王姬车服渐侈也

　　这首诗描写了齐侯嫁（娶）女的场面。方玉润《诗经原始》："此诗所咏，虽未必即于淫泆，然以视周初全盛时，则德意亦渐侈。编《诗》微意，固有在欤！"

何彼襛矣[1]？唐棣之华[2]。
曷不肃雍[3]？王姬之车[4]。

何彼襛矣？华如桃李[5]。

平王之孙，齐侯之子。

其钓维何？维丝伊缗[6]。

齐侯之子，平王之孙。

[1] 襛：亦作"秾"，草木茂盛。

[2] 唐棣，即"棠棣"，李树的一种。华：即花。

[3] 肃：庄重。雍：和谐。

[4] 王姬：君主的女儿。

[5] 华：如桃李之花。

[6] 伊：作为。缗：钓鱼的绳线。

《豳风·九罭》

驺 虞

zōu yú

猎不尽杀也

本诗描绘了猎人射杀野猪的场面，赞美了猎人的高超本领。方玉润《诗经原始》："田猎之礼，天子不合围，诸侯不掩群，亦不过猎不尽物，物不尽杀之意也云尔。"

彼茁者葭[1]，壹发五豝[2]。

于嗟乎驺虞[3]！

彼茁者蓬[4]，壹发五豵[5]。

于嗟乎驺虞！

[1] 茁：草木初生壮盛的样子。葭：初生的芦苇。

[2] 发：射箭出去。豝：母野猪。

[3] 于嗟：感叹词。驺虞：指猎人。

[4] 蓬：蒿草。

[5] 豵：小野猪。

邶风

bèi

邶、鄘yōng、卫均为殷商之卫地。武王克商，分割朝歌城，北谓之邶，南谓之鄘，东谓之卫，以封诸侯。邶、鄘后何时并入于卫，诸家均未详。

柏 舟

贤臣忧谗悯乱，而莫能自远也

　　这是一首女子因不被丈夫宠爱，见侮于众妾的诗。另有方玉润《诗经原始》："今观诗词固非妇人语，然亦无一语及卫事，不过贤臣忧谗悯乱而莫能自远之辞，安知非即邶诗乎？"

泛彼柏舟[1]，亦泛其流[2]。

耿耿不寐[3]，如有隐忧[4]。

微我无酒[5]，以敖以游[6]。

我心匪鉴[7]，不可以茹[8]。

亦有兄弟，不可以据[9]。

薄言往愬[10]，逢彼之怒[11]。

我心匪石，不可转也。

我心匪席，不可卷也。

威仪棣棣[12]，不可选也[13]。

忧心悄悄[14]，愠于群小[15]。

觏闵既多[16]，受侮不少[17]。

静言思之，寤辟有摽[18]。

日居月诸[19]，胡迭而微[20]？

心之忧矣，如匪浣衣[21]。

静言思之，不能奋飞。

50

[1]泛：在水面上漂浮。柏舟：柏木制成的小船。

[2]流：水流的中间。

[3]耿耿：忧愁不安的样子。寐：睡着。

[4]隐忧：内心深处的痛苦。

[5]微：非，不是。

[6]敖：同"遨"，出游。意为此忧非饮酒、出游所能解。

[7]匪：非、不是。鉴：镜子。另说为承接露水的礼器。

[8]茹：容纳，包容。意为我的心不是什么都能容下的。

[9]据：依靠。

[10]薄言：语气助词。愬：同"诉"，告诉，倾诉。

[11]逢：碰上、遇到。

[12]威仪：容貌举止。棣棣：雍容娴雅的样子。

[13]选：旧作"選"，通"算"，数。

[14]悄悄：心里忧愁的样子。

[15]愠：心里动怒。群小：众多奸邪的小人。

[16]觏：遭遇，遭受。闵：痛苦忧伤。

[17]受侮：遭受侮辱。

[18]寤：醒来，辟：同"擗"，捶胸。摽：捶胸的样子。

[19]居、诸：语气助词，没有实义。意为太阳和月亮啊!

[20]胡：为什么。迭：交替。微：昏暗无光。

[21]如匪浣衣：就像没有洗的衣服。

绿 衣

卫庄姜伤嫡妾失位也

　　这首诗是一位丈夫为了怀念妻子所作。闻一多《诗经通义》："绿衣，感旧也。妇人无过被出，非其夫所愿。他日，夫因衣妇旧所制衣，感而思之，遂作此诗。"

绿兮衣兮，绿衣黄里 [1]。

心之忧矣，曷维其已 [2]！

绿兮衣兮，绿衣黄裳。

心之忧矣，曷维其亡 [3]！

绿兮丝兮，女所治兮 [4]。

我思古人 [5]，俾无訧兮 [6]！

绤兮绤兮 [7]，凄其以风 [8]。

我思古人，实获我心！

[1] 里：衣服的里衬。上曰衣，下曰裳。

[2] 曷：什么时候。维：语气助词，没有实义。已：止息，停止。

[3] 亡：用作"忘"，忘记。

[4] 女：同"汝"，你。治：纺织。

[5] 古人：故人，这里指诗人之妻。

[6] 俾：使。訧：同"尤"，过错。

[7] 绤：细葛布。绤：粗葛布。

[8] 凄：寒意，凉意。

燕 燕

卫庄姜送归妾也

这是一首描写女子出嫁的诗。毛序说这是春秋初年卫庄姜送归妾的诗,方玉润据《左传》从其言。《列女传·母仪篇》说这是卫定姜之子死后,定姜送其子妇归国的诗。

燕燕于飞[1],差池其羽[2]。

之子于归,远送于野[3]。

瞻望弗及[4],泣涕如雨。

燕燕于飞,颉之颃之[5]。

之子于归,远于将之[6]。

瞻望弗及,伫立以泣。

燕燕于飞,下上其音[7]。

之子于归,远送于南。

瞻望弗及,实劳我心[8]。

仲氏任只[9],其心塞渊[10]。

终温且惠[11],淑慎其身[12]。

先君之思,以勖寡人[13]。

[1] 燕:燕子,一说崔。于:助词,无实义。

[2] 差池:参差,长短不齐的样子。

[3] 远送于野:远远地送到郊野。

[4] 瞻望:远望。弗及:达不到。

[5] 颉:鸟飞向上。颃:鸟飞向下。

[6] 将:送。意为"将之于远"。

[7] 下上其音:声音忽高忽低。

[8] 劳:忧愁。

[9] 仲:排行第二。任:信任。只:语气助词,没有实义。

[10] 塞:秉性诚实。渊:深。

[11] 终……且:既……又。

[12] 淑:善良。慎:小心、谨慎。

[13] 勖:勉励。

《唐风·山有枢》

日 月

卫庄姜伤己不见答于庄公也

　　这是一首被抛弃的女子申诉不满的诗。《毛序》以为是卫庄姜被庄公遗弃后之作。方玉润《诗经原始》："一诉不已，乃再诉之；再诉不已，更三诉之；三诉不听，则惟有自呼父母而叹其生我之不辰。"

日居月诸[1]，照临下土[2]。

乃如之人兮[3]，逝不古处[4]。

胡能有定[5]，宁不我顾[6]。

日居月诸，下土是冒[7]。

乃如之人兮，逝不相好[8]。

胡能有定？宁不我报[9]。

日居月诸，出自东方。

乃如之人兮，德音无良[10]。

胡能有定？俾也可忘[11]。
bǐ

日居月诸，东方自出。

父兮母兮，畜我不卒[12]。
zú

胡能有定？报我不述[13]。

[1]居、诸：语气助词，没有实义。

[2]下土：在下面的地方，大地。

[3]乃如：可是像。之人：这个人。

[4]逝：语气词，没有实义。不：不能。古处：像从前那样相处。

[5]胡：何时、怎么。 定：停止，止息。

[6]宁：为何。我顾：顾我，思念我。

[7]冒：覆盖，普照。

[8]相好：和我交好。

[9]报：理会，搭理。

[10]德音：言词动听。无良：行为不善。意只说不做。

[11]俾：使。意让我忘了吧。

[12]畜：同"慉"，此处意为养育。卒：终。指父母不能一直养我在身边。

[13]述：依照，如常。指不能像往常一样对待我。

终 风

这首诗是一个妇女在被丈夫嘲弄后，感觉自己所托非人的内心独白。朱熹《诗集传》："庄公之为人狂荡暴疾，庄姜盖不忍斥言之，故但以终风且暴为比。"

终风且暴[1]，顾我则笑。
谑浪笑敖[2]（xuè……dào），中心是悼[3]。

终风且霾[4]（mái），惠然肯来[5]。
莫往莫来，悠悠我思[6]。

终风且曀，不日有曀[7]（yì）。
寤言不寐[8]，愿言则嚏[9]（tì）。

曀曀其阴，虺虺其雷[10]（huǐ）。
寤言不寐，愿言则怀[11]。

[1] 终……且：既……又。暴：迅疾，引为疾雨。

[2] 浪：放荡。敖：同"傲"，傲慢。

[3] 中心：心中。悼：悲伤，痛苦。

[4] 霾：尘暴。

[5] 惠然：顺。引为顺心。肯：愿意。

[6] 悠悠：忧思不已的样子。

[7] 不日：不到一日。有：通"又"。曀：天气阴沉。

[8] 寤：醒。言：连词，而。

[9] 愿：思念，想念。嚏：喷嚏。一说为"疐"，难言。

[10] 虺虺：雷声。

[11] 怀：思念。李光地解作"怀抱"。

57

《唐风 · 有杕之杜》

击 鼓

卫戍卒思归不得也

这是戍边的普通战士的内心独白。方玉润《诗经原始》："言此行虽远而苦，然不久当归，尚堪与子共期偕老，以乐承平。不意诸军悉回，我独久戍不归。"

击鼓其镗^{tāng} [1]，踊跃用兵 [2]，
土国城漕^{cáo} [3]，我独南行。

从孙子仲 [4]，平陈与宋 [5]，
不我以归，忧心有忡^{chōng}。

爰^{yuán}居爰处 [6]，爰丧其马，
于以求之，于林之下。

死生契阔^{qiè} [7]，与子成说 [8]，
执子之手，与子偕老。

于嗟阔兮 [9]，不我活兮，
于嗟洵兮^{xún} [10]，不我信兮 [11]！

[1] 镗：击鼓的声音。

[2] 兵：刀枪等武器。

[3] 土国：负责挑填混土的工作。漕：卫国城市。

[4] 孙子仲：人名，统兵的主帅。

[5] 平：调解两国纷争。

[6] 爰：于。在何处。

[7] 契阔：合与分。《毛传》作"勤苦"。

[8] 成说：预先约定的话。

[9] 于嗟：感叹词。阔：远离，距离远。

[10] 洵：久远，时间远。

[11] 信：守信，守约。

凯 风

孝子自责以感母心也

这是一首子女赞扬母爱，并深深自责的诗。方玉润《诗经原始》："夫七子自责，而母心遂安，子固称孝，母亦不得谓为不贤也。"

凯风自南[1]，吹彼棘心[2]。
棘心夭夭[3]，母氏劬劳[4]。

凯风自南，吹彼棘薪。
母氏圣善，我无令人[5]。

爰有寒泉，在浚之下[6]。
有子七人，母氏劳苦。

睍睆黄鸟[7]，载好其音。
有子七人，莫慰母心。

[1]凯风：催生万物的南风。此处比喻母爱。

[2]棘：酸枣树。心：初芽。

[3]夭夭：苗壮茂盛的样子。

[4]劬：辛苦。

[5]令：善，美好。意指母亲明理贤淑，我们却没做到。

[6]浚：卫国的地名。

[7]睍睆：美好貌。

雄 雉
zhì

期友不归，思以共勖也

　　这是一首妇女思念远役丈夫的诗。另有方玉润《诗经原始》："雄雉，期友不归，思而共勖也。首章言远行乃自取。次言怀想之至。三章难来之故。末期自勉，亦可共勖。"

雄雉于飞 [1]，泄泄其羽 [2]。
yì

我之怀矣，自诒伊阻 [3]。
yì

雄雉于飞，下上其音。

展矣君子 [4]，实劳我心。

瞻彼日月，悠悠我思。

道之云远，曷云能来 [5]。

百尔君子 [6]，不知德行。

不忮不求 [7]，何用不臧 [8]。
zhì

[1] 雉：野鸡。

[2] 泄泄：飞得很慢的样子。引申为自得意。

[3] 诒：同"贻"，赠送。伊：语气助词，没有实义。阻：忧愁。朱熹解作"阻隔"。

[4] 展：诚实。

[5] 云：语气助词，没有实义。

[6] 百：全部，所有。

[7] 忮：《毛诗》作"害"，引申为"嫉恨、嫉妒"。求：贪心。

[8] 臧：善，好。意为不嫉妒不贪心，则无往而不利。

匏有苦叶
páo

刺世礼仪渐灭也

本诗为一位少女在岸边等待心仪男子时所吟唱的诗。另有方玉润《诗经原始》："诗人之意，未必专刺宣公，亦未必非刺宣公。因时感事，触物警心，风诗义旨，大都如是。故谓之刺世也可，谓之刺宣公也亦可；谓之警世也可，即谓之自警也，亦无不可。"

匏有苦叶[1]，济有深涉[2]。

深则厉[3]，浅则揭[4]。
qì

有弥济盈[5]，有鷕雉鸣[6]。
mí   yǎo

济盈不濡轨[7]，雉鸣求其牡。
rú   mǔ

雝雝鸣雁[8]，旭日始旦。
yōng

士如归妻，迨冰未泮[9]。
dài   pàn

招招舟子[10]，人涉卬否[11]。
áng

人涉卬否，卬须我友[12]。

[1] 匏：一种类似葫芦的草本植物，挖空后可以绑在人身上漂浮渡河。

[2] 济：渡口。涉：蹚水过河。

[3] 厉：穿着衣服渡河。

[4] 揭：提起衣服下水。

[5] 弥：水满的样子。盈：满。

[6] 鷕：雌野鸡的叫声。即鷕鷕。

[7] 不：语气助词，没有实义。濡：被水浸湿。轨：车轴的两头。唐石经作"軓"。

[8] 雝雝：鸟和鸣声。

[9] 迨：趁着。泮：融化。古人行嫁娶必于秋冬农隙之际。

[10] 招招：招手的样子。舟子：摇船的人。

[11] 卬：我。卬否：我不愿走。

[12] 须：等待。友：指爱侣。

谷 风

逐臣自伤也

　　这是一位遭丈夫遗弃的女子所唱的悲歌。朱熹《诗集传》："妇人为夫所弃，故作此诗，以叙其悲怨之情。"方玉润《诗经原始》："是语虽巾帼，而志则丈夫。故知其为托词耳。大凡忠臣义士不见谅于其君，或遭谗间远逐殊方，必有一番冤抑难于显诉，不得不托为夫妇词，以写其无罪见逐之状。"

习习谷风[1]，以阴以雨。
黾勉同心[2]，不宜有怒。

采葑采菲[3]，无以下体[4]。
德音莫违[5]，及尔同死。

行道迟迟[6]，中心有违[7]。
不远伊迩[8]，薄送我畿[9]。
谁谓荼苦[10]，其甘如荠[11]。
宴尔新昏[12]，如兄如弟。

泾以渭浊[13]，湜湜其沚[14]。
宴尔新昏，不我屑以[15]。
毋逝我梁[16]！毋发我笱[17]！
我躬不阅[18]，遑恤我后[19]！

就其深矣，方之舟之[20]。
就其浅矣，泳之游之。
何有何亡，黾勉求之。
凡民有丧[21]，匍匐救之[22]。

不我能慉[23]，反以我为仇。
既阻我德[24]，贾用不售[25]。
昔育恐育鞫[26]，及尔颠覆[27]。
既生既育，比予于毒[28]。

我有旨蓄[29]，亦以御冬。
宴尔新昏，以我御穷。
有洸有溃[30]，既诒我肄[31]。
不念昔者，伊余来塈[32]。

64

[1]习习：连续不断。谷风：来自山谷的大风。《毛传》谓东风。

[2]黾勉：努力，勉力。

[3]葑、菲：蔓菁、萝卜。

[4]无以：不用。下体：根部。

[5]德音：指夫妻间的誓言。违：背弃。

[6]迟迟：缓慢的样子。

[7]中心：心中。违：违背，心想与行动不一致。

[8]伊：是。迩：近。

[9]薄：语气助词，没有实义。畿：门槛。

[10]茶：苦菜。

[11]荠：荠菜，味甜。

[12]昏：同"婚"。宴：安乐。

[13]泾：泾水，其水清澈。渭：渭水，其水浑浊。

[14]湜湜：水清见底的样子。沚：水中小洲。

[15]不我屑以：不以我为洁。

[16]逝：去、往。梁：河中为捕鱼垒成的石堤。

[17]发："拨"的借字，搞乱。笱：捕鱼的竹笼。

[18]躬：自身。阅：容纳。

[19]遑：暇，来不及。恤：忧，顾念。

[20]方：用木筏渡河。舟：用船渡河。

[21]丧：灾祸。

[22]匍匐：爬行。这里的意思是尽力而为。

[23]慉：养。

[24]阻：拒绝。

[25]贾：卖。不售：卖不掉。

[26]育恐：生活在恐惧中。育鞫：生活在贫穷中。

[27]颠覆：艰难，患难。

[28]毒：毒虫。

[29]旨蓄：储藏的美味蔬菜。

[30]洸：威武，粗暴。溃：发怒。

[31]既：尽。诒：遗留，留下。肄：辛劳。

[32]伊：惟，只有。余：我。来：语气助词，没有实义。塈：休息。

《唐风·羊裘》

式 微

黎臣劝君以归也

这是一首人民苦于劳役，对君王不满的诗。方玉润《诗经原始》："此必黎侯被逐后，不久狄亦自退，故可归不归，其臣因以劝也。"

式微式微[1]，胡不归[2]？

微君之故[3]，胡为乎中露[4]！

式微式微，胡不归？

微君之躬[5]，胡为乎泥中！

[1] 式：语气助词，没有实义。微：幽暗不明，指天黑。

[2] 胡：为什么。

[3] 微：非，不是。故：原因。要不是君主的原因。

[4] 中露：露水之中。

[5] 躬：本身、自己。

旄　丘
máo

黎臣劝君勿望救于卫也

　　这是一首流亡到卫国的人盼望贵族救济而不得的诗。另有《毛序》："旄丘，责卫伯也。狄人迫逐黎侯，黎侯寓于卫，卫不能修方伯连率之职，黎之臣子以责于卫也。"

旄丘之葛兮[1]，何诞之节兮[2]！
叔兮伯兮[3]，何多日也[4]？

何其处也[5]？必有与也[6]！
何其久也？必有以也[7]！

狐裘蒙戎[8]，匪车不东。
叔兮伯兮，靡所与同[9]。

琐兮尾兮[10]，流离之子[11]。
叔兮伯兮，褎如充耳[12]。

[1] 旄丘：前高后低的土山。

[2] 何诞之节兮：它的枝节为什么那么长？何：为什么。诞：长。

[3] 叔：同辈中的年少者。伯：同辈中的年长者。此指卫国贵族。

[4] 何多日也：为何久久不救。

[5] 何：为何。其：助词。处：居住。

[6] 与：相交。与我伐狄。

[7] 以：原因、缘故。

[8] 狐裘：大夫以上官员的冬服。蒙戎：纷乱之状。

[9] 靡：没有人。同：同心。

[10] 琐、尾：细小、末尾。

[11] 流离：漂散流亡。

[12] 褎：盛服貌。充耳：类似耳环的首饰，与盛服相配。

简 兮

贤者自伤失位而抒所怀也

这是一位女子观看舞蹈后，对跳舞男子产生爱慕的诗作。另有方玉润《诗经原始》："盖所挟者大，所见者远，故不禁有怀西京盛世，而慨然想慕文武成康之至治不复得见于今日，因借美人以喻圣王，而独寄其遐思焉。"

简兮简兮[1]，方将万舞[2]。
日之方中[3]，在前上处[4]。

硕人俣俣[5]，公庭万舞[6]。
有力如虎，执辔如组[7]，

左手执籥[8]，右手秉翟[9]，
赫如渥赭[10]，公言锡爵[11]。

山有榛[12]，隰有苓[13]。
云谁之思[14]，西方美人[15]。
彼美人兮，西方之人兮。

[1] 简：多。一说为鼓声。

[2] 方将：将要。万舞：一种大规模的舞蹈，分为文舞、武舞两部分。

[3] 方中：正午。

[4] 在前上处：舞师在行列前方。

[5] 硕人：指舞师。俣俣：高大魁梧的样子。

[6] 公庭：国君朝堂之庭。

[7] 辔：马缰绳。组：用丝织成的宽带子。

[8] 籥：古时一种乐器，类箫。

[9] 秉：持。翟：野鸡尾羽。

[10] 赫：红红的面庞。渥：厚厚涂抹。赭：红褐色的土。

[11] 公：指卫国国君。锡：赐。爵：古时的酒器。

[12] 榛：树名，一种落叶乔木，果仁可食。

[13] 隰：低湿的地方。苓：药名，即甘草。

[14] 云：语气词，没有实义。

[15] 西方美人：指舞师。

《唐风·鸨羽》

泉 水

卫媵女和《载驰》作也

这是一首表现嫁到卫国的妇女，思家不得归的诗歌。另有方玉润《诗经原始》："愚玩此诗与《竹竿》虽同为思归之词，而意旨迥殊。《竹竿》不过想慕故国风景人物及当年游钓之处，而此则直伤卫事，且为卫谋，与《载驰》互相唱和也。"

毖彼泉水[1]，亦流于淇[2]。

有怀于卫，靡日不思[3]。

娈彼诸姬[4]，聊与之谋。

出宿于沛[5]，饮饯于祢[6]。

女子有行[7]，远父母兄弟。

问我诸姑，遂及伯姊[8]。

出宿于干[9]，饮饯于言[10]。

载脂载舝[11]，还车言迈[12]。

遄臻于卫[13]，不瑕有害[14]。

我思肥泉[15]，兹之永叹[16]。

思须与漕[17]，我心悠悠。

驾言出游，以写我忧[18]。

[1] 毖：泉水流淌的样子。

[2] 淇：河的名称。

[3] 靡：无。

[4] 娈：貌美。诸姬：随嫁的姬姓女子。

[5] 沛：地名。

[6] 饯：饯行。祢：旧作"禰"，地名。

[7] 有行：出嫁。

[8] 伯姊：大姐。此意告别娘家人。

[9] 干：地名。

[10] 言：地名。

[11] 载：语气助词。脂：涂在车轴上的油脂。舝：古"辖"字，插在车轴两端孔内，用来固定车轨与车轴位置的销钉。

[12] 还：旧作"還"，同"旋"，返回，回转。还车：掉转车头。迈：行。

[13] 遄：迅速。臻：至，到达。

[14] 不瑕有害：该不会有何害处吧。

[15] 肥泉：卫国的水名。

[16] 兹：滋，更加。

[17] 须、漕：都是卫国地名。

[18] 写：宣泄，消除。

北 门

贤者安于贫仕也

这首诗是一个官职卑微的小官员的倾诉。方玉润《诗经原始》："此贤人仕卫而不见知于上者之所作。观其王事之重，政务之烦，而能以一身肩之，则其才可想矣。"

出自北门，忧心殷殷[1]。
终窭且贫[2]，莫知我艰。
已焉哉[3]！
天实为之，谓之何哉[4]！

王事适我[5]，政事一埤益我[6]。
我入自外，室人交徧谪我[7]。
已焉哉！
天实为之，谓之何哉！

王事敦我[8]，政事一埤遗我。
我入自外，室人交徧摧我[9]。
已焉哉！
天实为之，谓之何哉！

[1] 殷殷：忧伤的样子。

[2] 窭：贫居。

[3] 已焉哉：算了吧。

[4] 谓之何哉：有什么办法呢！

[5] 王事：上所命之事。适：扔给。另说"使……去做"。

[6] 政：职责所在之事。一：完全。埤益：增加。

[7] 室人：家里人。交：轮流。徧：同"遍"。谪：责备。

[8] 敦：逼迫。一说为"投掷"，引申为扔给我。

[9] 摧：讽刺，嘲讽。

73

《唐风·采苓》

北 风

贤者见幾而作也

这是一首表现人民因国家暴政，集体出逃的诗歌。《毛序》："刺虐也。卫国并为威虐，百姓不亲，莫不相携持而去焉。"方玉润《诗经原始》："此篇不知其为卫作乎？抑为邶言乎？若以诗编《邶风》内，则当为邶言为是。"

北风其凉^[1]，雨雪其雱^[2]。

惠而好我^[3]，携手同行。

其虚其邪^[4]？既亟只且^[5]！

北风其喈^[6]，雨雪其霏^[7]。

惠而好我，携手同归。

其虚其邪？既亟只且！

莫赤匪狐^[8]，莫黑匪乌^[9]。

惠而好我，携手同车。

其虚其邪？既亟只且！

[1] 凉：形容风寒。

[2] 雱：雪大的样子。

[3] 惠：宠爱。好：喜欢。

[4] 其：助词，无义。虚、邪：舒缓的样子。

[5] 亟：急。只且：语气词。意为没时间缓行。

[6] 喈：风雨疾速貌。

[7] 霏：纷飞。

[8] 莫：无。赤：红色。匪：通"非"，不。狐：狐狸。

[9] 乌：乌鸦。意为统治者不是狐狸就是乌鸦。

静 女

刺卫宣公纳伋妻也

这是一首描绘青年男女约会的诗。另有方玉润《诗经原始》："特其词隐意微，不肯明斥君非，故难测识。迨至下章《新台》，则直刺无隐。愚故知此亦为宣公发也。"

静女其姝[1]，俟我于城隅[2]。
爱而不见[3]，搔首踟蹰[4]。

静女其娈，贻我彤管[5]。
彤管有炜[6]，说怿女美[7]。

自牧归荑[8]，洵美且异[9]。
匪女之为美，美人之贻。

[1] 静：娴雅贞洁。姝：美貌。

[2] 城隅：城上的角楼。一说为后文的新台。

[3] 爱：隐藏。

[4] 踟蹰：心思不定，徘徊不前。

[5] 贻：赠。彤管：红色的笔。

[6] 炜：红色的光彩。

[7] 说怿：喜爱。女：汝。

[8] 牧：旷野，野外。归：赠送。荑：初生的白芽，男女相赠表示结下恩情。

[9] 洵：确实。异：奇特，别致。

新 台

刺齐女之从卫宣公也

这首诗反映了卫宣公的荒淫无道。《毛序》："刺卫宣公也。纳伋之妻，作《新台》于河上而要之，国人恶之，而作是诗也。"方玉润《诗经原始》："千载下有从新台过者，犹将掩鼻而去之也。"

新台有泚[1]，河水弥弥[2]。

燕婉之求[3]，籧篨不鲜[4]。

新台有洒[5]，河水浼浼[6]。

燕婉之求，籧篨不殄[7]。

鱼网之设[8]，鸿则离之[9]。

燕婉之求，得此戚施[10]。

[1] 泚：通"玼"，鲜明的样子。

[2] 弥弥：水满的样子。

[3] 燕婉：温顺貌。求：同"逑"伴侣。

[4] 籧篨：不能俯身的病人。鲜：善。本求燕婉之人，却得籧篨之丑。

[5] 洒：高大气派。

[6] 浼浼：水势平缓。

[7] 殄：和善。

[8] 鱼网之设：宾语前置句，即设置鱼网。

[9] 鸿：大雁。闻一多解为蛤蟆。离：通"丽"，附着。之：代鱼网。

[10] 戚施：不可仰头的病人，与上文籧篨同为丑陋意。

二子乘舟

讽卫伋寿以远行也

　　本诗写的是人们架舟起航，家乡的人便开始为其安全担心。《毛序》："二子乘舟，思伋、寿也。卫宣公之二子争相为死，国人伤而思之，作是诗也。"方玉润《诗经原始》："诸家曲为之说，亦岂能得意旨？唯其诗之作，或讽之于未行之先，或伤之于既死之后，则难臆定。盖二义均有可通故也。"

二子乘舟，泛泛其景[1]。

愿言思子[2]，中心养养[3]。

二子乘舟，泛泛其逝[4]。

愿言思子，不瑕有害[5]。

[1]泛泛：漂浮貌。景：同"影"，影子。

[2]愿：思念。一说为虽然。言：语气助词，没有实义。

[3]中心：心中。养养：忧思不定的样子。

[4]逝：往，离去。

[5]见《泉水》解。

鄘
风

《通典》：卫州新乡县西南三十二里有鄘城，即鄘国。

柏 舟

贞妇自誓也

　　这是一首少女要求婚姻自由的诗。姚际恒："此诗不可以事实之。当是贞妇有夫蚤死，其母欲嫁之，而誓死不愿之作。"

泛彼柏舟，在彼中河^[1]。

髧彼两髦^[2]，实维我仪^[3]。

之死矢靡他^[4]。

母也天只^[5]，不谅人只^[6]！

泛彼柏舟，在彼河侧。

髧彼两髦，实维我特^[7]。

之死矢靡慝^[8]。

母也天只，不谅人只！

[1] 中河：河中。

[2] 髧：头发下垂的样子。两髦：古时未成年男子的发式，头发自眉以下向两边扎成两络。

[3] 实：是。维：为。仪：配偶。

[4] 之：到。矢：誓。靡：无。发誓死也不嫁他人。

[5] 也、只：语气词，没有实义。

[6] 谅：相信。

[7] 特：配偶。

[8] 慝：通"忒"，改变，变心。

墙有茨
cí

刺卫宫淫乱无检也

　　这首诗是对卫国朝廷中荒淫无道的行为、风气的强烈批判。方玉润《诗经原始》："卫宫淫乱未必即止宣姜，而宣姜为尤甚。……盖廉耻至是而尽丧，……凡淫乱之诗均可作如是观。"

墙有茨 [1]，不可埽也 [2]。
sǎo

中冓之言 [3]，不可道也。
gòu

所可道也，言之丑也。

墙有茨，不可襄也 [4]。
xiāng

中冓之言，不可详也 [5]。

所可详也，言之长也。

墙有茨，不可束也 [6]。

中冓之言，不可读也 [7]。

所可读也，言之辱也 [8]。

[1] 茨：蒺藜，草本植物，果实有刺。

[2] 埽：同"扫"，意思是除去。

[3] 中冓：宫室内部。

[4] 襄：消除。

[5] 详：详细讲述。

[6] 束：打扫干净。

[7] 读：宣扬。

[8] 辱：羞辱，耻辱。

君子偕老
xié

刺卫夫人宣姜也

　　本诗通过描写一位古代贵妇人的美丽容貌和她的华贵服饰，暗讽其品德不好。王照圆《诗说》："君子偕老诗，笔法绝佳。通篇止'子之不淑'二句，明露讥刺，余均叹美之词，含蓄不露。"

君子偕老 [1]，副笄六珈 [2]。
jī jiā

委委佗佗 [3]，如山如河，
tuó

象服是宜 [4]。

子之不淑，云如之何？

玼兮玼兮 [5]，其之翟也 [6]。
cǐ

鬒发如云 [7]，不屑髢也 [8]。
zhěn　　　dì

玉之瑱也 [9]，象之揥也 [10]，
tiàn　　　tì

扬且之皙也 [11]。
qiè xī

胡然而天也 [12]！胡然而帝也 [13]！

瑳兮瑳兮 [14]，其之展也 [15]。
cuō

蒙彼绉絺 [16]，是绁袢也 [17]。
zhòu　　　xiè fán

子之清扬 [18]，扬且之颜也。

展如之人兮 [19]，邦之媛也 [20]！

[1] 偕：一起，共同。

[2] 副：妇人的一种首饰。笄：用来盘发的簪子。六珈：笄上的装饰物，以示尊卑。

[3] 委委佗佗：华贵大方。

[4] 象服：带有花纹图案的礼服。宜：恰当，得体。

[5] 玼：鲜艳夺目。

[6] 翟：画着野鸡彩绘的衣服。

[7] 鬒：形容头发黑而密。

[8] 不屑：用不到。髢：假发做的发髻。

[9] 瑱：耳旁的垂玉。

[10] 象之揥：象牙簪。

[11] 扬：眉眼之间。皙：（肤）白。

[12] 天：天仙。

[13] 帝：神女。意为如此美丽的女子只应天上有。

[14] 瑳：玉色鲜明洁白。

[15] 展：展衣，白纱制的一种礼服。

[16] 蒙：披，罩。绉、絺：都是上等麻布。

[17] 绁袢：贴身的内衣。唐石经作"绁袢"。

[18] 子：贵妇。清扬：眉目清秀。

[19] 展：乃，如。象：之人：这个人。

[20] 邦：国家。媛：美人。

桑 中

刺淫也

　　这首诗写的是一对青年男女相约相见的事情。《大序》谓："男女相奔，至于世族在位相窃妻妾，期于幽远，政散民流而不可止。"

爰采唐矣^[1]？沬之乡矣^[2]。

云谁之思^[3]？美孟姜矣。

期我乎桑中^[4]，要我乎上宫^[5]，

送我乎淇之上矣。

爰采麦矣^[6]？沬之北矣。

云谁之思？美孟弋矣^[yì]。

期我乎桑中，要我乎上宫，

送我乎淇之上矣。

爰采葑矣^[7]？沬之东矣。

云谁之思？美孟庸矣^[8]。

期我乎桑中，要我乎上宫，

送我乎淇之上矣。

[1] 爰：于何，在哪。唐：一种野菜。

[2] 沬：沬城，卫国的一座城市。

[3] 云谁之思：思谁，想念谁？

[4] 期：约会。桑中：卫国地名。

[5] 要：同"邀"，邀请。

[6] 麦：麦子。

[7] 葑：蔓草，可食。

[8] 庸：鄘国之姓，以上孟姜、孟弋、孟庸均代指贵族美女。

^{chún}
鹑之奔奔

代卫公子刺宣公也

这首诗是卫国人民讽刺统治者荒淫的诗。《毛序》："刺卫宣姜也。卫人以为宣姜鹑鹊之不如也。"《郑笺》："刺其与公子顽为淫乱行，不如禽鸟。"

^{bēn}
鹑之奔奔 [1]，鹊之彊彊 [2]。^{jiāng}

人之无良 [3]，我以为兄 [4]。

鹊之彊彊，鹑之奔奔。

人之无良，我以为君 [5]。

[1] 鹑：鹌鹑。奔奔：雌雄一起飞的样子。

[2] 鹊：喜鹊。彊彊：同"奔奔"。居有常匹，飞则相随。

[3] 良：品行高尚。

[4] 兄：长辈。

[5] 君：君主。

《豳风·伐柯》

定之方中

美卫文公再造公室也

这是一首描写卫国战后重建家园的诗，也是十五国风中唯一一首叙事诗。《毛序》："定之方中，美卫文公也。卫为狄所灭，东徙渡河，野处漕邑，齐桓公攘戎狄而封之。文公徙居楚丘，始建城市而营宫室，得其时制，百姓说之，国家殷富焉。"

定之方中[1]，作于楚宫[2]。
揆(kuí)之以日[3]，作于楚室[4]。
树之榛栗[5]，椅桐梓(zǐ)漆[6]，
爰伐琴瑟[7]。

升彼虚矣[8]，以望楚矣。
望楚与堂[9]，景山与京[10]。
降观于桑[11]，卜云其吉[12]，
终焉允臧(zāng)[13]。

灵雨既零[14]，命彼倌人。
星言夙驾[15]，说(shuì)于桑田[16]。
匪直也人[17]，秉心塞渊[18]，
騋牝(lái pìn)三千[19]。

[1] 定：定星，星宿名，俗称营室星。方中：天的正当中。

[2] 作于楚宫：在楚丘营建宗庙。

[3] 揆：度量，测量。以日：用太阳照射的影子确定方向。

[4] 室：居室，房屋。

[5] 树：种树。榛栗：榛和栗两种树。

[6] 椅桐梓漆：四种不同的树木。

[7] 爰：于是。琴瑟：伐木以作琴瑟。

[8] 升：登上。虚：今作"墟"，丘陵。

[9] 堂：地名，位于楚丘旁。

[10] 景山：远山。京：高山。

[11] 降：从高处下来。观：察看。

[12] 卜：用龟甲占卜。

[13] 终焉：既是。另作"终然"。允臧：的确很好。

[14] 灵雨：瑞雨。既：已经。零：飘落，降下。

[15] 星：星夜。夙：早。

[16] 说：通"税"，休息。

[17] 匪：彼，那个。直：正直。

[18] 秉心：秉性。塞：诚实。渊：宽厚、仁德。

[19] 騋：高大的马。牝：母马。三千：泛指多。代指国力强盛。

蝃蝀
dì dōng

代卫宣姜答《新台》也

这是一首探讨女子是否应该追求婚姻自由的诗歌。《毛序》："《蝃蝀》，止奔也。卫文公能以道化其民，淫奔之耻，国人不齿也。"

蝃蝀在东 [1]，莫之敢指 [2]。
女子有行 [3]，远兄弟父母。

朝隮于西 [4]，崇朝其雨 [5]。
女子有行，远兄弟父母。

乃如之人也 [6]，怀昏姻也 [7]。
大无信也 [8]，不知命也 [9]。

[1] 蝃蝀：旧作"螮蝀"，虹，见于东方。

[2] 莫：没有人。指：用手指点。古代以指虹为忌。

[3] 有行：原指出嫁，这里指私奔。

[4] 朝：早上。隮：云气上升。一说也为虹，见于西方。

[5] 崇朝：终朝，整个早上。

[6] 乃如：就像。

[7] 怀：想着。昏：同"婚"。

[8] 大：太。无信：不讲信用。

[9] 知命：遵从父母之命。

相 鼠

xiàng

刺无礼也

这首诗讽刺了高高在上、贪得无厌的统治者。方玉润《诗经原始》："鼠尚有皮，人而无礼，则鼠之不若。以人之仪喻鼠之皮，则未免轻视礼仪，兽皮之不若矣。"

相鼠有皮 [1]，人而无仪 [2]。

人而无仪，不死何为？

相鼠有齿，人而无止 [3]。

人而无止，不死何俟 [4]？
sì

相鼠有体，人而无礼 [5]。

人而无礼，胡不遄死 [6]？
chuán

[1] 相：察看。

[2] 仪：威仪。

[3] 止：容止，行为举止。

[4] 俟：等待。

[5] 礼：道义，道理。

[6] 遄：迅速。

干 旄
máo

美好善也

这首诗描述了战后的卫国百废待兴，卫文公为了重建卫国招贤纳士的事件。崔述《读风偶识》："盖国家之治惟赖贤才，而贤才不易得，故人君于贤才不惟当举之用之，而且当鼓之舞之。"

孑孑干旄 [1]，在浚之郊 [2]。
jié   jùn
素丝纰之 [3]，良马四之 [4]。
pí
彼姝者子 [5]，何以畀之 [6]？
shū   bì

孑孑干旟 [7]，在浚之都 [8]。
yú
素丝组之 [9]，良马五之。
彼姝者子，何以予之？

孑孑干旌 [10]，在浚之城。
jīng
素丝祝之 [11]，良马六之。
彼姝者子，何以告之 [12]？

[1] 孑孑：高耸独立的样子。干旄：竿头以牦牛尾为装饰的旗子，通常立于车后。

[2] 浚：浚城，卫国的城邑。郊：城郊。

[3] 纰：在衣冠或旗帜上镶边。

[4] 四之：用四匹马作为给贤士的聘礼。

[5] 姝：美好的样子。

[6] 畀之：给予。反问贤士能给予卫国什么。

[7] 旟：有老鹰图案的旗子。

[8] 都：城脚下，近郊。

[9] 组：编织。

[10] 旌：用羽毛装饰的旗子。

[11] 祝：连缀。

[12] 告：建议。

载 驰
zài

许穆夫人自伤其国不能救卫也

　　本诗是我国第一位女诗人许穆夫人所作。《左传》："冬十二月，狄人伐卫，……卫师败绩，遂灭卫。立戴公以庐于曹。许穆夫人赋《载驰》。齐侯使公子无亏帅车三百乘、甲士三千人以戍曹。"

载驰载驱 [1]，归唁卫侯 [2]。
（yàn）
驱马悠悠，言至于漕 [3]。
（cáo）
大夫跋涉，我心则忧。

既不我嘉 [4]，不能旋反 [5]。
视尔不臧 [6]，我思不远。
既不我嘉，不能旋济 [7]。
视尔不臧，我思不閟 [8]。
（bì）

陟彼阿丘 [9]，言采其蝱 [10]。
（zhì）　　　　　（méng）
女子善怀 [11]，亦各有行 [12]。
许人尤之 [13]，众稚且狂 [14]。

我行其野，芃芃其麦 [15]。
（péng）
控于大邦 [16]，谁因谁极 [17]。
大夫君子，无我有尤 [18]！
百尔所思 [19]，不如我所之。

[1] 载：发语词。驰、驱：车马奔跑。

[2] 唁：哀悼失国。

[3] 漕：卫国的邑名。

[4] 既：都。嘉：嘉许。

[5] 旋反：返回。

[6] 视：比。臧：善。意为与你们的不善相比。

[7] 济：渡。

[8] 閟：闭塞不通。

[9] 阿丘：偏高的山坡。

[10] 蝱：草名，贝母。

[11] 善怀：多愁善感，思念故国。

[12] 行：道理。

[13] 许人：许国的人。尤：怨恨，责备。

[14] 稚：幼稚。狂：愚妄。

[15] 芃芃：麦子茂盛的样子。

[16] 控：赴告。奔走告于大邦。

[17] 因：亲近，依靠。极：至。到他国救难。

[18] 无我有尤：不要再挑我的过错了。

[19] 百尔：你们这么多人。

卫
风

《汉书·地理志》：河内朝歌县，纣所都，康叔所封，更名卫。卫自康叔受封，凡四十世。成公徙于帝邱。秦并天下，犹独置卫君，凡九百年，最后绝。

淇 奥 ^{yù}

美武公之德也

　　这首诗是对一位男子的赞美，有说是女子爱慕男子，也有说是赞美卫武公。方玉润《诗经原始》："《国语》又称其耄而咨儆于朝，受戒不怠。今观诗词，宁不信然？然则初年篡弑，晚成圣德，英雄圣贤固一转念间哉。"

瞻彼淇奥[1]，绿竹猗猗[2]。

有匪君子[3]，如切如磋[4]，

如琢如磨[5]。

瑟兮僩兮[6]，赫兮咺兮[7]。

有匪君子，终不可谖兮[8]！

瞻彼淇奥，绿竹青青[9]。

有匪君子，充耳琇莹[10]，

会弁如星[11]。

瑟兮僩兮，赫兮咺兮。

有匪君子，终不可谖兮！

瞻彼淇奥，绿竹如箦[12]。

有匪君子，如金如锡，

如圭如璧[13]。

宽兮绰兮[14]，猗重较兮[15]。

善戏谑兮[16]，不为虐兮[17]！

[1] 奥：通"澳"，河水弯曲的地方。

[2] 猗猗：长而美貌。

[3] 匪：通"斐"，有文采的样子。

[4] 如切如磋：打磨。用以比喻君子对陶冶品行的精益求精。

[5] 如琢如磨：同"如切如磋"。

[6] 瑟：庄严的样子。僩：威武的样子。

[7] 赫：光明。咺：显著。

[8] 谖：遗忘，忘怀。

[9] 青青：同"菁菁"，繁盛的样子。

[10] 充耳：用以塞耳的垂玉。琇莹：美石。

[11] 会弁：皮帽的缝合处。星：帽子上的宝石。

[12] 箦：通"积"，堆集。

[13] 圭璧：美玉。形容人温润。

[14] 宽：宽宏。绰：柔和。

[15] 猗：通"倚"，依靠。重较：车两边的扶手。多为古代卿士所乘之车。

[16] 戏谑：说笑。

[17] 虐：过分。

94

考 槃 pán

赞贤者隐居自乐也

　　这是一首描写隐居生活的诗。方玉润《诗经原始》："硕人自处如是，未必无意苍生，亦未必有望阙廷。穷无损，达亦何加？"

考槃在涧[1]，硕人之宽[2]。

独寐寤言[3]，永矢弗谖[4]。

考槃在阿[5]，硕人之薖[6]。

独寐寤歌，永矢弗过[7]。

考槃在陆[8]，硕人之轴[9]。

独寐寤宿，永矢弗告[10]。

[1] 考槃：建成木屋。

[2] 硕人：美人，代指隐者。宽：宽宏。

[3] 寐：睡着。寤：醒来。

[4] 矢：誓。谖：忘记。

[5] 阿：山坳。

[6] 薖：宽大貌。

[7] 过：过从，交往。

[8] 陆：高而平的地方。

[9] 轴：徘徊，一说为病，逐也。

[10] 告：述说，表达。

硕 人

　　这首诗描写了卫庄公的妻子庄姜的美丽、贤淑，表达了人民对她的赞美。《左传·隐公三年》："卫庄公娶于齐，东宫得臣之妹，曰庄姜。美而无子，卫人所为赋硕人也。"

硕人其颀[1]，衣锦褧衣[2]。

齐侯之子，卫侯之妻，

东宫之妹[3]，邢侯之姨，

谭公维私[4]。

手如柔荑[5]，肤如凝脂。

领如蝤蛴[6]，齿如瓠犀[7]，

螓首蛾眉[8]。巧笑倩兮[9]，

美目盼兮[10]。

硕人敖敖[11]，说于农郊[12]。

四牡有骄[13]，朱幩镳镳[14]，

翟茀以朝[15]。

大夫夙退，无使君劳。

河水洋洋[16]，北流活活[17]。

施罛濊濊[18]，鳣鲔发发[19]，

葭菼揭揭[20]。

庶姜孽孽[21]，庶士有朅[22]。

96

[1] 硕：美。颀：身材修长的样子。

[2] 衣锦：穿着锦衣。褧：麻布制的罩衣。

[3] 东宫：指太子。

[4] 私：姊妹的丈夫。

[5] 荑：白茅初生的嫩芽。

[6] 领：脖子。蝤蛴：天牛的幼虫，身体长而白。

[7] 瓠犀：葫芦籽，洁白整齐。

[8] 螓：蝉类，头宽广方正。蛾：蚕蛾，眉细长而黑。

[9] 倩：笑时脸颊现出酒窝的样子。

[10] 盼：眼睛里黑白分明。

[11] 敖敖：身材高大的样子。

[12] 说：同"税"，停息。农郊：近郊。

[13] 牡：雄，这里指雄马。骄：指马身体雄壮。

[14] 朱：红色。幩：马嚼铁外挂的绸子。镳：马嚼子。此处用作形容词，美盛貌。

[15] 翟茀：车后遮挡围子上的翟羽，用作

装饰。古者妇人乘车不露见，车之前后设障，谓之茀。

[16] 洋洋：河水盛大的样子。

[17] 北流：向北流的河。活活：水流声。

[18] 施：设，放下。罛：大鱼网。濊濊：撒网的声音。

[19] 鳣：鲤鱼。鲔：鳝鱼。发发：鱼尾甩动的声音。

[20] 葭：初生的芦苇。菼：初生的荻。揭揭：长长的。

[21] 庶姜：众姜，指随嫁的姜姓女子。孽孽：装饰华丽的样子。

[22] 士：指陪嫁的媵臣。朅：威武的样子。

méng

氓

为弃妇作也

这是一首描写弃妇的诗歌。方玉润《诗经原始》："此女始终总为情误，固非私奔失节者比，特其一念之差，所托非人，以致不终，徒为世笑。士之无识而失身以事人者何以异？是故可以为戒也。"

氓之蚩蚩 [1]，抱布贸丝 [2]。

匪来贸丝 [3]，来即我谋 [4]。

送子涉淇 [5]，至于顿丘 [6]。

匪我愆期 [7]，子无良媒。

将子无怒 [8]，秋以为期。

乘彼垝垣 [9]，以望复关 [10]。

不见复关，泣涕涟涟。

既见复关，载笑载言。

尔卜尔筮，体无咎言 [11]。

以尔车来，以我贿迁 [12]。

桑之未落，其叶沃若 [13]。

于嗟鸠兮！无食桑葚。

于嗟女兮！无与士耽 [14]。

士之耽兮，犹可说也 [15]。

女之耽兮，不可说也。

桑之落矣，其黄而陨。

自我徂尔 [16]，三岁食贫。

淇水汤汤，渐车帷裳 [17]。

女也不爽 [18]，士贰其行。

士也罔极 [19]，二三其德。

三岁为妇，靡室劳矣。

夙兴夜寐，靡有朝矣。

言既遂矣 [20]，至于暴矣。

兄弟不知，咥其笑矣。

静言思之，躬自悼矣。

及尔偕老，老使我怨。

淇则有岸，隰则有泮 [21]。

总角之宴 [22]，言笑晏晏 [23]。

信誓旦旦 [24]，不思其反 [25]。

反是不思，亦已焉哉 [26]！

[1] 氓：百姓。蚩蚩：敦厚貌。

[2] 布：古时的货币。贸：购买。另说用布料交换，亦通。

[3] 匪：非。

[4] 即：到这里来。谋：商议，这里指商谈婚事。

[5] 涉：渡过。淇：河名。

[6] 顿丘：地名。在淇水南岸。

[7] 愆：超过，拖延。

[8] 将：请。请不要生气。

[9] 乘：登上。垝垣：毁坏了的墙。

[10] 复关：地名，诗中男子居住的地方。

[11] 体：卦象。咎言：不吉利的话。

[12] 贿：财物，这里指嫁妆。

[13] 沃若：润泽的样子。

[14] 耽：沉迷，迷恋。

[15] 说：同"脱"，摆脱。

[16] 徂：去，往。自从我到了你家。

[17] 渐：沾湿，浸湿。帷裳：车两旁的帷幔。即娶亲时新娘的车。

[18] 爽：差错，过失。

[19] 罔极：无常，不可测。

[20] 遂：安定无忧。好不容易有了安定生活。

[21] 隰：湿地。泮：岸。

[22] 总角：古时儿童的发式，借指童年。宴：逸乐。

[23] 晏晏：和悦柔顺。

[24] 旦旦：诚恳的样子。

[25] 不思其反：想不到你变心了。

[26] 已焉：到此为止。

99

《豳风·狼跋》

竹 竿

卫女思归也

　　这是一首描写卫国女子出嫁后想家的诗。一说为许穆夫人所作。方玉润《诗经原始》："俗儒说《诗》，务求确解，则三百诗词，不过一本记事珠，欲求一陶情寄兴之作，岂可得哉？"

籊籊竹竿[1]，以钓于淇[2]，

岂不尔思[3]？远莫致之[4]。

泉源在左，淇水在右。

女子有行，远兄弟父母。

淇水在右，泉源在左。

巧笑之瑳[6]，佩玉之傩[6]。

淇水滺滺[7]，桧楫松舟[8]。

驾言出游，以写我忧[9]。

[1] 籊籊：长而尖的样子。

[2] 以：用以，用来。

[3] 岂：难道。不尔思：不思尔，不思念你们。

[4] 致：到达。

[5] 瑳：齿色洁白，言笑而见齿。

[6] 傩：走起路轻盈有节奏。

[7] 滺滺：水流的样子。

[8] 桧楫：桧木做的桨。松舟：松木做的舟。

[9] 写：通"泻"，排解。

芄 兰
wán

讽童子以守分也

这是一首讽刺贵族少年的诗。《小序》说："刺惠公，骄而无礼，大夫刺之。"另方玉润《诗经原始》："然惠公纵少而无礼，臣下刺君，不应直以'童子'呼之。此诗不过刺童子之好躐等而进，诸事骄慢无礼，已见先进恂恂退让之风无复存者。"

芄兰之支[1]，童子佩觽[2]（xī）。

虽则佩觽，能不我知[3]。

容兮遂兮[4]，垂带悸兮[5]（jì）。

芄兰之叶，童子佩韘[6]（shè）。

虽则佩韘，能不我甲[7]（xiá）。

容兮遂兮，垂带悸兮。

[1] 芄兰：草本植物，即萝摩，有藤蔓生。

[2] 觽：解绳结的用具，初由象骨制成，后以玉制，供成年男子使用和佩带。

[3] 不我知：不了解我。

[4] 容、遂：形容成年贵族走路摇摆的样子。

[5] 悸：带子下垂的样子。

[6] 韘：拉弓弦的用具，俗称"扳指"。

[7] 甲："狎"的假借字，意为亲近。

河 广

宋襄公母思归宋不得也

　　这是一首住在卫国的他乡人思归的诗。《小序》谓："宋襄公母归于卫，思而不止，故作是诗。"另有陈奂说："当时卫有狄人之难，宋襄公母归在卫，见其宗国颠覆，君灭国破，忧思不已，故其篇内皆取其望宋渡河救卫，辞甚急也。"

谁谓河广[1]？一苇杭之[2]。

谁谓宋远？跂予望之[3]。

谁谓河广？曾不容刀[4]。

谁谓宋远？曾不崇朝[5]。

[1] 河：指黄河。

[2] 苇：指用芦苇制成的小筏子。杭：航。一苇可渡，言离得近。

[3] 跂：踮起脚站着。

[4] 曾：可是。刀：小船。言河道窄，不容船。

[5] 朝：早上。言一个早上就能走到。

伯 兮

思妇寄征夫以词也

　　这是一位妇女思念远征丈夫的抒情诗。《毛序》："言君子行役，为王前驱，过时而不返焉。"方玉润《诗经原始》："后之帝王读是诗者，其亦以穷兵黩武为戒欤？"

伯兮朅兮^{qiè} [1]，邦之桀兮^{jié} [2]。

伯也执殳^{shū} [3]，为王前驱 [4]。

自伯之东 [5]，首如飞蓬 [6]。

岂无膏沐 [7]？谁适为容^{dí} [8]？

其雨其雨 [9]，杲杲出日^{gǎo} [10]。

愿言思伯 [11]，甘心首疾 [12]。

焉得谖草^{xuān} [13]，言树之背 [14]。

愿言思伯，使我心痗^{mèi} [15]。

[1]伯：女子对丈夫的称呼。朅：威武的样子。

[2]桀：通"杰"，英杰。

[3]殳：古代的一种兵器。

[4]为：是。前驱：守在统帅战车的左侧。

[5]之：到……去。

[6]首：头发。飞蓬：乱草。

[7]膏沐：妇女润发的油脂。

[8]适：取悦。容：打扮。

[9]其：语气词。雨：下雨。

[10]杲杲：光明的样子。

[11]愿：每一次。伯：指丈夫。

[12]首疾：头痛。

[13]谖草：忘忧草。

[14]言：助词。树：种树。背：屋子的北面。

[15]痗：疾病。

有 狐

妇人忧夫久役无衣也

这首诗描写一位女子担忧她流离失所的丈夫没有衣裳的情景，反映了社会底层人民的生活状况。方玉润《诗经原始》："此必其夫久役在外，淹滞不归，或有所恋而忘返，故妇人忧之。以为久羁逆旅，必至金尽裘敝而难归耳。"

有狐绥绥^{sui} [1]，在彼淇梁 [2]。

心之忧矣，之子无裳 [3]。

有狐绥绥，在彼淇厉^{lì} [4]。

心之忧矣，之子无带 [5]。

有狐绥绥，在彼淇侧。

心之忧矣，之子无服。

[1] 狐：在这里比喻男子。绥绥：慢走的样子。

[2] 梁：鱼梁，拦鱼的堤堰。

[3] 之子：这个人。

[4] 厉：深水可涉处。

[5] 带：束衣的带子。

木 瓜

讽卫人以报齐也

这是一首男女互相赠答的优美的诗。《毛序》说为卫国人思念齐桓公所作。方玉润、姚际恒驳之，朱熹说："亦男女相赠答之词。"姚际恒说："然以为朋友相赠答亦奚不可，何必定是男女耶！"

投我以木瓜[1]，报之以琼琚[2]，

匪报也[3]，永以为好也[4]。

投我以木桃，报之以琼瑶[5]，

匪报也，永以为好也。

投我以木李，报之以琼玖[6]，

匪报也，永以为好也。

[1]投：投送。

[2]琼：美玉。琚：佩玉。

[3]匪：非。

[4]永以为好也：希望能永久相爱。

[5]瑶：美玉。

[6]玖：浅黑色的玉。

王风

　　"王"本是王都的简称，为周王朝的都城，但周平王迁都洛邑后，周室衰微，已经无力驾驭诸侯，其地位基本等于列国，故此称为"王风"。

　　方玉润则认为："风、雅、颂本以诗体分，不以时势别。其颂体，虽鲁侯服亦有《颂》；其体风，虽周王城亦为《风》。然则《王》何以不列于《二南》之后，而序于三卫之末？三卫者，殷故都也，首之见变风所由始。"

黍 离
^{shǔ}

闵宗周也

　　本诗描写了一位东周的官员在迁都时的感伤之情。《大序》谓："周大夫行役至于宗周，过故宗庙宫室，尽为禾黍，闵周室之颠覆，彷徨不忍去。"

彼黍离离^{shǔ}[1]，彼稷之苗^{jì}[2]。
行迈靡靡^{mǐ}[3]，中心摇摇[4]。
知我者[5]，谓我心忧[6]。
不知我者，谓我何求。
悠悠苍天，此何人哉[7]？

彼黍离离，彼稷之穗^{suì}[8]。
行迈靡靡，中心如醉。
知我者，谓我心忧。
不知我者，谓我何求。
悠悠苍天，此何人哉？

彼黍离离，彼稷之实[9]。
行迈靡靡，中心如噎^{yē}[10]。
知我者，谓我心忧。
不知我者，谓我何求。
悠悠苍天，此何人哉？

[1] 黍：谷物名，一说为小米。离离：成排成行的样子。

[2] 稷，谷物名，一说为高粱。

[3] 行迈：前行。靡靡：步行缓慢的样子。

[4] 中心：心中。摇摇：心中不安的样子。

[5] 知我者：了解我的人。

[6] 谓：说。心忧：心里有忧愁。

[7] 此何人哉：这是怎样的人呢？

[8] 穗：谷穗。

[9] 实：果实，种子。

[10] 噎：忧闷已极而气塞，无法喘息。

君子于役

妇人思夫远行无定也

　　这是一首描写女子之夫在外作战不得归的诗。方玉润《诗经原始》："此诗言情写景，可谓真实朴至，宣圣虽欲删之，亦有所不忍也。"

君子于役，不知其期[1]，
曷至哉[2]？鸡栖于埘[3]，
日之夕矣，羊牛下来。
君子于役，如之何勿思！

君子于役，不日不月[4]，
曷其有佸[5]？鸡栖于桀[6]，
日之夕矣，羊牛下括[7]。
君子于役，苟无饥渴[8]！

[1] 于役：到他处服役。期：行期，期限。

[2] 曷：什么时候。至：回到家。

[3] 埘：墙壁上挖洞做成的鸡窝。

[4] 不日不月：不分日月。

[5] 有："又"，再一次。佸：相见，相聚。

[6] 桀：拴鸡的短木棍。

[7] 括：到来，会合。

[8] 苟：句首语气词，或许。

君子阳阳

贤者自乐仕于伶官也

这是一首描写舞师和乐工共同歌舞的诗，古来学人都觉另有深意。方玉润《诗经原始》："然为国而使贤人君子乐处下位，不欲居尊以任事，则其时势亦可想知。此诗之所以存而不削欤。"

君子阳阳[1]，
左执簧[2]，
右招我由房[3]。
其乐只且[4]！

君子陶陶[5]，
左执翿[6]，
右招我由敖[7]。
其乐只且。

[1]阳阳：快乐得意的样子。

[2]簧：古时的一种吹奏乐器。

[3]由房：宴会或休息时演奏的乐曲。

[4]只、且：语气助词，没有实义。

[5]陶陶：快乐的样子。

[6]翿：旗子插上羽毛做成的舞具。

[7]由敖：舞曲名。

扬之水

戍卒怨也

　　这是一首描写戍边的男子想家不得归的诗。周平王东迁后，派兵戍边，"其所以致民怨嗟，见诸歌咏而不已者，以征调不均，瓜代又难必耳……此东都之不再振而西辙之难归者有由然矣。"

扬之水[1]，不流束薪[2]。
彼其之子，不与我戍申[3]。
怀哉怀哉，曷月予还归哉？

扬之水，不流束楚[4]。
彼其之子，不与我戍甫。
怀哉怀哉，曷月予还归哉？

扬之水，不流束蒲[5]。
彼其之子，不与我戍许。
怀哉怀哉，曷月予还归哉？

[1] 扬：缓慢的。

[2] 不流：带不走。束：捆。薪：柴，注见《汉广》。

[3] 不与我：不和我一起。戍申：驻守申地。与下文甫、许皆姜姓国。

[4] 楚：灌木，荆条。

[5] 蒲：蒲柳。

中谷有蓷
(tuī)

闵(lǐ)嫠妇也

　　这是一首妇女被弃，无处相告的诗。朱熹《诗集传》："凶年饥馑，室家相弃。妇人览物起兴，而自述其悲叹之辞也。"

中谷有蓷 [1]，暵(hàn)其乾矣 [2]。
有女仳离 [3]，嘅(pǐ)(kǎi)其叹矣 [4]。
嘅其叹矣，遇人之艰难矣 [5]。

中谷有蓷，暵其脩(xiū)矣 [6]。
有女仳离，条其啸(xiào)矣 [7]。
条其啸矣，遇人之不淑矣。

中谷有蓷，暵其湿矣 [8]。
有女仳离，啜(chuò)其泣矣 [9]。
啜其泣矣，何嗟及矣 [10]。

[1] 中谷：谷中。蓷：益母草。

[2] 暵：使干枯。

[3] 仳离：分别。

[4] 嘅：今作"慨"。

[5] 遇人：所遇之人，这里指自己的丈夫。

艰难：窘迫，困顿。

[6] 脩：干涸，枯死。

[7] 条其啸矣：长长的哀叹。啸字见《江有汜》。

[8] 湿：潮湿。一说通"曤"，晒干。

[9] 啜：哭泣时抽噎。

[10] 嗟：悲叹。

兔 爰
yuán

伤乱始也

这是一个没落贵族因厌世而作的诗。崔述《读风偶识》谓:"其人当生于宣王之末年,王室未骚,是以谓之'无为'。既而幽王昏暴,戎狄侵陵,平王播迁,家室飘荡,是以谓之'逢此百罹'。"方玉润《诗经原始》谓当时"以致贤者退处下位,不欲居高以听政,小人幸逃法纲,反得肆志而横行。于是狡者脱而介者烹,奸者生而良者死"。

有兔爰爰[1],雉离于罗[2]。

我生之初,尚无为[3]。

我生之后,逢此百罹[4],
lí

尚寐无吡[5]!
é

有兔爰爰,雉离于罦[6]。
fú

我生之初,尚无造。

我生之后,逢此百忧,

尚寐无觉[7]!

有兔爰爰,雉离于罿[8]。
tóng

我生之初,尚无庸。

我生之后,逢此百凶,

尚寐无聪[9]!

[1]爰爰:悠然自得的样子。

[2]雉:山鸡。离:同"罹",遭遇。罗:罗网。

[3]尚:还,仍然。为:劳役,与下文中"造""庸"同义。

[4]罹:忧患。

[5]尚:还是。吡:活动。只想睡觉不想动。

[6]罦:捕鸟的网。

[7]觉:醒过来。

[8]罿:同"罦"。

[9]聪:听。

葛藟

gé lěi

民穷无所依也

　　这首诗是一个无家可归的人的倾诉。朱熹《诗集传》："世衰民散，有去其乡里家族而流离失所者，作此诗以自叹。"方玉润《诗经原始》更进一步说："世道如此，民情可知。谁则使之然哉？当必有任其咎者，即谓平王之弃其九族，而民因无九族之亲者，亦奚不可？"

绵绵葛藟[1]，在河之浒[2]。

终远兄弟[3]，谓他人父。

谓他人父，亦莫我顾[4]。

绵绵葛藟，在河之涘[5]。

终远兄弟，谓他人母。

谓他人母，亦莫我有[6]。

绵绵葛藟，在河之漘[7]。

终远兄弟，谓他人昆[8]。

谓他人昆，亦莫我闻[9]。

[1] 绵绵：连绵不断的样子。葛：蔓生植物。藟：藤。

[2] 浒：水边。

[3] 终：既然，已经。远：远离。

[4] 顾：眷顾，照顾。意为管别人叫父亲也没用。

[5] 涘：水边。

[6] 有：同"友"，亲近。

[7] 漘：水边。

[8] 昆：兄，哥哥。

[9] 闻：同"问"，慰问。

采 葛

怀友也

这首诗表达了一位男子对中意女子的相思之情。另有方玉润《诗经原始》："夫良友情亲，如同夫妇，一朝远别，不胜相思，此正交情浓厚处，故有三月、三秋、三岁之感也。"

彼采葛兮 [1]，一日不见，

如三月兮！

彼采萧兮 [2]，一日不见，

如三秋兮 [3] ！

彼采艾兮 [4]，一日不见，
（ài）

如三岁兮！

[1] 葛：蔓生植物。

[2] 萧：芦荻，用火烧有香气，古时用来祭祀。一说亦为艾蒿。

[3] 三秋：这里指三季，九月。

[4] 艾：艾蒿。

大 车

征夫叹也

这是一首女子爱慕男子，渴望与其相爱并大胆表白的诗。另有一说从方玉润《诗经原始》："周衰世乱，征伐不一，周人从军，迄无宁岁。恐此生永无团聚之期，故念其室家而与之决绝如此。然其情亦可惨矣！"

大车槛槛^[1]，毳衣如菼^[2]。

岂不尔思？畏子不敢。

大车啍啍^[3]，毳衣如璊^[4]。

岂不尔思？畏子不奔^[5]。

榖则异室^[6]，死则同穴。
谓予不信，有如皦日^[7]。

[1] 槛槛：车辆行驶的声音。

[2] 毳衣：毛织的衣服。菼：初生的荻。

[3] 啍啍：车行迟缓。

[4] 璊：红色的玉。

[5] 尔思：思尔，一说为思家，一说为思车上男子。奔：私奔。

[6] 榖：活着的时候。异室：不住在一起。

[7] 皦：白，明亮。

117

丘中有麻

招贤偕隐也

这首诗描写的是一位女子焦急地等待情郎的情景。另有三说:《毛序》:"思贤也。庄王不明,贤人放逐,国人思之而作是诗也。"朱熹《诗集传》:"妇人望其所与私者而不来,故疑丘中有麻之处,复有与之私而留之者,今安得其施施然而来乎?"方玉润《诗经原始》:"周衰,贤人放废,或越在他邦,或尚留本国,故互相招集,退处丘园以自乐。"

丘中有麻,彼留子嗟[1]。

彼留子嗟,将其来施施[2]。

丘中有麦,彼留子国[3]。

彼留子国,将其来食。

丘中有李,彼留之子[4]。

彼留之子,贻我佩玖[5]。

[1] 子嗟:一说人名,不可解。

[2] 将:请,愿,希望。施施:徐行的样子。另有本作"将其来施",帮助。

[3] 子国:人名。

[4] 之子:这个人。

[5] 佩玖:黑色佩玉。

郑风

郑，本在西都畿内咸林（今陕西渭南）之地。周宣王以封其弟友为采地。后为幽王司徒，死于犬戎之难，是为桓公。其子武公掘突，定平王于东都，亦为司徒。又得虢、桧地，乃徙其封而施旧号于新邑，是为新郑（河南新郑）。

缁 衣

美郑武公好贤也

　　本诗记录了男子衣服破旧，女子为其新做了一件，并送到了他做官的地方。方玉润《诗经原始》："美郑武公好贤也。其好贤无倦之心，殆将与握发吐哺、后先相映，为万世美谈，此《缁衣》之诗所由作也。"

缁衣之宜兮[1]，敝[2]，

予又改为兮[3]。

适子之馆兮[4]，还[5]，

予授子之粲兮[6]！

缁衣之好兮，敝，

予又改造兮。

适子之馆兮，还，

予授子之粲兮！

缁衣之席兮[7]，敝，

予又改作兮。

适子之馆兮，还，

予授子之粲兮！

[1] 缁衣：黑色的朝服。

[2] 敝：坏。

[3] 予：我。又：再。改：重新。为：做。

[4] 适：到…去。馆：客舍。

[5] 还：回来。

[6] 粲：通"餐"，饭食。

[7] 席：宽、大。

将仲子

讽世以礼自持也

这首诗写了一个恋爱中的女子的矛盾心理。三家诗以为"刺庄公"，朱熹谓为"淫奔者之辞"。唯独方玉润《诗经原始》认为"此诗难保非采自民间吕巷、鄙夫妇相爱慕之辞，然其义有合于圣贤守身大道，故太史录之，以为涉世法"。

将仲子兮 [1]！无踰我里 [2]，
无折我树杞 [3]。岂敢爱之 [4]？
畏我父母 [5]。仲可怀也 [6]，
父母之言，亦可畏也。

将仲子兮，无踰我墙，
无折我树桑。岂敢爱之？
畏我诸兄。仲可怀也，
诸兄之言，亦可畏也。

将仲子兮，无踰我园，
无折我树檀 [7]。岂敢爱之？
畏人之多言 [8]。仲可怀也，
人之多言，亦可畏也。

[1] 将：请，希望。仲子：诗中指代男子。

[2] 踰：旧作"踰"，越过。里：古代五家为邻，五邻为里，有院墙。

[3] 杞：树木名，即杞树。

[4] 爱：吝惜，痛惜。

[5] 畏：害怕。

[6] 可怀：值得想念。

[7] 檀：檀树，可做车。

[8] 多言：说闲话。

叔于田

刺庄公纵弟田猎自喜也

　　这首诗写的是女子对自己喜欢的猎人的表白与赞美。《毛序》："刺庄公也。叔处于京，缮甲治兵，以出于田，国人说而归之。"此说多为后人诟病，犹朱熹《诗集传》："或疑此亦民间男女相悦之辞也。"

叔于田[1]，巷无居人[2]。

岂无居人？

不如叔也，洵美且仁[3]。

叔于狩[4]，巷无饮酒[5]。

岂无饮酒？

不如叔也，洵美且好。

叔适野[6]，巷无服马[7]。

岂无服马？

不如叔也，洵美且武[8]。

[1]叔：指猎人。田：打猎。

[2]巷：里中道路，里字见《将仲子》。居人：贤良之人。

[3]洵：实在，确实。仁：慈爱。

[4]狩：打猎，一般指冬天打猎。

[5]饮酒：能喝酒的人。

[6]适：往，到……去。野：郊外。

[7]服马：驾车。

[8]武：威武。

大叔于田

刺庄公纵弟恃勇而胜众也

这首诗描写的是猎人打猎的场面。方玉润《诗经原始》："前篇虚写，此篇实赋。前篇私游，此篇从猎。"严粲《诗缉》："短篇者止曰叔于田，长篇者加大为别。"也有人认为后篇为改写后的作品。

叔于田，乘乘马 [1]。

执辔如组 [2]，两骖如舞 [3]。

叔在薮 [4]，火烈具举 [5]。

襢裼暴虎 [6]，献于公所 [7]。

将叔无狃 [8]，戒其伤女 [9]。

叔于田，乘乘黄。

两服上襄 [10]，两骖雁行。

叔在薮，火烈具扬 [11]。

叔善射忌 [12]，又良御忌 [13]。

抑磬控忌 [14]，抑纵送忌 [15]。

叔于田，乘乘鸨 [16]。

两服齐首 [17]，两骖如手 [18]。

叔在薮，火烈具阜 [19]。

叔马慢忌，叔发罕忌 [20]。

抑释掤忌 [21]，抑鬯弓忌 [22]。

[1]乘马：四马为一乘。

[2]执辔：挥动缰绳。组：丝带。

[3]骖：四马中靠两边的马。如舞：像在跳舞，比喻有节奏。

[4]薮：低地沼泽。

[5]火烈：放火烧草，隔断野兽逃跑的路。具举：全都举起，指火光同时从四面升起。

[6]禮：脱衣露出上身。裼：脱衣露出内衣。暴：弃车搏击。

[7]公所：官府所在地。

[8]将：请。狃：习以为常而不重视。

[9]戒：防备。女：汝。

[10]服：四马中间的两匹马。上襄：并驾于车前。

[11]扬：旺盛。

[12]忌：语气词，表示赞美。

[13]良：精通。

[14]抑：助词，于句首补足音节。磬：形容人弯腰前屈的样子。控：操纵。

[15]纵：放箭。送：追逐。一说"纵送"为驰骋意。

[16]鸨：有黑白杂色的马。

[17]齐首：齐头并进。

[18]如手：如人之手垂于身体两侧。

[19]阜：旺盛。

[20]发：把箭射出。罕：稀少。

[21]释：解开。掤：箭筒的盖子。

[22]鬯：弓囊。此处用作动词，放回弓囊。

清 人

刺郑文公弃其师也

这是一首讽刺郑国将军高克背叛郑国，逃往陈国的诗。《春秋·闵公二年》："冬，十有二月，狄入卫，郑弃其师。"《左传》："高克奔陈。郑人为之赋《清人》。"

清人在彭[1]，驷介旁（sì）旁（bēng）[2]。
二矛重英[3]，河上乎翱翔。

清人在消，驷介麃（biāo）麃[4]。
二矛重乔[5]，河上乎逍遥。

清人在轴，驷介陶（dào）陶[6]。
左旋右抽[7]。中军作好（hǎo）[8]。

[1]清：郑国邑名。清人：指高克的军队。在：驻守，驻扎。彭：卫国邑名。

[2]驷介：披着甲的四匹马。介：甲。旁旁：通"骁"，马行不息貌。

[3]矛：兵器长矛。英：做装饰的红缨。

[4]麃麃：威武的样子。

[5]乔：旧作"峤"，通"鹬"，矛柄装饰羽毛的地方。

[6]陶陶：驱驰貌。

[7]旋：旋车，车左侧的人负责方向。抽：抽刀。车右侧的人负责刺敌。

[8]中军：将在鼓下居车之中。作好：姿态美好。

羔 裘
qiú

美郑大夫也

　　此诗主要赞美郑国官员。朱熹《诗集传》："盖美其大夫之词，然不知其所指矣。"方玉润《诗经原始》："愚谓此诗非专美一人，必当时盈廷硕彦济美一时……故诗人即其服饰之盛，以想其德谊经济文章之美，而咏叹之如此。"

羔裘如濡 [1]，洵直且侯 [2]。
rú

彼其之子，舍命不渝 [3]。
jì

羔裘豹饰，孔武有力 [4]。

彼其之子，邦之司直 [5]。

羔裘晏兮 [6]，三英粲兮 [7]。

彼其之子，邦之彦兮 [8]。

[1] 羔裘：贵族服也。濡：润泽。

[2] 洵：的确。侯：美。

[3] 渝：变。

[4] 孔：甚，很。

[5] 司直：劝谏君主的官。

[6] 晏：鲜盛的样子。

[7] 英：装饰物，亦可系在矛上。粲：鲜艳亮丽。

[8] 彦：杰出的人才。

遵大路

挽君子勿速行也

　　此诗描写了一位被抛弃的女子在旅途中遇见旧日情人，独诉衷肠的事，感情丰富。方玉润《诗经原始》："挽君子勿速行矣。"

遵大路兮^[1]，掺执子之袪兮^[2]。

无我恶兮，不寁故也^[3]。

遵大路兮，掺执子之手兮。

无我魗兮^[4]，不寁好也。

[1] 遵：循，沿着。

[2] 掺执：拉着，牵着。袪：衣袖。

[3] 寁：速，仓促。故：旧。意不要这么快分别。

[4] 魗：抛弃。不要抛弃我。

女曰鸡鸣

贤妇警夫以成德也

这是一首描写夫妇之间晨间对话的诗。方玉润《诗经原始》："此诗人述贤夫妇相警戒之辞……《关雎》新昏,《葛覃》归宁,此则相夫以成内助之贤,房中雅乐,缺一不备也。"

女曰鸡鸣,士曰昧旦^{mèi} [1]。

子兴视夜 [2],明星有烂 [3]。

将翱将翔,弋凫与雁^{yì fú} [4]。

弋言加之 [5],与子宜之 [6]。

宜言饮酒,与子偕老。

琴瑟在御 [7],莫不静好。

知子之来之^{lài} [8],杂佩以赠之 [9]。

知子之顺之 [10],杂佩以问之 [11]。

知子之好之,杂佩以报之。

[1] 昧旦:天快要亮的时候。

[2] 兴:起。视夜:察看天色。

[3] 明星:启明星。烂:明亮。

[4] 弋:射。凫:野鸭。

[5] 加:射中。

[6] 宜:菜肴,此处作动词用。

[7] 琴瑟:古时以琴瑟合奏比喻夫妇和睦。
御:弹奏。

[8] 子:指妻子。来:通"勑",勤勉。

[9] 杂佩:左右佩玉。

[10] 顺:顺从,体贴。

[11] 问:赠送。

有女同车

这首诗讲一对同车男女的爱慕之情。《毛序》说"忽（郑太子）不昏于齐，后以无大国之援而见逐，故国人刺之。"后世解诗总不离毛说。然方玉润认为此诗"讽忽以昏齐，非刺忽以不昏亲也。……诗仍存者，一为忽惜，一为忽幸。"

有女同车[1]，颜如舜华[2]。

将翱将翔，佩玉琼琚。

彼美孟姜，洵美且都[3]。

有女同行（háng），颜如舜英[4]。

将翱将翔，佩玉将将（qiāng）[5]。

彼美孟姜，德音不忘[6]。

[1] 有：助词，位于单音节词前。同车：同乘一辆车。

[2] 舜华：木槿花。

[3] 孟姜：指文姜。洵：实在。都：优美，娴雅。

[4] 舜英：木槿花。

[5] 将将：佩玉互相碰击的声音。

[6] 德音：声誉好。

山有扶苏

刺世美非所美也

这是一首女子寻求如意郎君不得的失意诗。也有一说为女子和情人之间的打情骂俏之语。诗中的"狂且"、"狡童"并不是真实意义的讽刺，而是一种开玩笑式的嬉闹。又因为全诗出自少女之口，读来趣味盎然，不失其天真、善良。

山有扶苏[1]，隰（xí）有荷华[2]。

不见子都[3]，乃见狂且（jū）[4]。

山有桥松，隰有游龙[5]。

不见子充，乃见狡童[6]。

[1]扶苏：茂木。

[2]隰：低湿的洼地。荷华：荷花。

[3]子都：古代的美男子。下文"子充"同。

[4]乃：反而。狂：狂妄，放纵。且：句末语气助词。

[5]游龙：植物名。

[6]狡童：轻浮少年。

萚 兮
^{tuò}

讽朝臣共扶危也

　　本诗描写的是聚会上男女间相互邀请，一起唱歌的热闹场面。《周礼》："仲春之月，令会男女。于是时也，奔者不禁。若无故而不用令者，罚之。司男女之无夫家者而会之。"

萚兮萚兮[1]，风其吹女[2]。

叔兮伯兮，倡予和女[3]。

萚兮萚兮，风其漂女[4]。

叔兮伯兮，倡予要女[5]。

[1] 萚：脱落的树皮或叶。

[2] 其：助词，无义。女：同"汝"，指萚。

[3] 倡：唱。和：跟着唱。

[4] 漂：飘。

[5] 要：每个乐节结束后附和。

狡 童

忧君为群小所弄也

　　这是一首女子失恋后抱怨的诗。朱熹谓："淫女见绝而戏其人之词。
曰悦己者众，子虽见绝，未至於使我不能餐与息也。"方玉润《诗经原始》
则说："忧君为群小所弄也。"

彼狡童兮[1]，不与我言兮。

维子之故[2]，使我不能餐兮。

彼狡童兮，不与我食兮。

维子之故，使我不能息兮[3]。

[1] 狡童：狡猾的孩子。

[2] 维：因为。

[3] 息：安宁。一说为喘息。

褰 裳
qiān

思见正于益友也

　　这首诗大胆直接地描写了一位少女对情郎的挑逗，也有说是责备恋人的变心。方玉润《诗经原始》谓其"思见正于益友也"。

子惠思我 [1]，褰裳涉溱 [2]。
（qiān）（zhēn）

子不我思 [3]，岂无他人？

狂童之狂也且 [4]！
（jū）

子惠思我，褰裳涉洧 [5]。
（wěi）

子不我思，岂无他士？

狂童之狂也且！

[1] 惠：爱。

[2] 褰：用手提起。裳：下身的衣服。涉：渡过。溱：河名。

[3] 不我思：不思我。

[4] 也、且：语气助词，没有实义。

[5] 洧：河名。

丰

这首诗一说为女子后悔没有与未婚夫成婚，依闻一多《风诗类抄》："亲迎不行，既而悔之。"另有方玉润《诗经原始》："愚意此必寓言，非咏昏也。世衰道微，贤人君子隐处不仕。朝廷初或以礼聘之，不肯速行，后被敦迫，驾车就道。不能自主，发愤成吟。"

子之丰兮^[1]，俟我乎巷兮^[2]，

悔予不送兮^[3]。

子之昌兮^[4]，俟我乎堂兮，

悔予不将兮^[5]。

衣锦褧衣^[6]，裳锦褧裳^[7]。

叔兮伯兮，驾予与行^[8]。

裳锦褧裳，衣锦褧衣。

叔兮伯兮，驾予与归^[9]。

[1] 丰：丰满，容好貌。

[2] 俟：等待。巷：门外。

[3] 送：送女出嫁。

[4] 昌：健壮。

[5] 将：奉行，跟随。

[6] 衣锦：穿着锦缎上衣。褧衣：麻纱罩衣。同下文俱为庶人之妻嫁服也。

[7] 裳锦：穿着锦绣下裙。褧裳：麻纱罩裙。

[8] 驾：驾车。行：出嫁，注见《泉水》。

[9] 归：出嫁，注见《桃夭》。

东门之墠

dōng   shàn

有所思而未得见也

这是一首恋人之间相互问答唱和的诗。王先谦《集疏》："言我岂不思为尔室家，但子不来就我，以礼相近，则我无由得往耳。"另有方玉润《诗经原始》："古诗人多托男女情以写君臣朋友义……故此诗虽不敢遽定为朋友辞，亦不敢随声附和指为淫诗。"

东门之墠 [1]，茹藘在阪 [2]。

lú   bǎn

其室则迩 [3]，其人甚远。

ěr

东门之栗，有践家室 [4]。

lì   jiàn

岂不尔思？子不我即 [5]。

[1] 墠：铲出平坦的地方，通常为祭祀用。

[2] 茹藘：茜草。阪：斜坡。

[3] 迩：近。

[4] 践：排列整齐的样子。

[5] 即：就，靠近。

风　雨

怀友也

　　本诗一说为女子与心爱的男子重逢后所作。《毛序》："《风雨》，思君子也。乱世则思君子不改其度焉。"另方玉润《诗经原始》："夫风雨晦冥，独处无聊，此时最易怀人。况故友良朋，一朝聚会，则尤可以促膝谈心……凡属怀友，皆可以咏，则意味无穷矣。"

风雨凄凄，鸡鸣喈喈^{jiē jiē} [1]。

既见君子，云胡不夷 [2]？

风雨潇潇，鸡鸣胶胶^{jiāo} [3]。

既见君子，云胡不瘳^{chōu} [4]？

风雨如晦^{huì} [5]，鸡鸣不已。

既见君子，云胡不喜？

[1]喈喈：鸟叫声，引申为众声和鸣。

[2]云：语气助词，无实义。胡：怎么。

夷：平和，平静。

[3]胶胶：杂乱相和。

[4]瘳：病好，病痊愈。

[5]晦：昏暗。

子 衿 (jīn)

伤学校废也

　　这是一首表达相思之情的诗。另有方玉润《诗经原始》："此盖学校久废不修，学者散处四方，或去或留，不能复聚如平日之盛，故其师伤之而作是诗。"

青青子衿[1]，悠悠我心。

纵我不往[2]，子宁不嗣音[3]（sì）？

青青子佩，悠悠我思。

纵我不往，子宁不来？

挑兮达兮[4]，在城阙兮[5]。

一日不见，如三月兮！

[1] 青青：纯绿色。衿：衣领。

[2] 纵：即使，就算。

[3] 宁：难道。嗣：寄。音：音信，消息。

[4] 挑兮达兮：来回走动的样子。

[5] 城阙：城楼。

扬之水

阙疑

　　本诗可以看作是一首叮咛勤勉的诗。该诗自古难解，方玉润《诗经原始》："窃意此诗不过兄弟相疑，始因逸间，继乃悔悟，不觉愈加亲爱，遂相勤勉。"闻一多《风诗类抄》解其为："将与妻别，临行慰勉之词也。"

扬之水 [1]，不流束楚 [2]。

终鲜兄弟 [3]，维予与女 [4]。

无信人之言，人实迋女 [5]。

扬之水，不流束薪 [6]。

终鲜兄弟，维予二人。

无信人之言，人实不信。

[1] 扬：水流缓慢的样子。

[2] 束：捆扎。楚：荆条。

[3] 鲜：少，缺少。没有其他兄弟。

[4] 女：同"汝"，你。只有我和你。

[5] 迋：同"诳"，意思是欺骗。

[6] 薪：柴。注见《汉广》。

出其东门

不慕非礼色也

这首诗是男子对相恋女子的表白。另有方玉润《诗经原始》："此诗亦贫士风流自赏，不屑与人寻芳逐艳。"

出其东门，有女如云。

虽则如云，匪我思存[1]。

缟衣綦巾[2]，聊乐我员[3]。

出其闉阇[4]，有女如荼[5]。

虽则如荼，匪我思且[6]。

缟衣茹藘[7]，聊可与娱。

[1] 匪：非。存：心中想念。

[2] 缟衣：白色的绢制衣服。綦巾：青色佩巾或头巾。

[3] 聊：且。员：通"云"，语气助词，没有实义。

[4] 闉：瓮城的城门。阇：城门上的台。

[5] 荼：白色茅花。

[6] 且："徂"的假借字，向往。

[7] 茹藘：茜草，可作红色染料。这里借指红色佩巾。娱：欢乐。

野有蔓草

朋友相期会也

　　这是一首男子在野外偶遇一位美丽女子，一见钟情后所作的诗。欧阳修《诗本义》：“男女婚聚失时，邂逅相遇于田野间。”

野有蔓草[1]，零露泹兮[2]（tuán）。

有美一人，清扬婉兮[3]。

邂逅相遇[4]（xiè hòu），适我愿兮。

野有蔓草，零露瀼瀼[5]（ráng）。

有美一人，婉如清扬。

邂逅相遇，与子偕臧[6]（zāng）。

[1] 蔓：延。

[2] 零：滴落。泹：露水多的样子。

[3] 清扬：眉清目秀。婉：貌美。

[4] 邂逅：无意中相见。

[5] 瀼：露水多的样子。

[6] 臧：善，美好。

溱　洧
_{zhēn　wěi}

刺淫也

　　这首诗的背景是郑国的三月三日上巳节，青年未婚男女可以在溱水、洧水边自由相恋、同居，该诗反映了这一盛况。方玉润《诗经原始》："在三百篇中别为一种，开后世冶游艳诗之祖。"

溱与洧，方涣涣兮[1]。

士与女[2]，方秉蕑兮[3]。

女曰观乎[4]？士曰既且[5]。

且往观乎？洧之外，

洵訏且乐[6]。维士与女，

伊其相谑[7]，赠之以勺药。

溱与洧，浏其清矣[8]。

士与女，殷其盈矣[9]。

女曰观乎？士曰既且。

且往观乎？洧之外，

洵訏且乐。维士与女，

伊其将谑，赠之以勺药。

[1] 涣涣：水盛的样子。

[2] 士：古代的男子。指春游的男男女女。

[3] 方：正。秉：执。蕑：兰草，男女皆佩，有香水的作用。

[4] 观乎：去看吗？

[5] 既：已经。且：通"徂"，去、往。意为已经去过了。

[6] 洵：确实。訏：大。指洧水对岸宽广好玩。

[7] 伊其相谑：相互有说有笑。

[8] 浏：水清的样子。

[9] 殷：众多。

齐
风

　　齐，本少昊时爽鸠氏所居之地。周武王以封太公望，东至于海，西至于河，南至于穆陵，北至于无棣。太公望即封于齐，通工商之业，便鱼盐之利，民多归之，故为大国。

鸡 鸣

贤妇警夫早朝也

这是一首妻子催促丈夫早起的诗。姚际恒谓："警其夫欲令早起，故终夜关心，乍寐乍觉，误以蝇声为鸡鸣，以月光为东方明，真情实景，写来活现。"

鸡既鸣矣，朝(cháo)既盈矣[1]。

匪鸡则鸣，苍蝇之声。

东方明矣，朝既昌矣[2]。

匪东方则明，月出之光。

虫飞薨薨(hōng)，甘与子同梦[3]。

会且归矣[4]，无庶予子憎[5]。

[1] 朝：朝堂。盈：满，指上朝的人都到了。

[2] 昌：美好貌，指上朝的人都着盛装。

[3] 甘：愿。

[4] 会：朝会。且：将要。归：回家。

[5] 无庶：即"庶无"，希望，但愿。予：给予。憎：憎恶。意为别让朝堂上的人讨厌你。

还
<small>xuán</small>

　　这是猎人之间互相赞美的诗。方玉润《诗经原始》："'子之还兮'己誉人也；'谓我儇兮'人誉己也；'并驱'，则人己皆与有能也。寥寥数语，自具分合变化之妙。猎固便捷，诗亦轻利，神乎技矣！"

子之还兮 [1]，遭我乎猫之间兮 [2]。
并驱从两肩兮 [3]，揖我谓我儇兮 [4]。

子之茂兮 [5]，遭我乎猫之道兮。
并驱从两牡兮 [6]，揖我谓我好兮。

子之昌兮 [7]，遭我乎猫之阳兮 [8]。
并驱从两狼兮，揖我谓我臧兮 [9]。

[1] 还：旧作"還"，身体敏捷的样子。
[2] 遭：相遇。猫：山名。
[3] 从：追赶。肩：身型大的野兽。
[4] 揖：相见时做拱手状的礼节。儇：敏捷灵便。
[5] 茂：美好。
[6] 牡：雄兽。
[7] 昌：美好貌。
[8] 阳：山的南面。
[9] 臧：善。

zhù 著

刺不亲迎也

这首诗描写的是结婚时新郎亲自迎接新娘的情景。陈子展《诗经直解》推测其为"贵族女子出嫁，女伴相随歌唱之词，有如后世伴娘之歌词赞颂然"。另有方玉润认为著、庭、堂均在新郎家，则"礼贵亲迎而齐俗反之，故可刺"。

sì
俟我於著乎而[1]，

充耳以素乎而[2]，

尚之以琼华乎而[3]。

俟我於庭乎而[4]，

充耳以青乎而，

尚之以琼莹乎而。

俟我於堂乎而[5]，

充耳以黄乎而，

尚之以琼英乎而。

[1] 俟：等待。著：门和屏风之间。乎而：语气连词。

[2] 充耳：古代男子的冠饰，悬在耳边。以：用，拿。素：白色丝线。

[3] 尚：添饰。琼华：美玉。

[4] 庭：中庭，院中。

[5] 堂：正房前。

东方之日

刺荒淫也

　　这首诗写了一对青年男女间的恩爱。《毛序》谓："君臣失道，男女淫奔，不能以礼化也。"朱熹《诗序辩说》："此男女淫奔者所自作，非有刺也。其曰君臣失道，尤无所谓。"

东方之日兮，

彼姝者子[1]，

在我室兮。

在我室兮，

履我即兮[2]。

东方之月兮，

彼姝者子，

在我闼兮[3]。

在我闼兮，

履我发兮[4]。

[1] 姝：美丽。子：女子。

[2] 履：蹑，踩。即：行，足迹。

[3] 闼：门与屏之间的空地。

[4] 发：离去。履即、履发：一步不离紧跟着走。

146

东方未明

刺无节也

　　这首诗是一个在官府当差的小官吏的内心独白。此诗自古难解，以闻一多为佳。闻一多《风诗类钞》："夫之在家，从不能守夜之正时，非出太早，即归太晚。妇人称夫曰狂夫。"

东方未明，颠倒衣裳[1]。

颠之倒之，自公召之[2]。

东方未晞xī[3]，颠倒裳衣。

倒之颠之，自公令之。

折柳樊圃fán pǔ[4]，狂夫瞿瞿jù[5]。

不能辰夜[6]，不夙则莫mù[7]。

[1] 衣：上身穿为衣。裳：下身穿为裳。

[2] 自：由于。公：公家，公所。

[3] 晞：天色微明。

[4] 樊：篱笆。圃：菜园。

[5] 瞿瞿：瞪着眼睛看的样子。

[6] 不能：不能分辨。辰：通"晨"，早晨。

[7] 夙：早。莫：同"暮"，日落。

147

南 山

刺襄公淫其妹，而鲁不能禁也

本诗描写的是齐襄公与其同父异母的妹妹文姜淫乱私通的事。方玉润《诗经原始》："刺襄公淫其妹，而鲁不能禁也……试问此事岂一人咎哉？鲁桓、文姜、齐襄三人者，皆千古无耻人也。故此诗不可谓专刺一人也。"

南山崔崔^{cuí}[1]，雄狐绥绥^{suí}[2]。

鲁道有荡[3]，齐子由归[4]。

既曰归止[5]，曷又怀止[6]？

葛屦五两^{jù}[7]，冠緌双止^{ruí}[8]。

鲁道有荡，齐子庸止[9]。

既曰庸止，曷又从止？

蓺麻如之何^{yì}[10]？衡从其亩[11]。

取妻如之何？必告父母。

既曰告止，曷又鞠止^{jū}[12]？

析薪如之何^{xī xīn}[13]？匪斧不克[14]。

取妻如之何？匪媒不得。

既曰得止，曷又极止[15]？

[1] 崔崔：山高大貌。

[2] 绥绥：缓缓独行。

[3] 荡：平坦。

[4] 齐子：齐女，指文姜。由：从（这里）。归：出嫁。

[5] 既：既然。止：句末语气词。

[6] 曷：为什么。怀：来，至。

[7] 葛屦：葛布鞋。五：通"伍"。两：一双。葛屦成伍必两，冠緌必双。

[8] 冠：帽子。緌：帽带末端下垂的部分。

[9] 庸：用。

[10] 蓺：种植。如之何：如何，怎么样。

[11] 衡从：横竖（纵）。

[12] 鞠：穷。

[13] 析薪：劈柴。指怎样结婚的？

[14] 克：能，成功。

[15] 极：放纵无束。

甫 田
(fǔ)

未详

该诗解自古未有定论，一说为妇女对远方丈夫的深切呼唤，一说为对远方亲人的思念，皆从字面解诗。方玉润《诗经原始》："前两章与后一章词气全部相类，此中必有所指，与泛言义理者不同。"

无田甫田 [1]，维莠骄骄 [2]。
(diàn)　　　(yǒu)
无思远人，劳心忉忉 [3]。
　　　　　(dāo)

无田甫田，维莠桀桀 [4]。
无思远人，劳心怛怛 [5]。
　　　　　(dá)

婉兮娈兮 [6]，总角丱兮 [7]。
　　　　　　　　(guàn)
未几见兮，突而弁兮 [8]！
　　　　(biàn)

[1] 无田：田，后作"佃"。不要耕种。甫田：很大的田地。

[2] 莠：田间的杂草。骄骄：草茂盛的样子。

[3] 忉忉：忧愁的样子。

[4] 桀桀：高高挺立的样子。

[5] 怛怛：悲伤的样子。

[6] 婉：貌美。娈：清秀。

[7] 总角：小孩头两侧上翘的小辫。丱：儿童束发成两角的样子。

[8] 弁：帽子。古时男子成人才戴帽子。

149

卢 令

刺好田也

　　这是一首赞美猎人的诗。《毛序》认为该诗刺齐襄公"好田猎毕弋，而不修民事。"方玉润《诗经原始》："盖游猎自是齐俗所尚，诗人即所见以咏之。"

卢令令^[1]，其人美且仁。

卢重环^[2]，其人美且鬈^[3]。（quán）

卢重鋂^[4]，其人美且偲^[5]。（méi）（cāi）

[1] 卢：旧作"獹"，猎犬。令令：犬颈上挂的环声。

[2] 重环：子母环。

[3] 鬈：一本作"卷"，发好貌。

[4] 鋂：猎犬脖上的大连环。

[5] 偲：胡子多而密。一说有才能。

敝 笱
gǒu

刺鲁桓公不能防闲文姜也

本诗讽刺了齐国的文姜与齐襄公私通。《大序》认为"齐人恶鲁桓公微弱",朱熹认为"桓当为庄",方玉润《诗经原始》"此诗当作于(桓)公与夫人如齐之顷,而未薨于车之先。"

敝笱在梁,其鱼鲂鳏 [1]。

齐子归止,其从如云 [2]。

敝笱在梁,其鱼鲂鱮 xù [3]。

齐子归止,其从如雨。

敝笱在梁,其鱼唯唯 [4]。

齐子归止,其从如水。

[1] 敝笱:破旧渔网。梁:用石块在水中垒成的堰。鲂鳏:皆为大鱼。

[2] 从:仆从,随从。

[3] 鱮:鲢鱼。

[4] 唯唯:鱼群出入自由。

载 驱
zài qū

刺文姜如齐无忌也

本诗继《敝笱》和《南山》后，再次描写了齐襄公与文姜的私通。方玉润《诗经原始》："此诗以专刺文姜为主，不必牵涉襄公，而襄公之恶自不可掩。"

载驱薄薄[1]，簟茀朱鞹[2]。
diàn fú kuò

鲁道有荡，齐子发夕[3]。

四骊济济[4]，垂辔沵沵[5]。
lí jǐ jǐ pèi mǐ

鲁道有荡，齐子岂弟[6]。
kǎi tì

汶水汤汤[7]，行人彭彭[8]。
shāng bāng

鲁道有荡，齐子翱翔。

汶水滔滔[9]，行人儦儦[10]。
biāo

鲁道有荡，齐子游敖[11]。

[1] 载：乃。驱：驾车疾行。薄薄：车疾行的声音。

[2] 簟：车上的竹席。茀：车上的竹帘。朱鞹：旧作"鞟"，用红色革皮包裹。这些均为贵妇所乘之车才有的。

[3] 发：离去。夕：傍晚。

[4] 骊：黑色的马。济济：威仪貌。

[5] 垂辔：缰绳弯曲下垂。沵沵：众多貌。一说为柔顺貌。

[6] 岂弟：欢乐安闲。指齐姜毫无羞耻之心。

[7] 汤汤：水大的样子。

[8] 彭彭：行人众多的样子。

[9] 滔滔：水流浩荡。

[10] 儦儦：众多的样子。

[11] 游敖：悠游自在。

猗 嗟

<small>yī</small>

美鲁庄公材艺之美也

本诗是对一位英武少年的赞美。诸儒皆说为鲁庄公。方玉润《诗经原始》："此齐人初见庄公而叹其威仪技艺之美，不失名门子，而又可以为戡乱之材。"

猗嗟昌兮^[1]，颀而长兮^[2]。

<small>qí</small>

抑若扬兮^[3]，美目扬兮^[4]。

巧趋跄兮^[5]，射则臧兮^[6]。

<small>qiàng</small>

猗嗟名兮，美目清兮。

仪既成兮^[7]，终日射侯^[8]。

不出正兮^[9]，展我甥兮^[10]。

猗嗟娈兮，清扬婉兮。

舞则选兮^[11]，射则贯兮^[12]。

四矢反兮^[13]，以御乱兮。

[1]猗嗟：叹词。昌：美好貌。

[2]颀、长：身材高大的样子。

[3]抑：美貌。扬：眉眼之间。

[4]扬：目光有神的样子

[5]巧：灵巧，机敏。趋：小步快走。跄：步伐舒缓有节奏。以上皆为古代行礼的步法。

[6]射：射箭，也是古代诸侯相会的礼仪，是为宾射。臧：好，妙。

[7]仪：仪式。成：完成。

[8]侯：箭靶。

[9]出：离开。正：靶心。

[10]展：诚然，确实。

[11]舞：跳舞。选：整齐。

[12]贯：中而穿革。

[13]四矢：礼，射三而上，每射四矢，皆中原处，为复（反）射。

魏
风

魏，本舜、禹故都也。其地狭隘，而民贪俗俭，盖有圣贤之遗风焉。风初以封同姓，后为晋献公所灭，而取其地。

葛屦 jù

刺褊也

　　这首诗描写的是一个女仆为贵妇人缝制新衣服的场面。方玉润《诗经原始》："俭，美德也，何可刺？然俭之过则必至于啬，啬之过则必至于褊……故俭亦当有节焉，乃为贵耳。"

纠纠葛屦 [1]，可以履霜 [2]。

掺掺女手 shān [3]，可以缝裳。

要之襋之 jí [4]，好人服之 [5]。

好人提提 tí [6]，宛然左辟 bì [7]，

佩其象揥 tì [8]。

维是褊心 [9]，是以为刺 [10]。

[1] 纠纠：纠缠交错的样子。葛屦：葛麻编织的草鞋。

[2] 可以：何以。履：践踏。

[3] 掺掺：形容手的纤细。

[4] 要：通"腰"，系在腰间。襋：衣领，作动词。

[5] 好人：美人，此处指夫人。

[6] 提提：通"媞媞"，优雅安祥。

[7] 宛然：转身，礼让之意。辟：同"避"。古人以右为尊，故让者辟右就左。

[8] 象揥：象牙做的发簪。

[9] 维：因为。是：指这个人。褊心：心地狭窄。

[10] 是以：以是。刺：讽刺。

fén jù rù

汾沮洳

美俭德也

　　这是一首赞美劳动者的诗。方玉润《诗经原始》："前篇刺褊，此篇美俭，二诗互证，义旨乃明。……诗人于采莫、采桑、采藚之际，得睹勤劳而叹美之。"

彼汾沮洳[1]，言采其莫[2]。

彼其之子，美无度[3]。

美无度，殊异乎公路[4]。

彼汾一方[5]，言采其桑。

彼其之子，美如英[6]。

美如英，殊异乎公行[7]。

彼汾一曲[8]，言采其藚[9]。

彼其之子，美如玉。

美如玉，殊异乎公族[10]。

[1] 汾：水名。沮洳：泥沼，低湿的地方。

[2] 莫：草名。嫩茎可食，俗称牛舌头。

[3] 度：衡量。无度：无法衡量。

[4] 殊异：优异出众。公路：官职，掌公之路车。多以卿大夫之庶子为之。

[5] 方：边，旁。

[6] 英：花朵。

[7] 公行：官职，掌兵车之行列。

[8] 曲：拐弯的地方。

[9] 藚：泽舄，一种草。

[10] 公族：官职，掌公之宗族。以卿大夫嫡子为之。

园有桃

贤者忧国政日非也

这首诗是郁郁不得志之人所发的哀叹与牢骚。方玉润《诗经原始》："贤者忧国政日非也。魏之失不在俭，而在啬与褊，且不在卿大夫之俭，而在国君之褊与急。……园必有桃而后可以为殽，国必有民而后可以为治。"

园有桃，其实之殽^{yáo}[1]。

心之忧矣，我歌且谣[2]。

不知我者，谓我士也骄。

彼人是哉[3]？子曰何其[4]？

心之忧矣，其谁知之[5]！

其谁知之，盖亦勿思[6]！

园有棘^{jí}[7]，其实之食。

心之忧矣，聊以行国[8]。

不知我者，谓我士也罔极[9]。

彼人是哉？子曰何其？

心之忧矣，其谁知之！

其谁知之，盖亦勿思！

[1] 殽：通"肴"，食也。

[2] 歌：配乐而唱曰歌。谣：独唱无乐曰谣。

[3] 是哉：对吗，正确吗？

[4] 子曰何其：你认为是什么缘故。其：语气词，表疑问。

[5] 其：语气词，表推测。谁知之：谁了解我？

[6] 盖：何不，为什么不。

[7] 棘：酸枣树。

[8] 行国：在国内周游。

[9] 罔极：不可测度。

陟 岵
zhì hù

孝子行役而思亲也

这首诗表达的是征人对亲人、对家乡的深深思念。《毛序》:"《陟岵》,孝子行役,思念父母也。国迫而数侵削,役乎大国,父母兄弟离散,而作是诗也。"

陟彼岵兮 [1],瞻望父兮。

父曰:"嗟!予子行役,

夙夜无已 [2]。

上慎 旃哉 [3]!犹来无止 [4]!"
shènzhān

陟彼屺兮 [5],瞻望母兮。
qǐ

母曰:"嗟!予季行役 [6],

夙夜无寐。

上慎旃哉!犹来无弃 [7]!"

陟彼冈兮,瞻望兄兮。

兄曰:"嗟!予弟行役,

夙夜必偕 [8]。

上慎旃哉!犹来无死!"

[1] 陟:登上,注见《卷耳》。岵:有草木的山。《毛传》谓"没有草木的山"。

[2] 已:停止。另有断句为"嗟予子,行役夙夜无已"。下同。

[3] 上:通"尚",表示祈求。慎:小心谨慎。旃:语气助词。意为自己多注意吧!

[4] 犹:还是。止:停留不归。意为还是得回来,不要待在那里不回来。

[5] 屺:无草木的山。《毛传》谓"有草木的山"。

[6] 季:兄弟中排行最小,此为小儿子。

[7] 弃:抛弃。

[8] 偕:一起。形容服役时没有自由。

十亩之间

夫妇偕隐也

这首诗描写了采桑女子结束一天的劳动工作后，呼朋引伴归家的画面。另有方玉润《诗经原始》："夫妇偕隐也。……盖隐者必挈眷偕往，不必定招朋类也。"

十亩之间兮，桑者闲闲兮[1]，

行与子还兮[2]。

十亩之外兮，桑者泄泄兮[3]，

行与子逝兮[4]。

[1] 闲闲：从容自得的样子。

[2] 行：将要。还：回家。

[3] 泄泄：闲散的样子。

[4] 逝：往，返回。

伐 檀
tán

伤君子不见用于时，而又耻受无功禄也

　　这首诗描写的是一群伐木工对剥削阶级的强烈控诉，讽刺统治者不劳而获。另有方玉润《诗经原始》："此必魏廷贪婪充位比比皆是，间有一二贤人君子清操自矢者，众共排之，俾居闲散无为之地。彼君子者，又耻无功受禄……故诗人伤之，作此以刺时。"

坎坎伐檀兮 [1]，置之河之干兮 [2]，
河水清且涟猗 [3]。
　lián yī
不稼不穑 [4]，胡取禾三百廛兮 [5]？
　jià　sè　　　　　　　　chán
不狩不猎，胡瞻尔庭有县貆兮 [6]？
　　　　　　　　　　xuánhuán
彼君子兮，不素餐兮 [7]！

坎坎伐辐兮 [8]，置之河之侧兮，
河水清且直猗 [9]。
不稼不穑，胡取禾三百亿兮 [10]？
不狩不猎，胡瞻尔庭有县特兮 [11]？
彼君子兮，不素食兮！

坎坎伐轮兮，置之河之漘兮 [12]，
　　　　　　　　　　chún
河水清且沦猗 [13]。
不稼不穑，胡取禾三百囷兮 [14]？
　　　　　　　　　　qūn
不狩不猎，胡瞻尔庭有县鹑兮 [15]？
　　　　　　　　　　　chún
彼君子兮，不素飧兮 [16]！
　　　　　　sūn

[1] 坎坎：用力伐木的声音。檀：檀木，用以做车轴。

[2] 干：河岸。

[3] 涟：风吹水面形成的波纹。猗：语气助词，没有实义。

[4] 稼：种田。穑：收割。

[5] 胡：为何。禾：稻谷。廛：一家所居的房地，夫一廛，田百亩。

[6] 瞻：望见。县：同"悬"，挂。貆：小貉。

[7] 素餐：意思是白吃饭不干活。

[8] 辐：车轮上的辐条。

[9] 直：水面没有风，水平则流直。

[10] 亿：周制十万为亿。

[11] 特：大的野兽。

[12] 漘：水边。

[13] 沦：微风吹拂水面形成的波纹。

[14] 囷：圆仓。

[15] 鹑：鹌鹑。

[16] 飧：做熟后吃。

硕 鼠

刺重敛也

本诗讽刺了高高在上的统治者。方玉润《诗经原始》："此诗见魏君贪残之效，其始皆由错误以啬为俭之故，其弊遂至刻削小民而不知足，以致境内纷纷逃散，而有此咏。"

硕鼠硕鼠，无食我黍！

三岁贯女[1]，莫我肯顾[2]。

逝将去女[3]，适彼乐土。

乐土乐土，爰得我所。

硕鼠硕鼠，无食我麦！

三岁贯女，莫我肯德[4]。

逝将去女，适彼乐国。

乐国乐国，爰得我直[5]。

硕鼠硕鼠，无食我苗！

三岁贯女，莫我肯劳[6]。

逝将去女，适彼乐郊。

乐郊乐郊，谁之永号[7]？
（号 háo）

[1] 三岁：泛指多年。贯：侍奉。女：同"汝"，你。

[2] 顾：顾及。莫我肯顾：莫肯顾我。

[3] 逝：通"誓"，发誓。王引之《经义述闻》作"语助词"。去：离开。

[4] 德：感激。

[5] 爰：乃。直：处所。王引之《经义述闻》：直，通"职"，亦所也。

[6] 劳：慰劳。

[7] 永号：长呼。

唐风

唐，本帝尧旧都。周成王以封弟叔虞为唐侯，因国内有晋水，至子燮乃改国号曰晋。后徙曲沃，又徙居绛。其地土瘠民贫，勤俭质朴，有尧之遗风焉。其诗不谓之晋而谓之唐，盖仍其始封之旧号耳。

蟋 蟀

唐人岁暮述怀也

本诗是古代官员的内心独白。方玉润《诗经原始》："此真唐风也。其人素本勤俭，强作旷达，而又不敢过放其怀，恐耽逸乐，致荒本业。"

蟋蟀在堂[1]，岁聿其莫[2]。

今我不乐，日月其除[3]。

无已大康[4]，职思其居[5]。

好乐无荒[6]，良士瞿瞿[7]。

蟋蟀在堂，岁聿其逝。

今我不乐，日月其迈[8]。

无已大康，职思其外[9]。

好乐无荒，良士蹶蹶[10]。

蟋蟀在堂，役车其休[11]。

今我不乐，日月其慆[12]。

无已大康，职思其忧[13]。

好乐无荒，良士休休[14]。

[1] 堂：堂屋。天气转冷时蟋蟀从野外进到室内。

[2] 聿：语气助词，没有实义。莫：同"暮"。意为一年快过去了。

[3] 除：消逝，句意为光阴已逝。

[4] 已：过度，过分。大康：泰康，安乐。

[5] 职：主要。居：所处的地位。

[6] 好：喜欢。荒：荒废。

[7] 瞿瞿：小心谨慎的样子。

[8] 迈：时光消逝，过去。

[9] 外：指职责以外的事。

[10] 蹶蹶：行动敏捷的样子。

[11] 役车：劳作用车。休：休息。

[12] 慆：逝去。

[13] 忧：忧患。

[14] 休休：安闲自得的样子。

山有枢^{ōu}

刺唐人俭不中礼也

　　本诗讽刺了那些有钱有势的贵族及时行乐、贪婪、吝啬的守财奴嘴脸。另有方玉润《诗经原始》："此讽唐人富者徒俭而不中礼之诗，与前篇针锋相对。"

山有枢^[1]，隰^{xí}有榆^[2]。

子有衣裳，弗曳^{yè}弗娄^{lú}^[3]。

子有车马，弗驰弗驱。

宛其死矣^[4]，他人是愉。

山有栲^{kǎo}^[5]，隰有杻^{niǔ}^[6]。

子有廷内^[7]，弗洒弗埽^{sǎo}。

子有钟鼓，弗鼓弗考^[8]。

宛其死矣，他人是保^[9]。

山有漆^[10]，隰有栗^[11]。

子有酒食，何不日鼓瑟^[12]？

且以喜乐，且以永日^[13]。

宛其死矣，他人入室。

[1] 枢：旧作"樞"，刺榆树。

[2] 隰：潮湿的低地。榆：树名。

[3] 弗：助词。曳：拖。娄：牵。这里都指穿衣。

[4] 宛：枯萎的样子。

[5] 栲：山樗。

[6] 杻：万岁木、菩提树。

[7] 廷内：庭院和房屋。

[8] 考：敲击。

[9] 保：占有，据为己有。谓不享受，死后都归他人。

[10] 漆：漆树。

[11] 栗：栗子树。

[12] 日：天天。

[13] 且：姑且。以：用来。

扬之水

讽昭公以备曲沃也

公元前 8 世纪，晋昭公封他的叔叔桓叔于曲沃。随着桓叔的到来，曲沃逐渐强大起来，因此，桓叔的野心逐渐膨胀，妄图取代晋昭公。本诗为投靠桓叔之人所写，解诗之人从严粲说为忠告，从朱熹说为叛党。

扬之水，白石凿凿[1]。
素衣朱襮[2]，从子于沃[3]。
既见君子[4]，云何不乐？

扬之水，白石皓皓[5]。
素衣朱绣，从子于鹄。
既见君子，云何其忧？

扬之水，白石粼粼[6]。
我闻有命[7]，不敢以告人。

[1] 凿凿：鲜明的样子，即石露出水面，喻隐谋露矣。

[2] 襮：绣有花纹的衣领。只有诸侯才能穿。

[3] 从：跟随，到。沃：曲沃。

[4] 君子：指恒叔。

[5] 皓皓：洁白的样子。

[6] 粼粼：清澈的样子。

[7] 闻：听到。命：命令，政令。

椒 聊
jiāo liáo

忧沃盛而晋微也

《毛序》和三家《诗》都说这是写曲沃桓叔子孙盛大的诗。方玉润《诗经原始》："此诗为沃盛晋弱而发无疑。……圣人存之，正以见其识之远而虑之深耳。若谓民罔常怀，怀于有仁，尽将诗人忠厚视同叛党，可乎哉？"

椒聊之实[1]，蕃衍盈升[2]。
fán

彼其之子，硕大无朋[3]。

椒聊且，远条且[4]。
jū

椒聊之实，蕃衍盈匊[5]。
jū

彼其之子，硕大且笃[6]。
qiě

椒聊且，远条且。

[1]椒：花椒树。聊：语气助词。

[2]蕃衍：众多、余裕。盈：满。升：古代计量单位。

[3]无朋：无比。

[4]椒聊、远条：形容椒树枝条伸展的远，覆盖的面积大。且：盛多貌。

[5]匊：两手合捧。

[6]笃：厚实。

chóu móu
绸 缪

贺新昏也

　　这是一首歌咏新婚的诗。方玉润《诗经原始》："《诗》咏新昏多矣，皆各有命意所在。唯此诗无甚深义，只描摹男女初遇，神情逼真，自是绝作，不可废也。"

绸缪束薪[1]，三星在天[2]。

今夕何夕[3]？见此良人。

子兮子兮[4]，如此良人何[5]！

绸缪束刍[6]（chú），三星在隅。

今夕何夕？见此邂逅[7]（xiè hòu）。

子兮子兮，如此邂逅何！

绸缪束楚，三星在户。

今夕何夕？见此粲者[8]（càn）。

子兮子兮，如此粲者何！

[1] 绸缪：捆绑，缠绕。

[2] 三星：星宿名。在天：始见于东方。与下文"在隅""在户"正是一夜之间的变换。

[3] 今夕何夕：今晚是怎样的夜晚？

[4] 子兮：你呀。

[5] 如……何：把……怎么样。

[6] 刍：喂牲口的青草。古代结婚用薪、刍做礼，点火炬和喂马。

[7] 邂逅：怡悦貌。

[8] 粲：服貌盛矣。

杕 杜
dì dù

自伤兄弟失好而无助也

　　这首诗描写的是流民、无助之人的生活。姚际恒："似不得于兄弟而终望兄弟比助之辞。言我独行无偶，岂无他人可共行乎？然终不如我兄弟也。"方玉润《诗经原始》："自伤兄弟失好而无助也。"

有杕之杜^[1]，其叶湑湑^[2]。
xǔ

独行踽踽^[3]，岂无他人？
jǔ

不如我同父^[4]。

嗟行之人，胡不比焉^[5]？

人无兄弟，胡不佽焉^[6]？
cì

有杕之杜，其叶菁菁^[7]。
jīng

独行睘睘^[8]，岂无他人？
qióng

不如我同姓^[9]。

嗟行之人，胡不比焉？

人无兄弟，胡不佽焉？
cì

[1] 杕：树林挺立的样子。杜：棠梨树。

[2] 湑湑：繁盛的样子。

[3] 踽踽：孤独的样子。

[4] 同父：指兄弟。

[5] 胡：为什么。比：亲近，帮助。

[6] 佽：帮忙，扶助。

[7] 菁菁：繁茂的样子。

[8] 睘睘：本作"茕"，独行无依无靠的样子。

[9] 同姓：兄弟。

羔 裘

qiú

刺在位不能恤民也

此诗题解甚难。《毛序》：“《羔裘》，刺时也。晋人刺其在位，不恤其民也。”方玉润《诗经原始》：“此篇‘羔裘豹祛’，指卿大夫而言也无疑。即下云‘岂无他人，维子之故’，亦其民欲去而不忍去之意也，亦无疑。”

羔裘豹祛[1]，自我人居居[2]。

qū

岂无他人？维子之故[3]。

羔裘豹褎[4]，自我人究究[5]。

xiù

岂无他人？维子之好[6]。

[1] 祛：袖口，引为袖子。士大夫袖子为豹皮缝制。

[2] 自：由是。我人：我们这些人。居居：同“倨倨”，傲慢无礼。意为“我人自居居”。

[3] 维：只有。故：相好。

[4] 褎：衣袖。

[5] 究究：狂傲的样子。

[6] 好：爱好。

鸨 羽

bǎo

刺征役苦民也

这首诗描写的是社会底层人民的困苦生活。朱熹《诗集传》："民从征役而不得养其父母，故作此诗。"方玉润《诗经原始》评述该诗："始则痛居处之无定，继则念征役之何极，终则恨旧乐之难复。"

肃肃鸨羽[1]，集于苞栩[2]。

bāo xǔ

王事靡盬[3]，不能蓺稷黍[4]。

gǔ　　yì

父母何怙[5]？

hù

悠悠苍天，曷其有所[6]？

肃肃鸨翼，集于苞棘。

王事靡盬，不能蓺黍稷。

父母何食[7]？

悠悠苍天，曷其有极[8]？

肃肃鸨行，集于苞桑。

háng

王事靡盬，不能蓺稻粱。

父母何尝[9]？

悠悠苍天，曷其有常[10]？

[1] 肃肃：雁振翅声。鸨：鸨雁。羽：羽毛。

[2] 集：停在。苞：丛生。栩：栎树

[3] 靡：没有。盬：止息。指国家的劳役不断。

[4] 蓺：种植。

[5] 怙：依靠。

[6] 曷：什么时候。其：语气词，表示推测。有所：得其所，回归故乡。

[7] 食：吃。

[8] 有极：到头，到顶点，终止。

[9] 尝：吃。

[10] 有常：恢复正常。

无 衣

代武公请命于王也

本诗是一首通过赞美衣服感念爱人的诗。另有《毛序》："《无衣》，美晋武公也。武公始并晋国，其大夫为之请命乎天子之使，而作是诗也。"方玉润则认为该诗"代武公请命于王也。……（武公）自恃强盛，不惟力能破晋，而且目无天王，特以晋人屡征不服，不能不藉王命以慑服众心。"

岂曰无衣，七兮[1]。

不如子之衣，

安且吉兮[2]！

岂曰无衣，六兮[3]。

不如子之衣，

安且燠^{yù}兮[4]！

[1] 七：表示衣服很多。按礼为侯伯的待遇。

[2] 安：舒适。吉：好，漂亮。

[3] 六：公卿的待遇。与"七"均为向天子索要。

[4] 燠：暖和。

有杕之杜 ^{dì}

自嗟无力致贤也

这是一首大胆的表白之作，女子为追求男子勇敢地说出自己内心的想法。朱熹《诗集传》认为"此人好贤而恐不足以致之"，方玉润从之。

有杕之杜，生于道左。

彼君子兮，噬肯适我 ^{shì} ^[1]？

中心好之 ^[2]，曷饮食之 ^[3]？

有杕之杜，生于道周 ^[4]。

彼君子兮，噬肯来游？

中心好之，曷饮食之？

[1] 噬：发语词。适：来到。

[2] 中心：心中。好之：钟爱它。

[3] 曷：什么时候。食：饮食。

[4] 周：《释文》作"曲"解，道路弯曲处。《韩诗》解作"右"。

<ruby>葛<rt>gé</rt></ruby> 生

征妇怨也

本诗描写的是一位妇女在悼念已经死去的丈夫的情景。方玉润《诗经原始》："征妇怨也。……征妇思夫，久役于外，或存或亡，均不可知，其归与否，更不能必。……以为此生无复见理，惟有百岁后返其遗骸，或与吾同归一穴而已，他何望耶？"

葛生蒙楚[1]，<ruby>蔹<rt>liǎn</rt></ruby>蔓于野[2]。
予美亡此[3]，谁与？独处[4]。

葛生蒙棘，蔹蔓于域[5]。
予美亡此，谁与？独息。

角枕粲兮[6]，锦<ruby>衾<rt>qīn</rt></ruby>烂兮[7]。
予美亡此，谁与？独旦。

夏之日，冬之夜。
百岁之后，归于其居[8]。

冬之夜，夏之日。
百岁之后，归于其室[9]。

[1] 蒙：覆盖。楚：荆条。

[2] 蔹：白蔹，一种蔓生植物。

[3] 予美：我的爱人。

[4] 谁与：与谁，能和谁在一起？

[5] 域：坟地。

[6] 角枕：兽骨做装饰的枕头，敛尸所用。粲：色彩鲜明。

[7] 锦衾：锦缎褥子，裹尸用。烂：色彩鲜明。

[8] 居：指坟墓。

[9] 室：指墓穴。

采苓
líng

刺听谗也

　　本诗意在劝告人们勿听谣言，以免受其害。方玉润《诗经原始》："自古人君听谗多矣，其始由于心之多疑而好察，……其心公，故人之进言亦必姑舍其然，详察焉而后信。造言者既有所惮而难入，则谗不远而自息矣。"

采苓采苓[1]，首阳之巅[2]。

人之为言[3]，苟亦无信[4]。

舍旃舍旃[5]，苟亦无然[6]。
zhān

人之为言，胡得焉[7]？

采苦采苦[8]，首阳之下。

人之为言，苟亦无与[9]。

舍旃舍旃，苟亦无然。

人之为言，胡得焉？

采葑采葑[10]，首阳之东。
fēng

人之为言，苟亦无从[11]。

舍旃舍旃，苟亦无然。

人之为言，胡得焉？

[1] 苓：甘草。

[2] 首阳之巅：首阳山山顶。

[3] 为言：讹言，谎话。

[4] 苟：一定。无信：不要相信。

[5] 舍旃：离开它，舍弃它。

[6] 然：是，正确。

[7] 胡得焉：能得到什么？

[8] 苦：苦菜。

[9] 无与：不要赞同。

[10] 葑：芜菁，类大头莱。

[11] 无从：不要听。

秦风

　　秦，伯益助禹治水有功，赐姓嬴氏，其子孙居西戎以保西垂。七世孙非子事周孝王，养马有功，孝王封为附庸而邑之秦。宣王时，非子曾孙秦仲为大夫。平王东迁后，秦仲之孙襄公以兵护之，王封襄公为诸侯。

车 邻

美秦君简易易事也

这是一首反映秦国国君生活的诗。《毛序》谓"美秦仲"，刘公瑾疑为"美襄公"，无关诗旨。方玉润认为："秦君开创之始，法制虽备，礼数尚宽。且其人必恢廓大度，不饰边幅。……开创若此，后效可知。圣人存之，以见嬴秦始基固若是耳。"

有车邻邻[1]，有马白颠[2]。

未见君子，寺人之令[3]。

阪有漆，隰有栗。

既见君子，并坐鼓瑟[4]。

今者不乐，逝者其耋^{dié}[5]！

阪有桑，隰有杨。

既见君子，并坐鼓簧。

今者不乐，逝者其亡[6]！

[1] 邻邻：车行的声音。

[2] 白颠：马额上长白毛。

[3] 寺人：官名，宫内的小臣，替君主传达内廷的命令。

[4] 并坐：宾主皆坐。后开始鼓瑟、鼓簧。

[5] 逝者：今后，将来。其：语气词，表推测。耋：七八十岁，指年老。

[6] 亡：死去。

驷 驖

^{sì} ^{tiě}

美田猎之盛也

这首诗描写了秦国国君打猎的场面。《毛序》谓"美襄公始命，有田狩之事"。然年代无可考。但是秦国喜欢打猎尽人皆知，方玉润谓"君子读《诗》至此，不禁有怀《兔罝》野人，知周之所以王而久，秦之所以帝而促者，其由来盖有素已。"

驷驖孔阜^{fù} ^[1]，六辔在手。

公之媚子^[2]，从公于狩。

奉时辰牡^[3]，辰牡孔硕^[4]。

公曰左之^[5]，舍拔则获^[6]。

游于北园，四马既闲。

辆车鸾镳^{yóu biāo} ^[7]，载猃歇骄^{xiǎn} ^[8]。

[1] 驷：古时一车驾四马。驖：马赤黑色。孔：甚。阜：肥大。

[2] 媚子：亲信、宠爱的人。

[3] 奉：供奉。辰：应时的。牡：祭祀时献的雄性动物，按季节不同所献不同。

[4] 硕：肥大。

[5] 左之：驾车的人站右，射箭的人站左。

[6] 舍拔：放箭。

[7] 辆：轻便的车。鸾：铃铛。镳：马口铁。

[8] 载：装载。猃：长嘴的猎狗。歇骄：同"猲獢"，短嘴的猎狗。

小 戎

怀西征将士也

公元前 766 年，秦襄公率军远征西戎，本诗一说是妇人为远征的丈夫所作，另一说是秦襄公为缅怀西征将士所作。方玉润《诗经原始》："后儒不察，又以为从役者之家人所言，……则襄公劳士一片苦衷，不几为其所没，千载下谁复能谅之耶？"

小戎俴收 [1]，五楘梁辀 [2]。

游环胁驱 [3]，阴靷鋈续 [4]。

文茵畅毂 [5]，驾我骐馵 [6]。

言念君子，温其如玉。

在其板屋，乱我心曲。

四牡孔阜，六辔在手。

骐駵是中 [7]，騧骊是骖。

龙盾之合 [8]，鋈以觼軜 [9]。

言念君子，温其在邑 [10]。

方何为期？胡然我念之？

俴驷孔群 [11]，厹矛鋈镈 [12]。

蒙伐有苑 [13]，虎韔镂膺 [14]。

交韔二弓，竹闭绲縢 [15]。

言念君子，载寝载兴。

厌厌良人 [16]，秩秩德音 [17]。

[1] 戎：兵车。俴：浅，短小。收：车轸。这里指轻装战车。

[2] 楘：车辕上加固缠绕的革带。辀：辕。辕连接车舆和车衡，犹房屋之梁，谓之梁辀。

[3] 游环：两匹骖马缰绳穿过的环。胁驱：悬在两匹服马胸腹之间的器具，为保持马之间的距离。

[4] 靷：引车前行的皮带，一端系于马颈的皮套上，一端系于车轴上。鋈：白铜。续：两靷所系的环。

[5] 文茵：虎皮坐垫。畅：长。毂：车轮中心的圆木，用来连接车辐和车轴。

[6] 骐、馵：两种杂色马。

[7] 中：在中间，指辕马。

[8] 龙盾：画龙的盾牌。交战时将车围挡起来。

[9] 觼：有舌的环。軜：骖马靠里边的缰绳。

[10] 温：温文尔雅。在邑：驻守城邑。

[11] 俴驷：披薄甲的四匹马。孔群：非常协调。

[12] 厹矛：三棱刃的矛。镈：矛柄下端的金属套。

[13] 蒙：在盾上刻杂羽的花纹。伐：盾。有苑：有花纹。

[14] 虎韔：虎皮做的弓袋。镂：雕刻花纹。膺：弓袋正面。

[15] 闭：正弓弩的器具。绲：绳子。縢：固定。

[16] 厌厌：安静。

[17] 秩秩：进退有礼节。

蒹 葭
jiān jiā

惜招隐难致也

此诗自古解诗之人观点不一,一说这是一首思慕和追求意中人不得的诗。另有朱熹《诗集传》:"言秋水方盛之时,所谓彼人者,乃在水之一方,上下求之而皆不可得。然不知其何所指也。"方玉润则认为是"惜招隐难致也"。

蒹葭苍苍[1],白露为霜。

所谓伊人[2],在水一方。

溯洄从之,道阻且长。
huí

溯游从之,宛在水中央。

蒹葭萋萋,白露未晞[3]。
xī

所谓伊人,在水之湄[4]。
méi

溯洄从之,道阻且跻[5]。
jī

溯游从之,宛在水中坻[6]。
chí

蒹葭采采[7],白露未已[8]。

所谓伊人,在水之涘[9]。
sì

溯洄从之,道阻且右[10]。

溯游从之,宛在水中沚[11]。
zhǐ

[1] 蒹:荻。葭:芦苇。苍苍:茂盛的样子。

[2] 伊人:那个人。

[3] 晞:干。

[4] 湄:水草相接之处。

[5] 跻:登高。

[6] 坻:水中的小陆地。

[7] 采采:茂盛的样子。

[8] 已:止,干。

[9] 涘:水边。

[10] 右:弯曲,迂回。

[11] 沚:水中的小沙洲。

终 南

祝襄公以收民望也

　　这是一首劝诫秦君的诗。方玉润《诗经原始》："此必周之耆旧，初见秦君抚有西土，皆膺天子命以治其民，而无如何，于是作此以颂祷之。"

终南何有？有条有梅[1]。

君子至止[2]，锦衣狐裘。

颜如渥^{wò}丹[3]，其君也哉！

终南何有？有纪有堂[4]。

君子至止，黻^{fú}衣绣裳[5]。

佩玉将^{qiāng}将[6]，寿考不忘[7]。

[1] 终南：山名，在周旧都镐的南面。条：旧作"條"，山楸。梅：楠树。

[2] 至：到达，来到。止：句末语气词。

[3] 颜：脸色。如：像。渥：涂抹。丹：红色涂料。指秦君脸色红润。

[4] 纪：山之从角也。堂：山之宽平处。此指远望群山。

[5] 黻：古代礼服上黑与青相间的花纹。绣：五色俱全为绣。

[6] 将将：叮叮当当的声音。

[7] 寿考不忘：到老也不会忘记。

黄 鸟

哀三良也

秦穆公薨，子车氏三子奄息、仲行、鍼虎为之殉葬。这三人都是秦国当时的贤良之才，人民为之赋诗。方玉润有感而发："此苛政恶俗，天子不能黜，国人不敢违。哀哉良善，其何以堪！……圣人存此，岂独为三良悼乎？亦将作万世戒耳！"

交交黄鸟[1]，止于棘。

谁从穆公[2]？子车奄息[3]。

维此奄息，百夫之特[4]。

临其穴，惴惴其慄[5]。

彼苍者天，歼我良人[6]！

如可赎兮[7]，人百其身[8]！

交交黄鸟，止于楚。

谁从穆公？子车鍼虎。

维此鍼虎，百夫之御[10]。

临其穴，惴惴其慄。

彼苍者天，歼我良人！

如可赎兮，人百其身！

交交黄鸟，止于桑。

谁从穆公？子车仲行。

维此仲行，百夫之防[9]。

临其穴，惴惴其慄。

彼苍者天，歼我良人！

如可赎兮，人百其身！

[1] 交交：飞而往来之貌。

[2] 从：从死。

[3] 子车：姓。奄息：名。

[4] 特：杰出。百人中杰出者。

[5] 慄：战栗。

[6] 歼：消灭，杀尽。

[7] 如：如果，假设。可：可以，能够。

赎：交换，换回。

[8] 人百其身：以百倍的生命来交换。

[9] 防：相当。一人可抵百夫。

[10] 御：当。

晨 风

未详

　　此诗说法较多，今从方玉润："今观诗词，以为'刺康公'者固无据，以为妇人思夫者亦未足凭。男女情与君臣义原本相通，诗既不露其旨，人固难以意测。"

鴥彼晨风 [1]，郁彼北林 [2]。

未见君子，忧心钦钦 [3]。

如何如何？忘我实多 [4]。

山有苞栎 [5]，隰有六驳 [6]。

未见君子，忧心靡乐 [7]。

如何如何？忘我实多。

山有苞棣 [8]，隰有树檖 [9]。

未见君子，忧心如醉。

如何如何？忘我实多。

[1] 鴥：疾飞的样子。晨风：鹯鸟，似鹞。

[2] 郁：茂盛的样子。

[3] 钦钦：愁闷的样子。

[4] 实多：可能性更大。

[5] 苞：灌木丛生的样子。栎：栎树。

[6] 驳：颜色不纯，其色青白如驳。

[7] 靡乐：不乐。

[8] 棣：棠梨树。

[9] 树：挺立的样子。檖：山梨树。

无 衣

秦人乐为王复仇也

这是我国最早的一首气壮山河的战歌。该诗有秦人风采，南宋谢枋得谓："春秋二百四十余年，天下无复知有复仇志，独《无衣》一诗毅然以天下大义为己任"。

岂曰无衣？与子同袍。

王于兴师[1]，修我戈矛，

与子同仇[2]！

岂曰无衣？与子同泽[3]。

王于兴师，修我矛戟，

与子偕作[4]！

岂曰无衣？与子同裳。

王于兴师，修我甲兵，

与子偕行[5]！

[1] 王：秦君。于：语气助词，亦可解为"去、往"。

[2] 同仇：有共同的敌人。

[3] 泽：内衣。

[4] 偕作：一起行动。

[5] 偕行：一起前进，一起上战场。

渭 阳

康公送别舅氏重耳归晋也

　　这首诗是秦康公送其舅舅晋国的公子重耳回晋国时所作的。方玉润评其"诗格老当，情致缠绵，为后世送别之祖，令人想见携手河梁时也"。

我送舅氏，曰至渭阳[1]。
何以赠之？路车 乘 黄[2]。
（shèng）

我送舅氏，悠悠我思[3]。
何以赠之？琼瑰玉佩[4]。

[1]曰：语气助词，无实义。渭：渭水。阳：河流的北岸。

[2]路车：诸侯使用的马车。乘：四匹。黄：四马皆黄，诸侯之车对马的颜色要求统一。

[3]思：思念。

[4]琼：美玉。瑰：美石。

权 舆

刺康公待贤礼杀也

这首诗描写的是一位落魄的贵族留恋过去的富贵生活，哀叹现在的生活不如从前。方玉润《诗经原始》："贤者去就，只争礼貌间耳。而此诗所较，不过区区安居餬饮事，恐非贤者志也。"

於我乎[1]！夏屋渠渠[2]，

今也每食无余。

于嗟乎！不承权舆[3]！

於我乎！每食四簋[4]，

今也每食不饱。

于嗟乎！不承权舆！

[1] 於：感叹词。

[2] 夏：大。夏屋：大房子。渠渠：深而广的样子。

[3] 承：继。权舆：起初，开始。不能像当初一样了。

[4] 簋：古时盛食物的器皿，圆形，用来装黍稷。

陈风

陈，大皞伏羲氏之墟。周武王封舜后妫^{guī}满于陈，其地广平，无名山大川。
陈、桧、曹皆小国，而陈为伏羲旧治，又帝舜后裔，故在二国前。

宛 丘

刺上位游荡无度也

　　古时陈国巫风盛行，这是一首描写女子祭祀跳舞的诗。方玉润《诗经原始》："此诗刺游荡意固昭然。……此必陈君与其臣下不务政治，相与游乐，君击鼓而臣舞翱，无冬无夏，威仪尽失。"

子之汤兮 [1]，宛丘之上兮 [2]。

洵有情兮 [3]，而无望兮 [4]。

坎其击鼓 [5]，宛丘之下。

无冬无夏，值其鹭羽 [6]。

坎其击缶 [7]，宛丘之道。

无冬无夏，值其鹭翿 [8]。

[1] 汤：游荡，放荡。

[2] 宛丘：陈国地名。朱熹解为"四方高中央下曰宛丘"。

[3] 洵：确实。

[4] 望：希望。

[5] 坎：击鼓声。

[6] 值：同"执"，拿着。鹭羽：用白鹭羽毛做的舞具。

[7] 缶：瓦器。

[8] 翿：以白鹭羽毛做成的舞具，见《君子阳阳》。

东门之枌
fén

巫觋盛行也

　　这首诗描写了陈国的青年男女在节日里聚会、唱歌、跳舞的场面。朱熹《诗集传》："此男女聚会歌舞，而赋其事以相乐也。"方玉润《诗经原始》："此诗分明刺陈俗尚巫觋，'男女弃其旧业，亟会于道路，歌舞于市井。'"

东门之枌 [1]，宛丘之栩 [2]。

子仲之子，婆娑其下 [3]。

穀旦于差 [4]，南方之原 [5]。

不绩其麻 [6]，市也婆娑 [7]。

穀旦于逝 [8]，越以鬷迈 [9]。

视尔如荍 [10]，贻我握椒 [11]。

[1] 枌：白榆树。

[2] 栩：栎树。

[3] 婆娑：跳舞的样子，陈国巫舞盛行。

[4] 穀旦：良辰，好日子。差：择。

[5] 原：平坦之地。

[6] 绩：纺织。

[7] 市：街市，相对于"原"。无论闹市或乡野人们都在跳舞。

[8] 逝：往。

[9] 越以：语气助词。鬷：会聚。迈：前行。

[10] 荍：锦葵。

[11] 握：一把。椒：花椒树，木有香气，此应指其椒粒。

衡 门

贤者自乐而无求也

　　这是一首没落贵族以安于贫贱自我安慰的诗。另有方玉润《诗经原始》："此贤者隐居甘贫而无求于外之诗。"因为"卫虽淫乱，实多君子；秦虽强悍，不少高人。陈则委靡不振，巫觋盛行，其狂惑之风，尤难自拔"。

衡门之下 [1]，可以栖迟 [2]。
泌之洋洋 [3]，可以乐饥 [4]。

岂其食鱼，必河之鲂 [5]？
岂其取妻 [6]，必齐之姜 [7]？

岂其食鱼，必河之鲤？
岂其娶妻，必宋之子 [8]？

[1] 衡门：门上仅有一根横木，指简陋的居所。

[2] 栖迟：游逛休歇。

[3] 泌：泉水名。洋洋：水流不息的样子。

[4] 乐：疗救。饥：饥饿。

[5] 鲂：鱼名。古人认为这是上等的鱼。

[6] 取：同"娶"。

[7] 齐之姜：齐国姓姜的贵族女子。

[8] 宋之子：宋国姓子的贵族女子。

东门之池

未详

这是一首描写男女相会的诗。朱熹说为"男女会遇之词"，方玉润则认为"此诗终不可解。……即或诗人寓言，以淑女比贤士未为不可，然其辞意浅率，终非佳构，不必再烦多辩已。"

东门之池[1]，可以沤^{où}麻[2]。
彼美淑姬[3]，可与晤^{wù}歌[4]。

东门之池，可以沤纻^{zhù}[5]。
彼美淑姬，可与晤语[6]。

东门之池，可以沤菅^{jiān}[7]。
彼美淑姬，可与晤言[8]。

[1] 池：护城河。

[2] 沤：渍。把麻用水浸泡，使麻柔软，为纺纱必须之工序。

[3] 美淑姬：美丽善良的女子。

[4] 晤歌：以歌声相互唱和。

[5] 纻：麻的一种。

[6] 晤语：见面交谈。

[7] 菅：菅草。

[8] 晤言：同"晤语"。

东门之杨

未详

　　这首诗描写的是一对青年男女相约幽会的情景。朱熹《诗集传》："此亦男女期会而有负约不至者，故因其所见以起兴。"方玉润《诗经原始》："辞意闪烁，似古迎神曲，非淫词，亦非昏姻诗也。"

东门之杨，其叶牂牂[1]。

昏以为期[2]，明星煌煌[3]。

东门之杨，其叶肺肺[4]。

昏以为期，明星晢晢[5]。

[1] 牂牂：枝叶茂盛的样子。

[2] 昏以为期：以黄昏为约会时间，或解为"黄昏时候会合"。

[3] 明星：启明星。煌煌：明亮的样子。

[4] 肺肺：枝叶茂盛的样子。

[5] 晢晢：明亮的样子。

墓 门

刺桓公不能早去佗也

本诗讽刺了统治者的无能和昏庸。《左传》载："陈侯鲍卒，文公子佗杀太子免而代之，于是陈乱。"苏辙曰："（陈）桓公之世，陈人知佗之不臣矣，而桓公不去，以及于乱。是以国人追咎桓公，以为桓公之智不能及其后，故以《墓门》刺焉。"

墓门有棘[1]，斧以斯之[2]。

夫也不良[3]，国人知之。

知而不已[4]，谁昔然矣[5]。

墓门有梅[6]，有鸮萃止[7]。

夫也不良，歌以讯之[8]。

讯予不顾，颠倒思予[9]。

[1]墓：马瑞辰《毛诗传笺通释》作陈之城门。棘：枣树。

[2]斯：用斧头劈开。

[3]夫：指这个人。不良：品行败坏。

[4]已：制止。

[5]昔：往昔，从前。然：这样。

[6]梅：应为"棘"字。

[7]鸮：猫头鹰。萃：聚集。

[8]歌：用歌辞表示，古之"乐语"也。讯：劝诫，规劝。

[9]颠倒：纷乱。意为出了乱子才想起我的劝告。

防有鹊巢

忧谗贼也

这首诗描写的是诗人担忧有人离间自己和情人。但方玉润驳之："此诗忧谗无疑，……夫《风》诗兴甚远，凡属君亲朋友，意有难宣之处，莫不假男女夫妇词婉转以达之。"

防有鹊巢[1]，邛有旨苕(qióng)(tiáo)[2]。
谁侜予美(zhōu)[3]，心焉忉忉(dāo)[4]。

中唐有甓(pì)[5]，邛有旨鹝(yì)[6]。
谁侜予美，心焉惕惕(tì)[7]。

[1] 防：堤岸，堤坝。

[2] 邛：土丘。旨：美，好。苕：紫云英，一种长在低湿处的植物。

[3] 侜：欺骗。予美：我所爱的人。

[4] 忉忉：忧愁的样子。

[5] 中唐：中庭和朝堂门之间的大路。甓：砖瓦。

[6] 鹝：同"虉"，绶草。

[7] 惕惕：心中忧虑的样子。

月 出

有所思也

这是一首月下怀人诗。朱熹曰："此亦男女相悦而相念之辞。"方玉润认为该诗"情念虽深，心非淫荡。且从男女意虚想，活现出一月下美人。并非实有所遇，盖巫山、洛水之滥觞也"。

月出皎兮[1]，佼人僚兮[2]。

舒窈纠兮[3]，劳心悄兮[4]！

月出皓兮[5]，佼人懰兮[6]。

舒懮受兮[7]，劳心慅兮[8]！

月出照兮，佼人燎兮[9]。

舒夭绍兮[10]，劳心惨兮[11]！

[1] 皎：月光洁白。

[2] 佼人：美人。僚：漂亮。

[3] 窈纠：《毛传》解作体态舒缓。另说为"愁结"，亦可通。

[4] 劳：忧。悄：不说话。凡有忧者多不言。

[5] 皓：光明。

[6] 懰：容貌妖好的样子。

[7] 懮受：体态轻盈，柔美多姿。

[8] 慅：忧愁的样子。

[9] 燎：明媚。

[10] 夭绍：女子体貌和舒。

[11] 惨：忧愁烦躁的样子。

株 林

刺灵公也

　　这首诗写的是陈灵公与夏姬私通，淫乱朝廷，以致陈国为楚所灭的事情。方玉润《诗经原始》："诗人即体此情为之写照，不必更露淫字，而宣淫无忌之情已跃然纸上，毫无遁形，可谓神化之笔。"

胡为乎株林[1]？从夏南[2]。

匪适株林，从夏南。

驾我 乘（shèng） 马[3]，说（shuì）于株野[4]。

乘（chéng） 我 乘（shèng） 驹，朝食于株。

[1] 胡为：为什么。乎：介词"于"。株：地名，夏姬娘家的封地。

[2] 从：跟随，伴随。夏南：夏徵舒，字子南，夏姬之子，射杀陈灵公自立。

[3] 我：指陈灵公。

[4] 说：停车休息。便于下文挽驹微服进株城。

泽 陂
bēi

伤所思之不见也

本诗描写的是一位少年偶遇心动女孩，久久不能忘怀的情景。闻一多说是"荷塘有遇，悦之无因，作诗自伤"。另有方玉润认为"大抵臣不得于其君，子不得于其父，皆可藉此抒怀"。

彼泽之陂[1]，有蒲与荷。

有美一人，伤如之何[2]！

寤寐无为[3]，涕泗滂沱[4]。

彼泽之陂，有蒲与蕳[5]。
jiān

有美一人，硕大且卷[6]。
quán

寤寐无为，中心悁悁[7]。
yuān

彼泽之陂，有蒲菡萏[8]。
hàndàn

有美一人，硕大且俨[9]。

寤寐无为，辗转伏枕。

[1] 陂：堤岸。

[2] 伤：思也。 不知如何再见。

[3] 寤寐：醒着和睡着。

[4] 涕：眼泪。泗：鼻涕。滂沱：雨下得大。此处形容泪涕俱下的样子。

[5] 蕳：莲子。

[6] 硕大：高大。卷：发式好看，注见《卢令》。

[7] 中心：心中。悁悁：心中忧愁的样子。

[8] 菡萏：荷花。

[9] 俨：庄重，端庄。

桧风

桧，也作郐。高辛氏火正祝融之墟，居溱、洧之间。其君妘姓，祝融之后。周衰，为郑武公所灭，而迁国焉。

羔 裘

伤桧君贪冒，不知危在旦夕也

这是一首感怀的诗。至于对象，众说纷纭。方玉润《诗经原始》："此必国势将危，其君不知，犹以宝货为奇，终日游宴，边幅是脩，臣下忧之，谏而不听，夫然后去。去之而又不忍遽绝其君，乃形诸歌咏以见志也。"

羔裘逍遥[1]，狐裘以朝[2]。

岂不尔思？劳心忉忉。

羔裘翱翔，狐裘在堂。

岂不尔思？我心忧伤。

羔裘如膏[3]，日出有曜[4]。

岂不尔思？中心是悼[5]。

[1]羔裘：诸侯的便服。逍遥：与"翱翔"同，悠闲游荡的样子。

[2]狐裘：诸侯的朝服。朝：上朝。

[3]膏：油膏，油脂。

[4]曜：日光。羔裘表面如油脂，阳光一照光彩夺目。

[5]悼：难过，悲伤。

素 冠

伤桧君被执，愿与同归就戮也

这是一首悼亡诗，至于所悼何人，说法不一。"或如诸篇以为君子也可，以为妇人思男也亦可。""或桧君国破被执，拘于丛棘，其臣见之不胜悲痛，愿与同归就戮，亦未可知。"

庶见素冠兮[1]，棘人栾栾兮[2]，

劳心博博兮[3]。

庶见素衣兮，我心伤悲兮，

聊与子同归兮。

庶见素韠兮[4]，我心蕴结兮[5]，

聊与子如一兮。

[1] 庶：有幸。素冠：白帽子，一说为孝帽。

[2] 棘：瘦。栾栾：通"脔脔"，瘦弱的样子。

[3] 博博：忧愁劳苦的样子。

[4] 韠：朝服的蔽膝，类今之围裙。

[5] 蕴结：心里郁结放不开。

隰有 苌 楚
xí cháng

伤乱离也

　　本诗是一位生活不如意的没落贵族的自叹。方玉润《诗经原始》："此遭乱诗也。…… 此必桧破民逃，自公族子姓以及小民之有室有家者，莫不扶老携幼，挈妻抱子，相与号泣路歧…… 合观前二篇，当是为公室发者居多。"

隰有 苌 楚 [1]，猗傩其枝 [2]。
cháng　　ē nuó

夭之沃沃 [3]，乐子之无知 [4]。

隰有苌楚，猗傩其华。

夭之沃沃，乐子之无家。

隰有苌楚，猗傩其实。

夭之沃沃，乐子之无室 [5]。

[1] 苌楚：羊桃，即猕猴桃。

[2] 猗傩：枝条柔顺的样子。

[3] 夭：少好貌。沃沃：形容叶子鲜嫩茂盛。

[4] 乐：羡慕。子：指代猕猴桃树。无知：没有牵挂。

[5] 室：妻室。

桧 风

伤周道不能复桧也

　　这首诗是一个流落他乡之人思念家乡的慨叹。方玉润《诗经原始》："此诗诸儒皆泛作思周之作，未尝即桧时势而一论之。……此桧臣自伤周道之不能兴复其国也。"

匪风发兮^[1]，匪车偈兮^[2]。
顾瞻周道^[3]，中心怛兮^[4]！

匪风飘兮^[5]，匪车嘌兮^[6]。
顾瞻周道，中心吊兮^[7]！

谁能亨鱼^[8]，溉之釜鬵^[9]。
谁将西归，怀之好音^[10]。

[1] 匪：彼。发：风力迅疾。

[2] 偈：疾驰的样子。

[3] 周道：去往周都的大路，盼其来援。

[4] 中心：心中。怛：悲伤。

[5] 飘：旋风。

[6] 嘌：疾速。

[7] 吊：悲伤。

[8] 亨：烹。

[9] 溉：洗。釜鬵：三足锅。

[10] 怀：赠送。帮我带个平安信。

曹风

曹，本周武王封其弟叔振铎之地。今之菏泽、定陶一带。陈傅良曰：桧亡，东周之始也；曹亡，春秋之终也。

蜉 蝣

fú yóu

未详

　　这是一首叹息人生短促的诗。自古诸儒均无定解，毛序说其"刺奢也"。方玉润《诗经原始》："盖蜉蝣为物，其细已甚，何奢之有？取以为比，大不相类。"

蜉蝣之羽 [1]，衣裳楚楚 [2]。
心之忧矣，于我归处 [3]。

蜉蝣之翼，采采衣服 [4]。
心之忧矣，于我归息。

蜉蝣掘阅 [5]，麻衣如雪。
心之忧矣，于我归说 [6]。

[1] 蜉蝣：一种寿命极短的虫，其羽翼极薄并有光泽。

[2] 楚楚：鲜明而华美。

[3] 于：通"与"。归处：指死亡。

[4] 采采：华丽的样子。

[5] 掘：穿，挖。阅：通"穴"，洞。

[6] 说：止息，歇息。

候 人

刺曹君远君子而近小人也

这是一首讥讽新贵的诗。《大序》谓"共公远君子而近小人。"方玉润《诗经原始》："刺曹君远君子而近小人也。"

彼候人兮 [1]，何戈与祋 [2]。
彼其之子 [3]，三百赤芾 [4]。

维鹈在梁 [5]，不濡其翼。
彼其之子，不称其服 [6]。

维鹈在梁，不濡其咮 [7]。
彼其之子，不遂其媾 [8]。

荟兮蔚兮 [9]，南山朝隮 [10]。
婉兮娈兮，季女斯饥 [11]。

[1] 候人：在路上迎候宾客的小官。

[2] 何：负荷，扛。祋：古兵器，与殳相似，有棱无刃。

[3] 彼其之子：他这个人，指前面提到的小官。

[4] 赤芾：指大夫以上的官穿戴的红色蔽膝，注见《素冠》。

[5] 鹈：鹈鹕，一种水鸟。梁：鱼梁，用土石拦截水流捕鱼。

[6] 不称：不配。

[7] 咮：鸟嘴。

[8] 遂：如愿。媾：宠，这里指高官厚禄。

[9] 荟、蔚：云雾弥漫的样子。

[10] 朝隮：早晨升起的云。

[11] 季女：年轻的女子，少女。斯：语气词，无义。饥：挨饿。

鸤 鸠
shī jiū

追美曹之先君德足正人也

这是一首赞美君子的诗。《小序》谓"刺不壹"，方玉润《诗经原始》："诗中纯美无刺意。或谓'美振铎'或谓'美公子臧'，皆无确据。"

鸤鸠在桑^[1]，其子七兮。

淑人君子，其仪一兮^[2]。

其仪一兮，心如结兮^[3]。

鸤鸠在桑，其子在梅。

淑人君子，其带伊丝。

其带伊丝，其弁伊骐^[4]。

鸤鸠在桑，其子在棘。

淑人君子，其仪不忒^[5]。
tè

其仪不忒，正是四国^[6]。

鸤鸠在桑，其子在榛。

淑人君子，正是国人。

正是国人，胡不万年。

[1] 鸤鸠：布谷鸟。

[2] 仪：通"义"，道义。

[3] 结：意志坚决。

[4] 弁：礼帽。伊：助词，表示判断。骐：青黑色的马，弁之色亦如此。

[5] 忒：差错。

[6] 正：模范，法则。是：指示代词，这，这些。四国：泛指四方各国。

下 泉

伤周无王，不足以制霸也

　　本诗表达了对昔日西周全盛时期的怀念。方玉润谓："夫天下有道，则礼乐征伐自天子出；天下无道，则礼乐征伐自诸侯出。今晋文入曹，执其君，分其田，以释私憾，宁能使曹人帖然心服乎？此诗之作，所以念周哀伤晋霸也。"

冽彼下泉，浸彼苞稂[1]。

忾我寤叹[2]，念彼周京[3]。

冽彼下泉，浸彼苞萧[4]。

忾我寤叹，念彼京周。

冽彼下泉，浸彼苞蓍[shī]。

忾我寤叹，念彼京师。

芃芃黍苗[5]，阴雨膏之[6]。

四国有王，郇伯劳之[7]。

[1] 冽：通"洌"，寒冷。下泉：地下的泉水。苞：丛生。稂：长穗，而不饱实的禾。

[2] 忾：叹息。寤：醒来。

[3] 念：怀念，想念。周京：周天子的都城，指镐京。

[4] 萧：蒿草。下文"蓍"亦蒿属。

[5] 芃芃：繁盛的样子。

[6] 膏：润泽，滋润。

[7] 郇伯：周文王之子，封地在郇，属晋，替文王管理诸侯有功。此借指诸侯事应周天子处理。劳：慰问，慰劳。

豳风

豳，虞、夏之际，弃为后稷而封于邰。及夏之衰，哀稷不务，弃子不窋失其官守，而自窜戎狄之间。不窋生鞠陶，鞠陶生公刘，能复修后稷之业，民以富贵。乃相土地之宜，而立国于豳谷焉，周自此始。

七 月

陈王业所自始也

　　该诗通篇描写了农民的农事。后世诸儒均认为为周公所作。方玉润《诗经原始》："《豳》仅《七月》一篇所言皆农桑稼穑之事。非躬亲陇亩，久于其道者，不能言之亲切有味也如是。周公生长世胄，位居冢宰，岂暇为此? 且公刘世远，亦难代言。此必古有其诗，自公始陈王前，俾知稼穑艰难，并王业所自始，而后人遂以为公作也。"

七月流火[1]，九月授衣[2]。

一之日觱发[3]（bì fā），二之日栗烈[4]。

无衣无褐[5]（hè），何以卒岁[6]？

三之日于耜[7]（sì），四之日举趾[8]。

同我妇子，馌彼南亩[9]（yè），

田畯至喜[10]（jùn）。

七月流火，九月授衣。

春日载阳[11]（zài），有鸣仓庚[12]（cānggēng）。

女执懿筐[13]（yì），遵彼微行[14]，

爰求柔桑（yuán）。

春日迟迟，采蘩祁祁[15]（fán qí）。

女心伤悲，殆及公子同归[16]。

七月流火，八月萑苇[17]（huánwěi）。

蚕月条桑[18]，取彼斧斨[19]（qiāng），

以伐远扬[20]，猗彼女桑[21]（yǐ）。

七月鸣鵙[22]（jú），八月载绩[23]。

载玄载黄，我朱孔阳[24]，

为公子裳。

四月秀葽[25]（yāo），五月鸣蜩[26]（tiáo）。

八月其获，十月陨萚[27]（yǔntuò）。

一之日于貉，取彼狐狸，

为公子裘。

二之日其同[28]，载缵武功[29]（zuǎn）。

言私其豵[30]（zōng），献豜于公[31]（jiān）。

五月斯螽^{zhōng}动股^[32]，六月莎^{shā}鸡振羽^[33]。

七月在野，八月在宇。

九月在户，十月蟋蟀入我床下。

穹室熏鼠^{jìn}^[34]，塞向墐户^[35]。

嗟我妇子，曰为改岁^[36]，

入此室处。

六月食郁及薁^{yù}^[37]，七月亨葵及菽^{shū}^[38]。

八月剥^{pū}枣，十月获稻；

为此春酒，以介眉寿^[39]。

七月食瓜，八月断壶^[40]，

九月叔苴^{jū}^[41]。

采荼薪樗^{tú}^{chū}^[42]，食我农夫。

九月筑场圃，十月纳禾稼，

黍稷重穋^{tóng lù}^[43]，禾麻菽麦。

嗟我农夫！我稼既同，

上入执宫功^[44]；

昼尔于茅^[45]，宵尔索绹^{táo}^[46]，

亟其乘屋^{jí}^[47]，其始播百谷。

二之日凿冰冲冲^[48]，三之日纳于凌阴^[49]。

四之日其蚤^{zǎo}^[50]，献羔祭韭。

九月肃霜^[51]，十月涤场^[52]。

朋酒斯飨^{xiǎng}^[53]，曰杀羔羊，

跻彼公堂^[54]，称彼兕觥^{sì gōng}^[55]，

万寿无疆^[56]！

[1] 流：指大火星在天空中的位置向下偏移。火：大火星。

[2] 授衣：叫妇女缝制冬衣。

[3] 一之日：夏历十一月，以下类推。觱发：寒风冷冽。

[4] 栗烈：寒气袭人。

[5] 褐：粗布衣服。

[6] 卒岁：终岁，即二之日。

[7] 于：去往，修理。耜：古代的一种锹类农具。

[8] 举趾：抬足，这里指下地种田。

[9] 馌：给耕者送饭。南亩：南边的田地。

[10] 田畯：农官。至喜：请吃酒菜。

[11] 载阳：天气开始暖和。

[12] 仓庚：黄莺。

[13] 懿筐：深筐。

[14] 遵：沿着。微行：小径。

[15] 蘩：白蒿。祁祁：众多的样子。

[16] 殆：害怕。公子：贵族青年。此句为女子幻想自己未来的夫君，既担忧又憧憬。

[17] 萑苇：蒹葭。作动词，收割萑苇。

[18] 蚕月：养蚕的月份，即夏历三月。条桑：条，旧作"樑"，剪掉枝条取桑叶。

[19] 斧斨：装柄处圆孔的叫斧，方孔的叫斨。

[20] 远扬：向上长的长枝条。

[21] 猗：捆扎后采之。女桑：嫩桑。

[22] 鵙：伯劳鸟，叫声响亮。唐石经作"鶪"。

[23] 绩：将麻析成丝再捻成线。

[24] 朱：红色。孔阳：很鲜艳。此二句讲染色。

[25] 秀葽：秀是草木结子，葽是苦菜。

[26] 蜩：蝉，知了。

[27] 陨：落下。萚：草木脱落的皮或叶。

[28] 同：会合，冬则合众而猎。

[29] 缵：继续。武功：指打猎。

[30] 豵：小猪，此处泛指小兽。

[31] 豣：大猪，此处泛指大兽。

[32] 斯螽：蚱蜢。动股：蚱蜢鸣叫时要弹动腿。

[33] 莎鸡：纺织娘。

[34] 穹窒：堵塞鼠洞。

[35] 向：朝北的窗户。墐：用泥涂塞，防寒。

[36] 改岁：一年就这样过去了。

[37] 郁：郁李。薁：野葡萄。

[38] 亨：烹。葵：冬葵。菽：豆。

[39] 介：保佑。敬酒祝其多寿。眉寿：长寿。

[40] 壶：同"瓠"，瓠瓜。

[41] 叔：拾取。苴：秋麻籽，可吃。

[42] 荼：苦菜。薪：用作薪，当作柴火。樗：臭椿树。

[43] 重：通"穜"，晚熟作物。穋：早熟作物。此句与下句均为农作物，统称为"禾稼"。

[44] 上：同"尚"，差不多。宫功：修建宫室。此三句意为农事已毕，农物已收割储备，我差不多可以入都邑修宫室了。

[45] 于茅：割取茅草。

[46] 索绹：搓绳子。

[47] 亟：急忙。乘屋：爬上房顶去修理。

[48] 冲冲：用力敲冰的声音。

[49] 凌阴：冰窖。

[50] 蚤：通"早"，一种开冰仪式，有如春祭。

[51] 肃霜：降霜。

[52] 涤场：打扫场院。

[53] 朋酒：两壶酒。飨：用酒食招待客人，应为祭祀后的乡人聚饮。

[54] 跻：登上。公堂：《毛传》谓学校，也可理解成聚会的场所。

[55] 称：举起。兕觥：古时的酒器。

[56] 万寿无疆：举杯称寿是古人饮酒的常礼，希望能永远如此。

chī xiāo
鸱 鸮

周公悔过以儆成王也

　　本诗是我国最早的一首托物言事的诗。全诗通过小鸟的语言，倾诉了孩子被夺走，家也险被毁坏的经历。方玉润认为是周公为保周朝基业，杀了其兄管、蔡二人，"会过已儆成王也。……公心既伤且悔，唯有引咎自责，并望成王以戒将来"。

鸱鸮鸱鸮[1]，既取我子，

无毁我室。

恩斯勤斯[2]，鬻子之闵斯[3]！

yù mǐn

dài
迨天之未阴雨，彻彼桑土[4]，

chóumóuyǒu
绸 缪 牖户[5]。

今女下民[6]，或敢侮予？

jié jū　　　luō
予手拮据[7]，予所捋荼[8]，

tú
予所蓄租[9]，予口卒瘏[10]，

曰予未有室家！

qiáo　　　　　　xiāo
予羽谯谯[11]，予尾翛翛[12]，

qiáo
予室翘翘[13]，

xiāo
风雨所漂摇，予维音哓哓[14]！

[1] 鸱鸮：猫头鹰一类的鸟。

[2] 恩：情爱。勤：勤劳。斯：语气助词，没有实义。

[3] 鬻：幼稚。闵：可怜。意为可怜我那幼小的孩子。

[4] 彻：寻取。桑土：桑树根。

[5] 绸缪：缠绕，此指用树根做窗门。牖：窗。户：门。

[6] 女：汝，你。下民：树下之人。

[7] 拮据：手口并用，指鸟筑巢劳苦。

[8] 捋：用手握住东西顺着抹取。

[9] 蓄：积蓄。租：通"苴"，茅草。一说为积聚。

[10] 瘏：因劳累而得病。

[11] 谯谯：残破的样子。

[12] 翛翛：同"谯谯"。

[13] 翘翘：高而危险的样子。

[14] 哓哓：由于恐惧而发出的叫声。

东 山

周公劳归士也

　　这是一位在外征战多年，终于归家的士兵的心声。自《毛序》起，众人皆以为此诗"周公劳归将士"，崔述则认为："此篇毫无称美周公一语，其非大夫所作显然；然亦非周公劳士之诗也。细玩其词，乃归士自叙其离合之情耳。"

我徂东山^{cú}[1]，慆慆不归^{tāotāo}[2]。

我来自东，零雨其濛[3]。

我东曰归[4]，我心西悲[5]。

制彼裳衣，勿士行枚[6]。

蜎蜎者蠋^{yuān zhú zhēng}[7]，烝在桑野[8]。

敦彼独宿^{duī}[9]，亦在车下。

我徂东山，慆慆不归。

我来自东，零雨其濛。

果臝之实^{luǒ}[10]，亦施于宇^{yì}[11]。

伊威在室[12]，蟏蛸在户^{xiāoshāo}[13]。

町畽鹿场^{tǐngtuǎn}[14]，熠耀宵行^{yìyào}[15]。

不可畏也？伊可怀也。

我徂东山，慆慆不归。

我来自东，零雨其濛。

鹳鸣于垤^{guàn dié}[16]，妇叹于室。

洒埽穹窒^{sǎo}，我征聿至^{zhēng yù}[17]。

有敦瓜苦^{tuán}，烝在栗薪[18]。

自我不见，于今三年。

我徂东山，慆慆不归。

我来自东，零雨其濛。

仓庚于飞，熠耀其羽。

之子于归，皇驳其马[19]。

亲结其缡^{lí}[20]，九十其仪[21]。

其新孔嘉[22]，其旧如之何[23]？

[1] 徂：往。

[2] 慆慆：久。

[3] 零：落下。濛：小雨。

[4] 我东曰归：我在东边的时候听说要回家了。

[5] 我心西悲：我心里想着西方的家伤心不已。

[6] 勿：不要。士：通"事"，从事，进行。行：行阵，行列。枚：古代行军时，为防止出声，士兵含在嘴里的小棍。均代指战斗。

[7] 蜎蜎：蠕动的样子。蠋：旧音蜀，蚕类。

[8] 烝：助词，乃。一说作"久"。桑野：长满桑树的田野。

[9] 敦：通"团"，蜷缩。

[10] 果臝：栝楼，蔓生植物。实：果实。

[11] 施：蔓延。宇：屋檐。

[12] 伊威：潮虫。

[13] 蟏蛸：小蜘蛛。

[14] 町畽：有禽兽践踏痕迹的房舍空地。鹿场：鹿的活动场所。

[15] 熠燿：萤火虫的光。宵行：夜行。

[16] 鹳：一种水鸟。垤：小土丘。

[17] 我征：我那远征的人。聿：助词。至：回来，到家。

[18] 栗薪：坚实的木。

[19] 皇：黄白色。驳：马色不纯。

[20] 亲：母亲。结：系缡：佩巾。古代婚礼的一个环节。

[21] 九十：指多。仪：礼仪，礼节。

[22] 其：助词，无义。新：新婚。孔：很，十分。嘉：美好。

[23] 旧：久别之后。如之何：如何，怎样？

213

破 斧

美周公伐罪救民也

本诗是一位追随周公平定管、蔡叛乱的幸存士兵所作。方玉润《诗经原始》："此四国之民望救于公，如大旱之遇云霓也。"闻一多《风诗类钞》："《破斧》，东征士卒喜生还也。"

既破我斧，又缺我斨^{qiāng}。

周公东征，四国是皇^[1]。

哀我人斯，亦孔之将^{jiāng} ^[2]。

既破我斧，又缺我锜^{qí} ^[3]。

周公东征，四国是吪^é ^[4]。

哀我人斯，亦孔之嘉。

既破我斧，又缺我銶^{qiú} ^[5]。

周公东征，四国是遒^{qiú} ^[6]。

哀我人斯，亦孔之休^[7]。

[1] 四国：指商、管、蔡、霍四国。它们在周成王时作乱，周公率兵去平定。一说为四方，亦通。皇：匡正。

[2] 将：大，好。

[3] 锜：凿子或锯，说法不一。

[4] 吪：感化，教化。

[5] 銶：即"梂"，木柄。

[6] 遒：聚敛，使四国之民不流散。

[7] 休：完美，美好。

伐 柯
kē

未详

　　此诗终不可解。一说为媒妁之诗，一说为美周公。方玉润《诗经原始》："诸儒之说此诗者，悉牵强支离，无一确切通畅之语，故宁阙之以俟识者。"

伐柯如何[1]？匪斧不克[2]。

取妻如何？匪媒不得。

伐柯伐柯，其则不远[3]。

我觏之子[4]，笾豆有践[5]。
gòu　　　　biān

[1] 柯：斧头的柄。

[2] 克：克服，完成。

[3] 则：法则。

[4] 觏：遇见。

[5] 笾：古时竹制的食果物的器具。豆：古时木制的盛食物的器具。践：排列，陈列。

九 罭
yù

东人送周公西归也

　　本诗是东方的百姓挽留周公的诗。方玉润《诗经原始》："此东人欲留周公不得，心悲而作是诗以送之也。"闻一多《风诗类钞》则认为"这是宴饮时，主人所赋留客的诗"。

九罭之鱼^[1]，鳟鲂。
yù　　　　　　fáng

我觏之子，衮衣绣裳^[2]。
　gǔn

鸿飞遵渚^[3]，公归无所，

于女信处^[4]。

鸿飞遵陆，公归不复，

于女信宿。

是以有衮衣兮^[5]，无以我公归兮，

无使我心悲兮。

[1] 九罭：捕捉小鱼的细孔网。

[2] 衮：天子以及三公所穿的衣服。

[3] 鸿：大雁。遵：沿着。渚：水中小洲。

[4] 女：汝。信：再住一晚。

[5] 有：收藏。

狼 跋
bá

　　该诗为周公平定叛乱后，人民作诗赞美他的品行。也有说是讽刺贵族公孙的诗。自古各有证据，皆无定论，今均存之。

狼跋其胡 [1]，载疐其尾 [2]。
公孙硕肤，赤舄几几 [3]。

狼疐其尾，载跋其胡。

公孙硕肤，德音不瑕 [4]。

[1] 跋：践踏。胡：老狼颔下垂着的肉。

[2] 疐：跌倒，绊倒。

[3] 赤舄：古代一种加木底的鞋，赤舄为上。几几：盛貌。

[4] 德音：品德。瑕：瑕疵。

雅

《左传》："天子之乐曰雅。"指明《雅》出自周都镐和洛邑一带地区。孔颖达《诗经正义》载："诗体既异，音乐亦殊。"惠周惕《诗说》："大小二雅，当以音乐别之，不以政之大小论也。"

小雅

南宋严粲《诗辑》："雅之大小特以其体之不同耳。盖优柔委曲，意在言外者，风之体也；明白正大，直言其事者，雅之体也。纯乎雅之体者为雅之大，杂乎风之体者为雅之小。"

鹿 鸣

燕群臣也

　　本诗描写的是统治者宴请群臣的场面。《序》谓"燕群臣嘉宾"。方玉润《诗经原始》："夫嘉宾即君臣，以名分言曰臣，以礼意言曰宾。文武之待群臣如待大宾，情意既洽而节文又敬，故能成一时盛治也。"

yōu
呦呦鹿鸣^[1]，食野之苹^[2]。

我有嘉宾，鼓瑟吹笙。

jiāng
吹笙鼓簧^[3]，承筐是将^[4]。

háng
人之好我^[5]，示我周行^[6]。

呦呦鹿鸣，食野之蒿。

我有嘉宾，德音孔昭^[7]。

tiāo　　　　　xiào
视民不恌^[8]，君子是则是效^[9]。

áo
我有旨酒^[10]，嘉宾式燕以敖^[11]。

qín
呦呦鹿鸣，食野之芩^[12]。

我有嘉宾，鼓瑟鼓琴。

dān
鼓瑟鼓琴，和乐且湛^[13]。

我有旨酒，以燕乐嘉宾之心。

[1] 呦呦：鹿的叫声。

[2] 苹：草名，即藾蒿。

[3] 簧：乐器中用以发声的弹性薄片，这里指乐器。

[4] 承：捧着。将：送，献上。

[5] 好：关爱。

[6] 周行：大路，犹指我道路。

[7] 德音：美德。孔：很，十分。昭：鲜明。

[8] 视：通"示"，以物示人。一说为治理，使民不轻浮。恌：轻浮。

[9] 则：效法。效：模仿。

[10] 旨酒：美酒。

[11] 式：语气助词，无实义。燕：同"宴"。敖：游玩。

[12] 芩：草名，属蒿类植物。

[13] 湛：欢乐。

四 牡
mǔ

勤王事也

　　这首诗是一个劳役在外、无法回家的差人所作。方玉润《诗经原始》："是古来先有此诗，后乃采以为乐。……至诗之所以次《鹿鸣》者，以上章君之待臣之礼，故此章臣之事君以忠，上下交感，乃成泰运。"

四牡骓骓[1]，周道倭迟[2]。

岂不怀归？

王事靡盬[3]，我心伤悲！

四牡骓骓，啴啴骆马[4]。

岂不怀归？

王事靡盬，不遑启处[5]！

翩翩者雕[6]，载飞载下，

集于苞栩。

王事靡盬，不遑将父[7]！

翩翩者雕，载飞载止，

集于苞杞。

王事靡盬，不遑将母！

驾彼四骆，载骤骎骎[8]。

岂不怀归？

是用作歌，将母来谂[9]！

[1] 骓骓：马行走不停的样子。

[2] 倭迟：迂回遥远的样子。

[3] 盬：停止。

[4] 啴啴：喘息的样子。骆：白马黑鬣。

[5] 遑：闲暇。启处：居家休息。

[6] 雕：鹁鸠，一说为鸽子。

[7] 将：养，奉养。

[8] 骤：马奔驰。骎骎：马速行的样子。

[9] 谂：思念。

221

《小雅·皇皇者华》

皇皇者华

遣使臣也

　　这是一首描写使臣在民间考察民情、访求贤人的诗。方玉润《诗经原始》："此遣使臣之诗。……夫天下至大，朝廷至远，民间疾苦，何由周知？惟赖使者悉心访察以告天子。"

皇皇者华[1]，于彼原隰[2]。

駪駪征夫，每怀靡及[3]。

我马维驹，六辔如濡。

载驰载驱，周爰咨诹[4]。

我马维骐，六辔如丝。

载驰载驱，周爰咨谋。

我马维骆，六辔沃若[5]。

载驰载驱，周爰咨度。

我马维骃，六辔既均[6]。

载驰载驱，周爰咨询。

[1]皇皇：鲜明貌。华：草木之花。以满山遍野的花形容使臣遍布全国。

[2]原隰：高平及低洼地。

[3]駪駪：众多。征夫：使臣及其下属。

　　每：虽然。

[4]周：遍，普遍。咨诹：询问事情。

[5]辔：驾绳。沃若：柔润有光泽。

[6]均：协调。

皇皇者華君遣使臣也送之以禮

樂言遠而有光華也皇皇者華于

彼原隰駪駪征夫每懷靡及我馬

維駒六轡如濡載馳載驅周爰咨

諏我馬維騏六轡如絲載馳載驅

周爰咨謀我馬維駱六轡沃若載

馳載驅周爰咨度我馬維駰六轡

既均載馳載驅周爰咨詢

皇皇者華

常棣

^{dì}

周公燕兄弟也

　　这首诗描写了宴请兄弟、畅饮美酒的场面。旧说有二：一说为成王时周公所作；一说为厉王时召穆公虎所作。方玉润谓："良朋妻孥，未尝无助于已，然终不若兄弟之情亲而相爱也。"

常棣之华[1]，鄂不韡韡[2]。
^{è fū wěi}

凡今之人，莫如兄弟。

死丧之威[3]，兄弟孔怀[4]。

原隰裒矣[5]，兄弟求矣。
^{xí póu}

脊令在原[6]，兄弟急难。

每有良朋，况也永叹[7]。

兄弟阋于墙[8]，外御其务[9]。
^{xì wǔ}

每有良朋，烝也无戎[10]。

丧乱既平，既安且宁。

虽有兄弟，不如友生[11]。

傧尔笾豆[12]，饮酒之饫[13]。
^{bìn biān yù}

兄弟既具，和乐且孺[14]。
^{rú}

妻子好合，如鼓瑟琴。

兄弟既翕[15]，和乐且湛[16]。
^{xī dān}

宜尔室家，乐尔妻帑[17]。
^{nú}

是究是图[18]，亶其然乎[19]！
^{dǎn}

[1] 常棣：棠棣。华：花。

[2] 鄂：通"萼"，花萼。不：通"柎"，鄂足也，花托。韡韡：花色鲜明的样子。

[3] 威：畏惧。

[4] 孔怀：十分想念。

[5] 裒：《尔雅》释为"聚"，堆积。方玉润引《易》作"损少"，意为山川虽有变迁，但兄弟总会相聚。

[6] 脊令：水鸟名，雪姑。

[7] 况：更加。永叹：长叹。

[8] 阋：相争。阋于墙：在家里面争斗。

[9] 务：同"侮"，欺侮。

[10] 每：虽然。烝：乃。戎：帮助。

[11] 生：语气助词。

[12] 傧：陈设，陈列。笾、豆：注见《伐柯》。

[13] 饫：酒足饭饱，一说为私宴。

[14] 孺：亲近。

[15] 翕：协调一致。

[16] 湛：欢乐。

[17] 帑：子孙。

[18] 究：谋划。图：图谋。

[19] 亶：诚然，确实。

伐 木

燕朋友、亲戚、兄弟也

这是一首宴享友情的诗。方玉润《诗经原始》："此朋友通用之乐歌也。……朋友不离乎兄弟亲戚，亲戚兄弟自可以为朋友。所贵乎朋友者，心性相投，道义相交耳。"

伐木丁丁[1]，鸟鸣嘤嘤。

出自幽谷，迁于乔木。

嘤其鸣矣，求其友声。

相彼鸟矣[2]，犹求友声[3]。

矧伊人矣[4]，不求友生？

神之听之，终和且平。

伐木许许，酾酒有藇[5]。

既有肥羜[6]，以速诸父[7]。

宁适不来？微我弗顾[8]。

於粲洒扫，陈馈八簋[9]。

既有肥牡，以速诸舅。

宁适不来，微我有咎[10]。

伐木于阪，酾酒有衍。

笾豆有践，兄弟无远。

民之失德，干糇以愆[11]。

有酒湑我[12]，无酒酤我[13]。

坎坎鼓我[14]，蹲蹲舞我[15]。

迨我暇矣，饮此湑矣。

[1] 丁丁：伐木声。

[2] 相：看。

[3] 犹：还是，仍旧。

[4] 矧：况且，何况。

[5] 许许：同"浒浒"，劳动时共同出力的喊声，类似劳动号子。酾：滤，过滤。有：助词。藇：甘美。

[6] 羜：五个月左右的羊羔。

[7] 以：用。速：邀请，宴请。诸父：同族的长辈。

[8] 适：恰好。不来：不能来。意为宁召之不来，无使其言我不顾念也。

[9] 陈：摆放。馈：食物。簋：古代的一种食器。

[10] 咎：过错，过失。意为"不是我有什么过错吧"，有自醒之意，与上文"微我弗顾"均可备一说。

[11] 干糇：干粮，指普通食物。愆：过失。

[12] 湑：滤酒去渣。

[13] 酤：买酒。

[14] 坎坎：鼓声。

[15] 蹲蹲：有节奏的舞貌。

《小雅·天保》

天 保

祝君福也

这是一首赞美、祝福君王的诗。《毛序》："《天保》，下报上也，君能下下以成其政，臣能归美以报其上焉。"姚际恒《诗经通论》谓："臣致祝于君之词。"

天保定尔，亦孔之固。

俾尔单厚[1]，何福不除[2]？

俾尔多益，以莫不庶[3]。

天保定尔，俾尔戬穀[4]。

罄无不宜[5]，受天百禄。

降尔遐福[6]，维日不足。

天保定尔，以莫不兴。

如山如阜，如冈如陵，

如川之方至，以莫不增。

吉蠲为饎[7]，是用孝享[8]。

禴祠烝尝[9]，于公先王。

君曰卜尔[10]，万寿无疆。

神之吊矣，诒尔多福[11]。

民之质矣，日用饮食。

群黎百姓，遍为尔德。

如月之恒[12]，如日之升。

如南山之寿，不骞不崩[13]。

如松柏之茂，无不尔或承[14]。

[1] 俾：让，使。尔：指君主，全诗皆是。单厚：富足，丰厚。

[2] 除：赐予。

[3] 以：发语词，无实义。庶：众。

[4] 戬：福。穀：善。

[5] 罄：尽。

[6] 遐：长久。

[7] 蠲：清洁。饎：酒食。

[8] 孝享：献祭。

[9] 禴祠烝尝：分别是夏、春、冬、秋四季的祭礼。

[10] 君：先公先王，代神传辞。卜：赐予。

[11] 吊：旧作"弔"，至，降临。诒：送给。

[12] 恒：月上弦。

[13] 骞：亏缺，损伤。崩：天子死曰崩。

[14] 或：语气词。承：继承。

采　薇

戎役归也

　　这是一个戍边征战的士兵在回家途中的内心独白。方玉润认为此诗"以戎役归者自作为近是"。至于成诗年代，"或以为文王时，或以为宣王时，或谓季历时，都不可考"。"此诗之佳，全在末章，真情实感，感时伤事，别有深情，非可言喻。"

采薇采薇 [1]，薇亦作止 [2]。

曰归曰归，岁亦莫止 [3]。_{mù}

靡室靡家，猃狁之故 [4]。_{xiǎn yǔn}

不遑启居 [5]，猃狁之故。_{huáng}

采薇采薇，薇亦柔止 [6]。

曰归曰归，心亦忧止。

忧心烈烈，载饥载渴。

我戍未定，靡使归聘 [7]。

采薇采薇，薇亦刚止 [8]。

曰归曰归，岁亦阳止 [9]。

王事靡盬 [10]，不遑启处。_{gǔ}

忧心孔疚 [11]，我行不来！_{jiù}

彼尔维何 [12]？维常之华。_{ěr}

彼路斯何 [13]？君子之车。

戎车既驾，四牡业业 [14]。

岂敢定居？一月三捷 [15]。

驾彼四牡，四牡骙骙 [16]。_{kuí}

君子所依，小人所腓 [17]。_{féi}

四牡翼翼 [18]，象弭鱼服 [19]。

岂不日戒？猃狁孔棘 [20]！

昔我往矣，杨柳依依 [21]。

今我来思，雨雪霏霏 [22]。

行道迟迟，载渴载饥。

我心伤悲，莫知我哀！

[1] 薇：一种野菜。

[2] 亦：语气助词。作：初生地。止：语气助词。

[3] 莫：同"暮'，日落的时候。

[4] 狎狁：北方少数民族戎、狄。

[5] 遑：空闲。启：跪。居：坐。

[6] 柔：软嫩。这里指初生的薇菜。

[7] 聘：问候。

[8] 刚：坚硬。这里指薇菜已长大。

[9] 阳：指农历十月。

[10] 盬：止息。

[11] 疚：痛苦。

[12] 蔷：花开茂盛的样子。一本作"彅"，"蔷"为其本字。

[13] 路：公卿之车为路车。

[14] 业业：强壮的样子。

[15] 捷：胜利。

[16] 骙骙：马强壮的样子。

[17] 腓：隐蔽，庇护。意为主帅坐在车上，士卒在车下跟随

[18] 翼翼：排列整齐的样子。

[19] 象弭：用象骨装饰弓两头的弯曲处。

鱼服：鱼皮制的箭袋。

[20] 戒：警戒。棘：危急。

[21] 依依：茂盛的样子。

[22] 霏霏：雨雪很大。

出 车

征夫还也

　　这是周宣王时期出征将士得胜归来所作的诗。方玉润《诗经原始》："大略此诗作于当时征夫，后世王者采以入乐，用劳还率以酬其庸，盖将以南仲劝业望之而已。"

我出我车^[1]，于彼牧矣^[2]。
自天子所，谓我来矣^[3]。
召彼仆夫，谓之载矣。
王事多难，维其棘矣。

我出我车，于彼郊矣。
设此旐矣，建彼旄矣^[4]。
彼旟旐斯，胡不旆旆^[5]？
忧心悄悄，仆夫况瘁^[6]。

王命南仲，往城于方^[7]。
出车彭彭，旂旐央央。
天子命我，城彼朔方^[8]。
赫赫南仲，狁于襄^[9]。

昔我往矣，黍稷方华。
今我来思，雨雪载涂。
王事多难，不遑启居。
岂不怀归？畏此简书^[10]。

喓喓草虫，趯趯阜螽。
未见君子，忧心忡忡。
既见君子，我心则降^[11]。
赫赫南仲，薄伐西戎^[12]。

春日迟迟，卉木萋萋。
仓庚喈喈，采蘩祁祁。
执讯获丑^[13]，薄言还归。
赫赫南仲，狁于夷^[14]。

[1] 出：出动。车：战车。

[2] 于：去，到。牧：郊外，可以牧马的地方。下文的"郊"指城外，集合士兵、战车、建旗分队的地方。

[3] 谓我来：让我集合来到这里。

[4] 设：竖起。旐：有龟蛇图案的旗子，一说为集合队伍用的，还有说此为玄武旗，在队伍的后面，后队的人跟随此旗。旄：旗干之首。

[5] 旂：鸟隼图案的旗，出征时打，一说为朱雀旗，前队打的旗。旆旆：飞扬貌。行军时大多把旗绑在杆上，因此曰"胡不旆旆"。

[6] 况：更加。瘁：憔悴。

[7] 南仲：周朝将军。往：去。城：建城。方：地名。

[8] 朔方：北方。

[9] 襄：除，灭。出征之目的。

[10] 简书：天子的命令。

[11] 降：放下。一说悦服。此章注见《召南·草虫》。

[12] 薄：助词，用于动词前，无义。

[13] 执讯：生俘。获丑：杀死。

[14] 夷：平定。

234

杕 杜
dì

念征夫也

　　这是一首妻子思念受征在外的丈夫的诗。方玉润《诗经原始》："此诗本室家思其夫归而未即归之词。……始终望归，而未遽归，故作此猜疑无定之词耳。"

有杕之杜，有睆其实^[1]。
huàn

王事靡盬，继嗣我日^[2]。
gǔ

日月阳止^[3]，女心伤止，

征夫遑止！

有杕之杜，其叶萋萋。

王事靡盬，我心伤悲。

卉木萋止，女心悲止，

征夫归止！

陟彼北山，言采其杞^[4]。
zhì

王事靡盬，忧我父母。

檀车幝幝^[5]，四牡痯痯^[6]，
tán   chǎn   guǎn

征夫不远！

匪载匪来，忧心孔疚。
jiù

期逝不至？而多为恤^[7]。

卜筮偕止^[8]，会言近止^[9]，

征夫迩止！

[1] 有：助词，位形容词前，无义。睆：果实饱满的样子。

[2] 嗣：续，延长。我日：我的服役时间。

[3] 日月：时间，光阴。阳：阴历十月。止：句末语气词。

[4] 杞：枸杞。

[5] 檀车：役车。幝幝：破敝的样子。

[6] 痯痯：疲惫的样子。

[7] 期逝：归期已过。恤：忧。

[8] 卜：用甲骨占吉凶。筮：用蓍草占吉凶。

[9] 会：综合卜筮的结果。

《小雅·出车》

鱼　丽
lí

燕嘉宾也

　　这是一首贵族宴会时作的诗。方玉润《诗经原始》："此诗本无意义，不过极言肴馔之多且美，故宴飨可以通用。且《燕礼》《乡饮酒礼》均皆用之，则亦未为过也。……若夫酒备极丰美，燕宾之礼自当如是。"

鱼丽于罶[1]，鲿鲨。
liǔ　cháng

君子有酒，旨且多[2]。

鱼丽于罶，鲂鳢。
lǐ

君子有酒，多且旨。

鱼丽于罶，鰋鲤。
yǎn

君子有酒，旨且有。

物其多矣，维其嘉矣[3]。

物其旨矣，维其偕矣[4]。

物其有矣，维其时矣[5]。

[1]丽：同"罹"，遭遇，落入。罶：竹制的捕鱼工具。

[2]旨：味美。多：指应有尽有。

[3]维其：因为如此。

[4]偕：王引之《经义述闻》通"皆"。

[5]时：适时，指时鲜。

南有嘉鱼

娱宾也

　　本诗是一首祝酒词，描写了宴会上宾朋的歌唱。方玉润《诗经原始》："此与《鱼丽》意略同。但彼专言肴酒之美，此兼叙宾主绸缪之情。"

南有嘉鱼，烝然罩罩[1]。

君子有酒，嘉宾式燕以乐[2]。

南有嘉鱼，烝然汕汕[3]。

君子有酒，嘉宾式燕以衎[4]。

南有樛木，甘瓠累之[5]。

君子有酒，嘉宾式燕绥之[6]。

翩翩者雏，烝然来思。

君子有酒，嘉宾式燕又思[7]。

[1] 烝：众。这里指鱼很多。罩罩：用竹网罩鱼。一说为鱼游水的样子。

[2] 式：语助词。燕：同"宴"，宴饮，后文皆同。

[3] 汕汕：游来游去的样子。

[4] 衎：快乐。

[5] 累：缠绕。

[6] 绥：安定，安乐。

[7] 又：燕，通"宴"，安闲，安乐。方玉润谓"既燕又燕也"。思：语气助词。

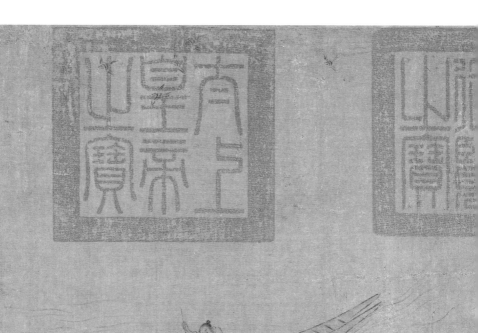

《小雅·南有嘉鱼》

南山有臺

祝宾也

这是一首为君王颂德祝寿的诗。方玉润《诗经原始》："然自《鱼丽》至此，三诗各有一义。《集传》于《鱼丽》曰'优宾'，于《嘉鱼》曰'乐宾'，于此曰'尊宾'，颇得燕乐次序。……然三诗未必同出一时，不过后王用以入乐，其词义先后重轻适如其序焉云尔。"

南山有臺，北山有莱[1]。

乐只君子[2]，邦家之基。

乐只君子，万寿无期！

南山有枸，北山有楰。

乐只君子，遐不黄耇[5]。

乐只君子，保艾尔后[6]！

南山有桑，北山有杨。

乐只君子，邦家之光。

乐只君子，万寿无疆！

[1]臺：通"薹"，莎草。莱：米苋。

[2]乐：快乐，愉快。只：句中语气词。君子：这里指贵族，宾客。

[3]已：停止。

[4]遐：同"胡"，为什么。眉寿：老人长寿的特征。

南山有杞，北山有李。

乐只君子，民之父母。

乐只君子，德音不已[3]！

[5]耇：也作"耇"，老年人。黄耇：亦长寿的特征。

[6]保：安。艾：养。

南山有栲，北山有杻。

乐只君子，遐不眉寿[4]。

乐只君子，德音是茂！

蓼 萧
lù

天子燕诸侯而美之也

这是一首诸侯在宴会上赞美周天子的诗。朱熹《诗集传》："诸侯朝于天子，天子与之燕，以示慈惠，故歌此诗。"方玉润《诗经原始》："此盖天子燕诸侯而美之之词耳。"

蓼彼萧斯，零露湑兮[1]。

既见君子，我心写兮[2]。

燕笑语兮，是以有誉处兮[3]。

蓼彼萧斯，零露瀼瀼[4]。

既见君子，为龙为光[5]。

其德不爽[6]，寿考不忘。

蓼彼萧斯，零露泥泥[7]。

既见君子，孔燕岂弟[8]。

宜兄宜弟，令德寿岂[9]。

蓼彼萧斯，零露浓浓。

既见君子，鞗革冲冲[10]。

和鸾雝雝[11]，万福攸同[12]。

[1] 蓼：长大貌。萧：蒿草。零：落。湑：被露水打湿。

[2] 写：舒畅。

[3] 是以：以是，因此。誉：通"豫"，安适，欢乐。

[4] 瀼瀼：露浓的样子。

[5] 龙：通"宠"，荣耀。

[6] 爽：差，违背。

[7] 泥泥：濡湿的样子。

[8] 岂弟：同"恺悌"，和易近人。

[9] 岂：乐。

[10] 鞗：马缰绳头的铜饰。冲冲：摇动貌。

[11] 和、鸾：均为车马上的铃铛。唐石经作"雍雍"。

[12] 攸：所。

《小雅·湛露》

湛 露

zhàn

天子燕诸侯也

这是一首描写周天子宴请诸侯的诗。《左传》：鲁文公四年，卫宁武子来聘，公与之宴。为赋《湛露》，不拜，又不答赋。使行人私焉。对曰："臣以为肆业及之也。昔诸侯朝正于王，王宴乐之，于是乎为赋《湛露》，则天子当阳，诸侯用命也。"

湛湛露斯[1]，匪阳不晞[2]。

厌厌夜饮[3]，不醉无归。

湛湛露斯，在彼丰草。

厌厌夜饮，在宗载考[4]。

湛湛露斯，在彼杞棘。

显允君子[5]，莫不令德[6]。

其桐其椅，其实离离[7]。

岂弟君子，莫不令仪[8]。

[1] 湛湛：露重的样子。

[2] 阳：阳光，太阳。晞：干。

[3] 厌厌：安乐的样子。

[4] 宗：宗庙。载：再，多次。考：敲击。击钟者，入门，客出及宴时皆用之。

[5] 显：光明坦荡。允：诚实守信。

[6] 令：善，美好。

[7] 离离：果实多而密集的样子。

[8] 岂弟：注见《蓼萧》。仪：礼仪风范。

彤 弓

天子赐有功诸侯也

这首诗描写的是周天子答谢有功之臣的情景。《左传》载鲁僖公二十八年，宁武子曰："诸侯敌王所忾而献其功，于是乎赐之彤弓一，彤矢百，玈弓矢千，以觉报宴。"

彤弓弨兮[1]，受言藏之[2]。
我有嘉宾，中心贶之[3]。
钟鼓既设，一朝飨之[4]。

彤弓弨兮，受言载之。
我有嘉宾，中心喜之。
钟鼓既设，一朝右之[5]。

彤弓弨兮，受言櫜之[6]。
我有嘉宾，中心好之。
钟鼓既设，一朝酬之[7]。

[1]彤弓：朱红的弓。弨：弓弦松弛。

[2]言：语气词。

[3]贶：赐予。马瑞辰解为"喜也"，亦通。

[4]飨：用酒食款待人。

[5]右：通"侑"，劝食，劝酒。

[6]櫜：装弓箭的袋子，此用作动词。

[7]酬：主人向客人敬酒。

247

《小雅·彤弓》

菁菁者莪
(jīng é)

乐育材也

　　这首诗描写的是天子宴请有功的诸侯，感慨人才之盛的情景。方玉润《诗经原始》："故此诗当是君临辟廱，见学校人才之盛，喜而作此。或即以燕飨群才，亦未可知。总之，不离育材者近是。"

菁菁者莪[1]，在彼中阿[2]。(ē)

既见君子，乐且有仪。

菁菁者莪，在彼中沚[3]。

既见君子，我心则喜。

菁菁者莪，在彼中陵[4]。

既见君子，锡我百朋[5]。(cì)

泛泛杨舟，载沉载浮[6]。

既见君子，我心则休[7]。

[1]菁菁：草木繁盛的样子。莪：萝蒿。

[2]阿：大的丘陵。

[3]沚：水中小洲。

[4]陵：大土山。

[5]锡：通"赐"，赠送。朋：古代货币单位。

[6]杨舟：杨木为舟。载：则。

[7]休：喜。

六 月

美吉甫佐命北伐有功，归宴私第也

　　这首诗描写的是宣王时代尹吉甫北伐有功，归朝受宴的情景。《汉书》载：周室既衰，四夷并侵，猃狁最强，于今匈奴是也。至宣王而伐之，诗人美而颂之。"姚际恒《诗经通论》云："此篇则系吉甫有功而归，燕饮诸友，诗人美之而作也。"

六月栖栖[1]，戎车既饬[2]。

四牡骙骙[3]，载是常服[4]。

猃狁孔炽[5]，我是用急[6]。

王于出征，以匡王国[7]。

比物四骊，闲之维则[8]。

维此六月，既成我服。

我服既成，于三十里。

王于出征，以佐天子。

四牡修广，其大有颙[9]。

薄伐猃狁，以奏肤公[10]。

有严有翼，共武之服[11]。

共武之服，以定王国。

猃狁匪茹[12]，整居焦获[13]。

侵镐及方，至于泾阳。

织文鸟章，白旆央央[14]。

元戎十乘，以先启行。

戎车既安，如轾如轩[15]。

四牡既佶[16]，既佶且闲。

薄伐猃狁，至于大原。

文武吉甫，万邦为宪。

吉甫燕喜，既多受祉[17]。

来归自镐，我行永久。

饮御诸友[18]，炰鳖脍鲤[19]。

侯谁在矣，张仲孝友[20]。

《小雅·菁菁者莪》

菁菁者莪樂育材也君子能長育
人材則天下喜樂之矣菁菁者莪
在彼中阿既見君子樂且有儀菁
菁者莪在彼中沚既見君子我心
則喜菁菁者莪在彼中陵既見君
子錫我百朋汎汎楊舟載沉載浮
既見君子我心則休

菁菁者莪

[1]栖栖：繁忙的样子。

[2]饬：整治，整顿。

[3]骙骙：马强壮的样子。

[4]载：装载。常：日月旗，天子用常，诸侯用旂。服：古代对衣服、车马、器物的泛称。

[5]炽：气势热烈。

[6]是用：因此。急：紧急动员。

[7]匡：扶正，纠正。

[8]比：相同。四匹完全一样的黑马。闲：熟习，熟练。则：规则。

[9]修：高。广：大。颙：大貌。

[10]奏：做成。肤：大、美。公：功。

[11]严：高峻貌。翼：壮盛。共武之服：共同作战。

[12]茹：度量，估计。意为猃狁不自量力。

[13]整：整队。居：驻扎。焦获：地名，与猃狁相接。

[14]织：通"帜"，旗帜。鸟章：鸟隼旗，

注见《出车》。旐：旗下方形如燕尾的穗。央央：鲜明貌。

[15]如：或。轾：向下俯。轩：向上冲。

[16]佶：健壮的样子。一说为端正，整齐。

[17]祉：福。

[18]御：进。

[19]炰：烹煮。

[20]张仲：人名，吉甫的朋友。

254

采 芑
^{qǐ}

南人美方叔威服蛮荆也

　　这是一首赞美周宣王时期方叔南征荆蛮的诗。朱熹认为是"王命方叔南征，军行采芑而食，故赋其事"，方玉润则觉得"人自他方来临吾土之谓，非我从本国适彼殊方之言，故知其为南人作也"。

薄言采芑[1]，于彼新田[2]，
于此菑亩[3]，方叔莅止。
其车三千，师干之试[4]。

方叔率止，乘其四骐。
四骐翼翼[5]，路车有奭[6]。
簟茀鱼服，钩膺鞗革[7]。

薄言采芑，于彼新田，
于此中乡，方叔莅止。
其车三千，旂旐央央。
方叔率止，约軝错衡[8]，
八鸾玱玱[9]，服其命服。
朱芾斯皇[10]，有玱葱珩[11]。

鴥彼飞隼，其飞戾天[12]，
亦集爰止[13]，方叔莅止。
其车三千，师干之试。

方叔率止，钲人伐鼓，
陈师鞠旅[14]，显允方叔。
伐鼓渊渊[15]，振旅阗阗[16]。

蠢尔蛮荆，大邦为仇。
方叔元老，克壮其犹[17]。
方叔率止，执讯获丑[18]。
戎车啴啴，啴啴焞焞[19]，
如霆如雷[20]，显允方叔。
征伐猃狁，蛮荆来威。

255

[1] 芑：苦菜。人与马皆可食。

[2] 新田：开垦两年的田地。

[3] 菑：开垦一年的田地。

[4] 师：军队。干：通"捍"，防卫。试：操练，演习。

[5] 翼翼：壮盛的样子。

[6] 路车：诸侯所乘之车。奭：赤色。

[7] 钩膺：马颈和胸部的带饰。鋈革：带有铜饰的马辔头。

[8] 约：缠绕。軧：车毂上的装饰。错：金色。衡：车上驾牲口的横木。

[9] 鸾：铃铛。玱玱：铃声。

[10] 芾：官服上的蔽膝，类似围裙。天子纯朱，诸侯黄朱。皇：鲜艳耀眼。

[11] 葱：绿色。珩：佩玉。

[12] 鴥：疾飞貌。戾：至。

[13] 爰：在这里。

[14] 师：二千五百人为师。陈师：整列队伍。旅：五百人为旅。鞠旅：告诫士众，指誓师。

[15] 渊渊：鼓声。

[16] 振：指挥。阗阗：鼓声大。

[17] 克：能够。犹：谋略。

[18] 注见《出车》。

[19] 啴啴：众盛貌。焞：车声。一说为盛多貌。

[20] 嘽：疾。

车 攻

宣王复会诸侯于东都也

本诗描写的是周宣王在东方朝会诸侯举行狩猎时的雄壮场面。《大序》曰："宣王内修政事，外攘夷狄，复文武之境土，修车马，备器械，复会诸侯于东都。"方玉润《诗经原始》："盖此举重在会诸侯，而不重在事田猎。不过藉田猎以会诸侯，修复先王旧典耳。"

我车既攻 [1]，我马既同 [2]。

四牡庞庞 [3]（mǔ），驾言徂东（cú）。

田车既好，田牡孔阜 [4]。

东有甫草，驾言行狩。

之子于苗，选徒嚣嚣 [5]（suàn áo）。

建旐设旄 [6]（zhào máo），搏兽于敖。

驾彼四牡，四牡奕奕。

赤芾金舄 [7]（fú xì），会同有绎 [8]。

决拾既佽 [9]（cì），弓矢既调。

射夫既同 [10]，助我举柴 [11]。

四黄既驾，两骖不猗。

不失其驰，舍矢如破 [12]。

萧萧马鸣，悠悠旆旌。

徒御不惊 [13]，大庖不盈 [14]。

之子于征，有闻无声。

允矣君子 [15]，展也大成 [16]。

[1] 攻：牢固。

[2] 同：齐聚。

[3] 庞庞：强壮。

[4] 阜：肥大。

[5] 苗：夏季打猎。选：通"算"，此作"数"。徒：兵卒。嚣嚣：喧嚣。

[6] 敖：敖山，地名。

[7] 赤芾：注见《采芑》。金舄：金色的鞋子。

[8] 绎：旧作"绎"，秩序井然。

[9] 决：大拇指扳指。拾：左臂的护臂。佽：已经。佽：排比，指都放置妥当。

[10] 射夫：到来的诸侯。

[11] 举：取。柴：打死的猎物。

[12] 驰：驱车之法。舍矢如破：发矢命中，如椎破物。

[13] 徒：士卒。御：车夫。不：调整音节的词。不惊，惊也。惊：警戒。

[14] 庖：厨房。盈：满。不盈，盈也。指天子将所获猎物赏赐出去了。

[15] 允：信。

[16] 展：诚然，确实。

吉 日

美宣王田猎也

这首诗同样描写了周宣王野外狩猎的场面，与前一首不同的是，方玉润谓："此宣王猎于西都之诗，不过畿内岁时举行之典，与《车攻》之复古制大不相侔。"

吉日维戊，既伯既祷[1]。

田车既好，四牡孔阜。

升彼大阜，从其群丑[2]。

吉日庚午，既差我马[3]。

兽之所同，麀鹿麌麌[4]。
（yōu yǔ）

漆沮之从[5]，天子之所。

瞻彼中原，其祁孔有[6]。

儦儦俟俟[7]，或群或友。
（biāo sì）

悉率左右，以燕天子[8]。

既张我弓，既挟我矢。

发彼小豝[9]，殪此大兕[10]。
（bā yì sì）

以御宾客，且以酌醴[11]。
（lǐ）

[1] 戊：戊日，天干第五。伯：神名，天驷房星之神。祷：祭祀，祷告。

[2] 大阜：丘陵。从：追逐。丑：指野兽群聚。

[3] 差：选择。

[4] 麀鹿：母鹿。麌麌：鹿群聚的样子。

[5] 漆沮：漆水、沮水。

[6] 其：那里。祁：一说为麎，雌麋鹿；一说指原野广大。孔：非常。有：多。

[7] 儦儦：奔跑的样子。俟俟：行走的样子。

[8] 燕：取悦。

[9] 小豝：小母猪。

[10] 殪：一箭射死。兕：野牛。

[11] 醴：甜酒。

鸿 雁

使者承命安集流民也

　　这是一首反映百姓流离失所，饱受苦难的诗。旧说以为"之子"指使臣，为宣王安抚流民的诗。朱熹《诗集传》："流民以鸿雁哀鸣自比而作此歌也。……今亦未有以见其为宣王之诗。"

鸿雁于飞，肃肃其羽[1]。

之子于征[2]，劬劳于野[3]。

爰及矜人[4]，哀此鳏寡[5]。

鸿雁于飞，集于中泽[6]。

之子于垣[7]，百堵皆作[8]。

虽则劬劳，其究安宅[9]？

鸿雁于飞，哀鸣嗸嗸[10]。

维此哲人[11]，谓我劬劳；

维彼愚人，谓我宣骄[12]。

[1] 肃肃：翅膀飞动的声音。

[2] 之子：这个人。征：出行。

[3] 劬劳：辛苦劳累。

[4] 爰：于是。矜：同情，可怜。

[5] 鳏寡：年老无妻叫鳏，年老无夫叫寡。

[6] 中泽：泽中，水中。

[7] 垣：围墙。

[8] 堵：墙。古时一丈墙叫板，五板叫堵。

作：建起。

[9] 究：终于。宅：居所。

[10] 嗸：通"嗷"，众声和。

[11] 哲人：明理的人，聪明的人。

[12] 宣骄：外表骄傲、逞强。

庭 燎
liáo

勤视朝也

    本诗描写的是大臣们早朝，天子理政的情景。方玉润认为"此与《鸡鸣》篇同一勤于早朝之诗。然彼是士大夫妻警其夫以趋朝，此乃王者自警急于视朝。"

夜如何其[1]？夜未央[2]。

庭燎之光[3]。

君子至止，鸾声将将。
qiāng

夜如何其？夜未艾[4]。

庭燎晣晣[5]。
zhé

君子至止，鸾声哕哕。
huì

夜如何其？夜乡晨[6]。

庭燎有辉。

君子至止，言观其旂[7]。
qí

[1] 如何：怎么样。其：句末语气词，表疑问。

[2] 央：尽，完。

[3] 庭燎：庭中用以照明的火炬、大烛。

[4] 艾：止，尽。

[5] 晣晣：明亮的样子。

[6] 乡：同"向"，趋于，倾向。

[7] 旂：旌旗，注见《出车》。

沔 水
miǎn

未详

这是诗人看到世道衰落，人心乱离后有感而发的诗。朱熹《诗集传》说"此忧乱之诗"。方玉润则认为"宣王初政，多乱定归来之诗，后皆美词，无所谓忧乱也。……姑阙之以俟识者。"

沔彼流水 [1]，朝宗于海 [2]。
yù
鴥彼飞隼 [3]，载飞载止。

嗟我兄弟，邦人诸友。

莫肯念乱 [4]，谁无父母？

沔彼流水，其流 汤 汤 [5]。
shāng
鴥彼飞隼，载飞载扬。
jī
念彼不迹 [6]，载起载行。

心之忧矣，不可弭忘 [7]。

鴥彼飞隼，率彼中陵 [8]。

民之讹言 [9]，宁莫之惩 [10]？

我友敬矣 [11]，谗言其兴。

[1] 沔：水盛满的样子。

[2] 朝宗：诸侯朝见天子。这里指百川入海。

[3] 鴥：鸟疾飞的样子。

[4] 念：止也。乱：动荡混乱。

[5] 汤汤：水势盛大的样子。

[6] 迹：旧作"蹟"，遵循。

[7] 弭：止息，停止。

[8] 陵：大土山。

[9] 讹言：说假话。

[10] 惩：禁止。

[11] 敬：警惕，警戒。

《小雅·庭燎》

庭燎美宣王也因以箴之夜如何
其夜未央庭燎之光君子至止鸞
聲將將夜如何其夜未艾庭燎晣
晣君子至止鸞聲噦噦夜如何其
夜鄉晨庭燎有煇君子至止言觀
其旂

　　庭燎

鹤 鸣

讽宣王求贤山林也

这是一首写天子求才招贤的诗。方玉润《诗经原始》："此一篇好招隐诗也，……则即景以思其人，因人而慕其景，不必更言其贤，而贤已跃然纸上矣。其词意在若隐若现，不即不离之间，……所以为佳。"

鹤鸣于九皋[1]，声闻于野。

鱼潜在渊，或在于渚[2]。

乐彼之园，爰有树檀[3]，

其下维萚[4]。

他山之石[5]，可以为错[6]。

鹤鸣于九皋，声闻于天。

鱼在于渚，或潜在渊。

乐彼之园，爰有树檀，

其下维榖[7]。

他山之石，可以攻玉[8]。

[1] 皋：沼泽。九皋：曲折深远的沼泽。

[2] 渚：水中的小块陆地。

[3] 爰：语气助词，没有实义。檀：紫檀树。

[4] 萚：落下的树叶。

[5] 他：别的，其他。

[6] 错：磨玉的石块。

[7] 榖：楮树。

[8] 攻：打磨制作。

祈 父
qí

禁旅责司马征调失常也

　　这是王都的卫兵怨恨司马征调之诗。方玉润《诗经原始》："此禁旅责司马征调失常之诗。……禁旅原不出征，偶一用之，尚且致怨，况久戍乎？且自古兵政，亦无有一禁卫戍边方者。"

祈父 [1]！予王之爪牙。

胡转予于恤？靡所止居 [2]。
mǐ

祈父！予王之爪士。

胡转予于恤？靡所底止 [3]。
dǐ

祈父！亶不聪 [4]。

胡转予于恤？有母之尸饔 [5]。
dǎn yōng

[1] 祈父：司马，掌管兵甲的官。

[2] 恤：忧。转：调动。靡：无。为何调我去我不愿去的地方，让我居无定所。

[3] 一本作"厎"。至，止。

[4] 亶：诚，信。不聪：听不到（下面的声音）。

[5] 尸：主持。饔：熟食。还得母亲自己操持饭食。

白 驹

放隐士还山也

　　这是一首客人即将离去，主人不舍挽留的诗。另有方玉润说："此王者欲留贤士不得，因放归山林而赐以诗也。其好贤之心可谓切，而留贤之意可谓殷，奈士各有志，难以相强。"

jiǎo
皎皎白驹[1]，食我场苗。

zhí
絷之维之[2]，以永今朝[3]。

所谓伊人，於焉逍遥[4]？

　

huò
皎皎白驹，食我场藿[5]。

絷之维之，以永今夕。

所谓伊人，於焉嘉客？

　

bì
皎皎白驹，贲然来思[6]。

尔公尔侯，逸豫无期[7]。

慎尔优游[8]，勉尔遁思[9]。

　

皎皎白驹，在彼空谷[10]。

chú
生刍一束[11]，其人如玉。

wú
毋金玉尔音[12]，而有遐心[13]。

[1] 皎皎：洁白，光明。这里指马皮毛发光。驹：马之未壮者，贤人所乘。

[2] 絷：绊其足。维：系其靷。

[3] 永：久远。希望今天能久一点。

[4] 於焉：犹言此，在这儿。

[5] 藿：豆叶。

[6] 贲然：光彩之貌。来：来到这里。思：句末语气词。

[7] 逸豫：安乐。

[8] 慎：勿过也。

[9] 勉：打消。遁思：去意，离开的想法。

[10] 空谷：深谷。

[11] 刍：喂牲口的草。

[12] 音：信。

[13] 遐：远。言莫要避世。

黄 鸟

刺民风偷薄也

这是一位流亡异国者想家的诗。朱熹谓："民谪异国，不得其所，故作此诗。"另有方玉润谓："此民风偷薄也。……此不过泛言邦人之不可与处，下章则并昏姻亦不肯相恤。"

黄鸟黄鸟，无集于榖，

无啄我粟。

此邦之人，不我肯榖[1]。

言旋言归，复我邦族[2]。

黄鸟黄鸟，无集于桑，

无啄我粱。

此邦之人，不可与明[3]。

言旋言归，复我诸兄。

黄鸟黄鸟，无集于栩，

无啄我黍。

此邦之人，不可与处。

言旋言归，复我诸父。

[1] 榖：善待。不我肯榖：不肯榖我，宾语前置。

[2] 复：返。

[3] 明：通"盟"，缔结盟约。

《小雅·白驹》

白駒大夫剌宣王也皎皎白駒
食我場苗縶之維之以永今朝
所謂伊人於焉逍遥皎皎白駒
食我場藿縶之維之以永今夕
所謂伊人於焉嘉客皎皎白駒
賁然來思爾公爾侯逸豫無期
愼爾優游勉爾遁思皎皎白駒
在彼空谷生芻一束其人如玉
毋金玉爾音而有遐心

白駒

我行其野

这首诗是一位嫁入异乡却被丈夫遗弃的妇女的内心独白。《易林·巽之豫》："黄鸟采蓄，既嫁不答。念吾父兄，思复邦国。"《郑笺》："男女失道，以求外昏，弃其旧姻而相怨。"

我行其野 [1]，蔽芾其樗 [2]。

昏姻之故，言就尔居。

尔不我畜 [3]，复我邦家 [4]。

我行其野，言采其蓫 [5]。

昏姻之故，言就尔宿。

尔不我畜，言归斯复。

我行其野，言采其葍 [6]。

不思旧姻 [7]，求尔新特 [8]。

成不以富 [9]，亦祗以异 [10]。

[1] 行：徘徊。

[2] 蔽芾：繁盛的样子，一说幼小的样子。樗：臭椿树。

[3] 畜：收容。

[4] 复：返回。邦：诸侯受封的地区，指女子的家乡。

[5] 蓫：羊蹄菜。

[6] 葍：一种蔓生植物。

[7] 思：想。旧姻：弃妇，此女子自称。

[8] 特：配偶。

[9] 成：诚，实在。以：因为。富：富裕。

[10] 祗：只。

斯 干

这首诗是对周王室新建成的宫殿的歌颂。学者多认为是宣王时所作，方玉润《诗经原始》："此诗似卜筑初成，祀祷屋神之词，非落成宴饮诗也。"但其认为非宣王时作，"宣王虽中兴，不无建营宫室之举，京仍镐京，室仍旧室"。此诗只是"纪一时盛事，为中兴生色耳"。

秩秩斯干，幽幽南山 [1]。
如竹苞矣，如松茂矣。
兄及弟矣，式相好矣 [2]，
无相犹矣 [3]。

似续妣祖 [4]，筑室百堵，
西南其户。爰居爰处 [5]，
爰笑爰语。

约之阁阁 [6]，椓之橐橐 [7]。
风雨攸除 [8]，鸟鼠攸去，
君子攸芋 [9]。

如跂斯翼 [10]，如矢斯棘 [11]，
如鸟斯革 [12]，如翚斯飞 [13]，
君子攸跻 [14]。

殖殖其庭 [15]，有觉其楹 [16]。
哙哙其正 [17]，哕哕其冥 [18]。
君子攸宁。

下莞上簟 [19]，乃安斯寝。
乃寝乃兴，乃占我梦。
吉梦维何？
维熊维罴，维虺维蛇。

大人占之 [20]：
维熊维罴，男子之祥；
维虺维蛇，女子之祥。

乃生男子，载寝之床，
载衣之裳，载弄之璋 [21]。
其泣喤喤，朱芾斯皇，
室家君王。

乃生女子，载寝之地，
载衣之裼 [22]，载弄之瓦 [23]。
无非无仪，唯酒食是议，
无父母诒罹 [24]。

271

[1]秩秩：水流貌。干：水岸边。幽幽：深远的样子。

[2]式：助词。相：互相。

[3]无：不要。犹：通"尤"，指责。

[4]似：通"嗣"，继承。续：传递、传接。妣：祖母以上的女性祖先。

[5]爰：在这里。

[6]约：以绳束板。阁阁：捆扎筑板排列有序。

[7]椓：以杵筑地。橐橐：敲击的声音。

[8]攸：是。

[9]芋：通"宇"，指居住。言风雨不侵，鸟鼠不入，君子乐居。

[10]跂：耸立。斯：语气助词。翼：壮盛的样子。

[11]矢：箭。棘：《郑笺》训为"戟"，棱角，形容屋角。

[12]革：通"翱"，翅膀，形容屋宇。

[13]翚：锦鸡。飞：展翅，形容屋檐。

[14]跻：登，拾阶而上。

[15]殖殖：平正貌。

[16]觉：高大直立。楹：堂前部的两根柱子。

[17]哙哙：宽敞，透亮。正：向明处。

[18]哕哕：深广之貌。冥：幽深处。此则由庭至堂，由堂至室的视角。

[19]莞：草席。簟：竹席。簟铺在莞上，只能睡卧之用。

[20]大人：卜官。占：占卜。

[21]弄：把玩。璋：玉制的礼器。

[22]裼：婴儿的包被。

[23]瓦：古代纺线的纺锤。这里指将来纺线主持家务。与下文"唯酒食是议"一样，均是先秦女子的礼。

[24]诒：留下，遗留。罹：祸患。

无 羊

　　此诗描写了一幅广阔绚丽的草原放牧图和牧人的勤劳。姚际恒评为"此两章是群牧图，或写物态，或写人情，深得人物两忘之妙。"方玉润说："其体物入微处，有画手所不能到。"

谁谓尔无羊？三百维群。
谁谓尔无牛？九十其犉[1]（rún）。
尔羊来思，其角濈濈[2]（jí）。
尔牛来思，其耳湿湿[3]。
或降于阿[4]（ē），或饮于池，
或寝或讹[5]（é）。
尔牧来思，何蓑何笠[6]（hè），
或负其糇[7]（hóu）。
三十维物[8]，尔牲则具。
尔牧来思，以薪以蒸[9]，
以雌以雄。
尔羊来思，矜矜兢兢[10]（jīn jīng），
不骞不崩[11]。
麾之以肱[12]，毕来既升[13]。
牧人乃梦（zhōng），众维鱼矣[14]，
旐维旟矣[15]（zhào yú）。大人占之：

众维鱼矣，实维丰年；
旐维旟矣，室家溱溱[16]（zhēn）。

[1]犉：嘴唇是黑色的黄牛，《尔雅》训"牛七尺为犉"，亦通。

[2]濈濈：聚集在一起的样子。

[3]湿湿：耳朵摇动的样子。

[4]阿：山丘。

[5]讹：动。

[6]何：负荷。

[7]糇：干粮。

[8]物：毛色，指不同毛色的牛羊。

[9]薪：粗柴。蒸：细柴。

[10]矜矜兢兢：欲争先实缓行。

[11]骞：亏损。崩：溃散，走失。

[12]麾：同"挥"。肱：手臂。

[13]既：尽，全部。升：登上，这里指入圈。

[14]众：谷物的一种，秋。维：与。

[15]旐、旟：注见《出车》，此言人众多。

[16]溱溱：众多的样子。

《小雅·无羊》

無羊宣王考牧也誰謂爾無羊三
百維羣誰謂爾無牛九十其犉爾
羊來思其角濈濈爾牛來思其耳
濕濕或降于阿或飲于池或寢或
訛爾牧來思何蓑何笠或負其餱
三十維物爾牲則具爾牧來思以
薪以蒸以雌以雄爾羊來思矜矜
兢兢不騫不崩麾之以肱畢來既
升牧人乃夢眾維魚矣旐維旟矣
大人占之眾維魚矣實維豐年旐
維旟矣室家溱溱

無羊

节南山

家父刺师尹也

　　这诗描写了周幽王（一说为宣王）时期一位名叫家父（另说嘉父）的诗人所作的讽刺太师伊氏独断专权、误国误民的诗。方玉润《诗经原始》："此作诗表字之意所由来钦？然非忠诚为怀，不计利害，亦孰肯以一身当尹氏之怒而不辞者？呜乎！家父亦可谓为人之所不能为者矣，岂不壮哉？"

节彼南山，维石岩岩。

赫赫师尹，民具尔瞻[1]。

忧心如惔[2]，不敢戏谈。

国既卒斩[3]，何用不监[4]？

节彼南山，有实其猗。

赫赫师尹，不平谓何！

天方荐瘥[5]，丧乱弘多。

民言无嘉，憯莫惩嗟[6]。

尹氏大师，维周之氐[7]，

秉国之均[8]，四方是维[9]，

天子是毗[10]，俾民不迷[11]。

不吊昊天[12]，不宜空我师[13]！

弗躬弗亲，庶民弗信。

弗问弗仕，勿罔君子[14]。

式夷式已，无小人殆[15]。

琐琐姻亚[16]，则无膴仕[17]。

昊天不傭，降此鞠讻[18]！

昊天不惠，降此大戾[19]！

君子如届[20]，俾民心阕[21]。

君子如夷，恶怒是违。

不吊昊天，乱靡有定，

式月斯生，俾民不宁！

忧心如酲，谁秉国成[22]？

不自为政，卒劳百姓。

驾彼四牡，四牡项领。

我瞻四方，蹙蹙靡所骋[23]！

方茂尔恶，相尔矛矣。

既夷既怿[24]，如相酬矣[25]。

昊天不平，我王不宁！

不惩其心，覆怨其正。

家父作诵[26]，以究王讻[27]，

式讹尔心[28]，以畜万邦。

[1]具：俱。瞻：视，看着。

[2]惔：火烧，焚。

[3]卒：终，尽。斩：灭绝。

[4]何用：为什么。监：察。

[5]方：正。荐：旧作"薦"，反复不断。瘥：疫病，灾难。

[6]憯：语气助词，曾。惩：悔过自新。嗟：语末助词。

[7]周：周朝。氏：根本。

[8]秉：掌握。均：平均，均匀。

[9]维：纲要，纲纪。

[10]毗：辅佐。

[11]俾：以便，使。民：百姓。迷：失去方向。

[12]吊：旧作"弔"，善也。昊天：上天。

[13]空：使贫穷。师：群众，百姓。

[14]仕：官员的任命。罔：欺骗，诬陷。

[15]夷：平和。已：停止，指内心平静。

殆：陷入困境、危险。

[16]琐琐：渺小的样子。姻亚：裙带关系。

[17]膴：优越，厚实。仕：当官。言没有关系就没有高官厚禄。

[18]傭：公平，公正。鞠：穷。訩：祸乱。

[19]庆：灾祸，暴行。

[20]届：到。

[21]阕：止息，平息。

[22]酲：酒病，醉酒后头昏。成：公平。

[23]蹙蹙：局促不舒展。

[24]怿：喜悦。

[25]酬：以酒相敬。

[26]家父：人名，周大夫。作诵：作诗讽刺。

[27]究：探究，研究。王：周王朝。

[28]讹：感化。

277

正 月

本诗也是一首政治抒情诗，讲述了周幽王昏庸无道，最终导致了西周王朝的衰亡。方玉润《诗经原始》："此周大夫感时伤遇之作，非躬亲其害，不能言之痛切如此。……故诗人愤极而为是诗，亦欲救之无可救药时矣。"

正月繁霜，我心忧伤。

民之讹言，亦孔之将^{jiāng} [1]。

念我独兮，忧心京京 [2]。

哀我小心，瘋忧以痒^{shǔ} [3]。

父母生我，胡俾我瘉^{yù} [4]？

不自我先，不自我后。

好言自口，莠言自口^{yǒu}。

忧心愈愈 [5]，是以有侮。

忧心茕茕^{qióng}，念我无禄。

民之无辜，并其臣仆 [6]。

哀我人斯，于何从禄？

瞻乌爰止 [7]，于谁之屋？

瞻彼中林，侯薪侯蒸 [8]。

民今方殆，视天梦梦 [9]。

既克有定，靡人弗胜。

有皇上帝，伊谁云憎 [10]？

谓山盖卑^{hé} [11]，为冈为陵。

民之讹言，宁莫之惩！

召彼故老，讯之占梦。

具曰予圣，谁知乌之雌雄！

谓天盖高，不敢不局 [12]。

谓地盖厚，不敢不蹐^{jí} [13]。

维号斯言 [14]，有伦有脊 [15]。

哀今之人，胡为虺蜴^{huǐ yì} [16]？

瞻彼阪田 [17]，有菀其特 [18]。
天之扤我 [19]，如不我克。
彼求我则，如不我得。
执我仇仇，亦不我力 [20]。

心之忧矣，如或结之。
今兹之正，胡然厉矣 [21]？
燎之方扬，宁或灭之？
赫赫宗周，褒姒灭之 [22]！

终其永怀，又窘阴雨。
其车既载，乃弃尔辅。
载输尔载 [23]，将伯助予 [24]！

无弃尔辅，员于尔辐 [25]。
屡顾尔仆，不输尔载。
终逾绝险，曾是不意。

鱼在于沼，亦匪克乐。
潜虽伏矣，亦孔之炤 [26]。
忧心惨惨 [27]，念国之为虐 [28]！

彼有旨酒，又有嘉殽。
洽比其邻，昏姻孔云 [29]。
念我独兮，忧心殷殷。

佌佌彼有屋，蔌蔌方有谷；
民今之无禄，天夭是椓 [30]。
哿矣富人 [31]，哀此茕独 [32]！

[1] 訛：伪，假话。将：大，引申为猖獗。

[2] 京京：忧不止。

[3] 瘽：抑郁成疾。瘅：生病。

[4] 胡：为什么。俾：使。瘏：痛苦，烦恼。

[5] 愈愈：益，更加。

[6] 辜：罪。并：全，皆。臣仆：奴仆。

[7] 瞻：看。乌：乌鸦。爰止：落在什么地方。

[8] 侯：维，是。薪、蒸：注见《无羊》。

[9] 殆：危也。梦梦：形容昏聩。

[10] 伊谁云憎：该恨哪一个人？伊、云：助词。

[11] 盖：旧作"蓋"，通"盍"，何。卑：矮小，低微。

[12] 局：低头弯腰。

[13] 蹐：小步走路。

[14] 号：大声说出。斯言：这些话。

[15] 伦：条理。脊：条理。

[16] 胡为：为何成为。虺蜴：毒蛇和蜥蜴。

[17] 阪田：山坡上的田。

[18] 菀：茂盛的样子。特：特生之苗。

[19] 扤：动、摇。

[20] 执：得到。仇仇：傲慢不逊。亦不我力：不重用我。

[21] 兹：此。正：政治。胡然厉矣：为何坏成这样？

[22] 褒姒：周幽王的妾室。言周必亡于褒姒。威：消灭。

[23] 输：掉落。

[24] 将：请求。伯：大哥。助：帮助。

[25] 辅：车轮外绑的两根木棒，用以增强车轮的承载力。员：增益，巩固。

[26] 炤：明显。

[27] 惨惨：应作"懆"，忧郁的样子。

[28] 为：遭受。虐：灾祸。

[29] 洽：和谐。邻：亲近的人。云：周旋。言做官的人都是裙带关系。

[30] 夭：摧残。椓：害也。比喻沉重打击。

[31] 宁：可，表称许之词。

[32] 茕：愁思貌。

十月之交

本诗通过对日食、地震的描写，揭示了社会黑暗，人民流离失所的社会现实。《小序》谓："大夫刺幽王。"方玉润《诗经原始》："然亦非刺幽王，乃刺皇父耳。……皇父援党布置要枢，窃权固宠，罔上营私，以致灾异，曾莫自惩。"

十月之交，朔月辛卯。

日有食之，亦孔之丑[1]。

彼月而微，此日而微。

今此下民，亦孔之哀。

日月告凶，不用其行[2]。

四国无政，不用其良。

彼月而食，则维其常。

此日而食，于何不臧[3]。

烨烨震电，不宁不令。

百川沸腾，山冢崒崩[4]。

高岸为谷，深谷为陵。

哀今之人，胡憯莫惩[5]！

皇父卿士，番维司徒，

家伯维宰，仲允膳夫。

棸子内史，蹶维趣马，

楀维师氏，艳妻煽方处[6]。

抑此皇父，岂曰不时？

胡为我作，不即我谋？

彻我墙屋，田卒污莱[7]。

曰予不戕[8]，礼则然矣。

皇父孔圣，作都于向[9]。

择三有事[10]，亶侯多藏[11]。

不憖遗一老[12]，俾守我王。

择有车马，以居徂向[13]。

281

黾勉从事，不敢告劳。

无罪无辜，谗口嚣嚣[14]。

下民之孽[15]，匪降自天。

噂沓背憎[16]，职竞由人[17]。

悠悠我里[18]，亦孔之痗[19]。

四方有羡[20]，我独居忧。

民莫不逸，我独不敢休。

天命不彻[21]，我不敢效我友自逸。

[1] 丑：恶，不好。以上四句言十月初一辛卯日，日月相会产生日食，此天象不是好事。

[2] 行：道、度。言日食月食为凶兆，没有按常轨运行。

[3] 于何不臧：这就不是什么好兆头了。

[4] 冢：山顶。崒：高而险。一说通"碎"，亦通。

[5] 憯：曾。莫惩：不能制止。

[6] 方：正在，现时。以上四句皇父、家

伯、仲允、番、棸、蹶、楀皆为人名。煽：炽盛。言正当红，正受宠。

[7] 莱：指田土荒芜，杂草丛生。

[8] 予：皇父自称。戕：残害。以上八句言皇父强迫人民在农时劳役，毁掉房屋和田地为其修采邑。

[9] 圣：聪明。这里有讽刺之意。都：都邑。向：地名，在向地建都邑。

[10] 择三有事：选择人来担任三卿。

[11] 藏：积蓄，聚敛。

[12] 憖：宁肯，愿意。

[13] 意为挑选有车马的富人迁往向地。

[14] 嚣嚣：众声，众多的。

[15] 孽：灾难。

[16] 噂：会聚。沓：议论纷纷。背：背地里。憎：仇恨。

[17] 职：主。竞：力也。

[18] 里：通"瘅"，忧伤。

[19] 痗：因忧而病。

[20] 羡：宽裕。

[21] 天命不彻：上天不遵循常道。

282

雨无正

这是一首讽刺周幽王昏庸，害国害民的诗。方玉润《诗经原始》："诗中所言，亦非为雨伤稼穑也。岁饥民乱，分明是荒旱景象，且不过借时势以立言耳。其大旨乃嚄御近臣伤国无正人，以匡正王失也。"

浩浩昊天，不骏其德[1]。

降丧饥馑，斩伐四国。

旻天疾威[2]，弗虑弗图。

舍彼有罪，既伏其辜；

若此无罪，沦胥以铺[3]。

周宗既灭，靡所止戾[4]。

正大夫离居，莫知我勩[5]。

三事大夫，莫肯夙夜；

邦君诸侯，莫肯朝夕。

庶曰式臧[6]，覆出为恶。

如何昊天，辟言不信[7]。

如彼行迈，则靡所臻[8]。

凡百君子，各敬尔身。

胡不相畏，不畏于天？

戎成不退，饥成不遂。

曾我嚄御[9]，憯憯日瘁[10]。

凡百君子，莫肯用讯。

听言则答，谮言则退[11]。

哀哉不能言！匪舌是出[12]，

维躬是瘁。

哿矣能言！巧言如流，

俾躬处休！

维曰于仕[13]，孔棘且殆[14]。

云不可使，得罪于天子；

亦云可使，怨及朋友。

谓尔迁于王都，曰予未有室家。

鼠思泣血[15]，无言不疾[16]。

昔尔出居，谁从作尔室？

[1] 骏：长，久。德：恩德，恩惠。

[2] 昊天：老天。疾威：暴虐，残忍。

[3] 沦胥：全都，全部。铺：通"痡"，痛苦，陷入苦难。

[4] 戾：暴行。

[5] 莫：没有人。勤：操劳，忙碌。

[6] 庶：百姓，平民。臧：善也。

[7] 辟：法度。

[8] 臻：至，到。

[9] 曾：只有。替御：近臣。

[10] 憯憯：忧愁。瘁：劳累。

[11] 谮言：郑玄训为"诬陷之言"。退：叱责。

[12] 出：使出。一说为通"拙"，笨拙。

[13] 维：语气词。于：去，往。一本作"予"。仕：做官。

[14] 棘：急也。殆：危。

[15] 鼠：通"癙"，忧愁。泣血：哭得眼睛通红。

[16] 疾：痛恨。

小 旻 (mín)

刺幽王惑邪谋也

本诗揭示了朝廷腐化，令出多门等现象。朱熹《诗集传》："大夫以王惑于邪谋不能断以从善，而作此诗。"方玉润则谓："此必幽王多欲而无制，好谋而弗明，故群小得以邪辟进，王心愈回惑而不辨其是非。"

旻天疾威，敷于下土。
谋犹回遹(yù) [1]，何日斯沮(jǔ) [2]？

谋臧不从，不臧覆用。
我视谋犹，亦孔之邛(qióng) [3]。

潝潝(xī)訿訿(zǐ) [4]，亦孔之哀。
谋之其臧，则具是违 [5]。
谋之不臧，则具是依。
我视谋犹，伊于胡底(dǐ) [6]！

我龟既厌 [7]，不我告犹 [8]。
谋夫孔多，是用不集。
发言盈庭，谁敢执其咎？
如匪行迈谋 [9]，是用不得于道。

哀哉为犹，匪先民是程 [10]，
匪大犹是经 [11]。
维迩言是听，维迩言是争。
如彼筑室于道谋，是用不溃于成 [12]。

国虽靡止，或圣或否。
民虽靡膴(wǔ) [13]，或哲或谋，
或肃或艾(yì)。
如彼泉流，无沦胥以败 [14]。

不敢暴虎 [15]，不敢冯河(píng) [16]。
人知其一，莫知其他。
战战兢兢，如临深渊，如履薄冰。

[1] 回遹：邪僻。

[2] 沮：停止。一说为"败坏"。

[3] 邛：忧病。

[4] 潝潝：相互应和。訿訿：诋毁，诽谤。言党同伐异。

[5] 具：俱，完全。违：违背，违反。

[6] 伊于胡厎：到底最后国家会走到什么地步！

[7] 龟：占卜用的龟壳，指代占卜。厌：厌倦，厌烦。言我都不用看占卜结果。

[8] 犹：谋划。

[9] 匪：那，那些。行迈：行人。言谋于路人，众无适从也。

[10] 程：效法。言不效法古人。

[11] 大犹：正道。经：法则。言不循大道之常。

[12] 谋：请教。溃：达到。向过往的人请教盖房子的事，是不会成功的。

[13] 膴：多的样子。

[14] 沦胥：全部。言国虽不大，民虽不多，多听各种意见，也不至于败坏。

[15] 暴虎：徒手打虎。

[16] 冯河：徒步过河。

小 宛

^{wǎn}

贤者自箴也

本诗是用以劝诫周王勤政爱民、严于教子的诗。另有朱熹说："大夫遭时之乱，而兄弟相戒以免祸之诗。"方玉润《诗经原始》："圣贤悔过自箴，特因一端以警其余，规小过而全大德，是以愈推而愈广耳。"

宛彼鸣鸠 [1]，翰飞戾天 [2]。

我心忧伤，念昔先人。

明发不寐 [3]，有怀二人 [4]。

人之齐圣 [5]，饮酒温克 [6]。

彼昏不知，壹醉日富 [7]。

各敬尔仪，天命不又 [8]。

中原有菽，庶民采之。

螟蛉有子 [9]，蜾蠃负之 [10]。

教诲尔子，式穀似之 [11]。

题彼脊令 [12]，载飞载鸣。

我日斯迈，而月斯征。

夙兴夜寐，毋忝尔所生 [13]。

交交桑扈 [14]，率场啄粟。

哀我填寡 [15]，宜岸宜狱 [16]，

握粟出卜 [17]，自何能穀？

温温恭人 [18]，如集于木。

惴惴小心，如临于谷。

战战兢兢，如履薄冰。

[1] 宛：小小的样子。

[2] 翰：高（飞）。戾：至，达到。

[3] 明发：天快亮的微光。

[4] 二人：指父母亲。

[5] 齐圣：聪明正直。

[6] 温克：从容。

[7] 壹：语气助词，没有实义。富：甚，满。

[8] 不又：不再来。

[9] 螟蛉：螟蛾的幼虫。

[10] 蜾蠃：细腰蜂。负：背。

[11] 式：用。穀：善。似：继嗣。

[12] 题：看。脊令：注见《常棣》。

[13] 忝：愧，辱没。生：指父母。唐石经"毋"作"无"。

[14] 交交：鸟鸣声。桑扈：鸟名（或为布谷鸟）。

[15] 填：通"瘨"，病。

[16] 岸：牢房。

[17] 出：问。一说以粟祀神，另说以粟占卜。

[18] 温温：和柔的样子。

287

小 弁[pán]

宜臼自伤被废也

　　周幽王的太子宜臼被废黜后怀念父母，哀伤悲苦，因此作了这首诗。方玉润《诗经原始》："此诗与《邶·谷风》同为弃妻逐子，而有风、雅之异者。盖彼寓言，此则实事，故气体亦因之不同耳。"

弁[yù]彼鸒斯[1]，归飞提提[shí][2]。

民莫不穀[3]，我独于罹[lí]。

何辜于天？我罪伊何？

心之忧矣，云如之何？

踧踧[dí]周道[4]，鞫为茂草[jū][5]。

我心忧伤，惄焉如捣[nì][dǎo][6]。

假寐永叹，维忧用老。

心之忧矣，疢如疾首[chèn][7]。

维桑与梓[8]，必恭敬止。

靡瞻匪父，靡依匪母。

不属于毛，不离于里[lí][9]。

天之生我，我辰安在[10]？

菀彼柳斯[yù][11]，鸣蜩嘒嘒[tiáo huì][12]。

有漼者渊[cuǐ][13]，萑苇淠淠[huán][pèi][14]。

譬彼舟流，不知所届[15]。

心之忧矣，不遑假寐。

鹿斯之奔，维足伎伎[qí][16]。

雉之朝雊[gòu][17]，尚求其雌。

譬彼坏木，疾用无枝。

心之忧矣，宁莫之知。

相彼投兔[18]，尚或先之[19]。

行有死人，尚或墐之[jìn][20]。

君子秉心，维其忍之。

心之忧矣，涕既陨之。

君子信谗，如或酬之。

君子不惠，不舒究之。

伐木掎矣，析薪扯矣[21]。

舍彼有罪，予之佗矣[22]。

莫高匪山，莫浚匪泉。

君子无易由言，耳属于垣[23]。

无逝我梁，无发我笱[24]。

我躬不阅[25]，遑恤我后？

[1] 弁：快乐。鸒斯：一种像乌鸦的小鸟。

[2] 提提：群飞安闲的样子。

[3] 穀：生活好。

[4] 跂跂：平坦的样子。周道：大道。

[5] 鞠：全，尽。

[6] 慼：忧，难受。搗：腹痛。朱熹解作"砸"。

[7] 疢：痛苦。疾首：头疼。

[8] 桑、梓：古人田里皆种此树，多为祖上留给后人的，因此过其下必恭敬也。今代指父母之邦。

[9] 离：通"丽"，附著。里：当作"裹"。言里外皆无依无靠。

[10] 辰：好运。

[11] 菀：茂盛的样子。

[12] 蜩：蝉。嘒嘒：蝉鸣声。

[13] 潐：水深的样子。

[14] 萑苇：萑葭，芦苇类。淠淠：茂盛的样子。

[15] 譬：比方。届：至。

[16] 伎伎：舒展的样子。

[17] 朝雊：早上叫。

[18] 投：关闭掩捕。

[19] 先：先行，先做某事。引申为先将其放走。

[20] 堲：埋葬。

[21] 掎：支撑倒下的树。扯：顺木纹剖。

[22] 佗：加。舍彼之罪给加他人。

[23] 无易由言：不因别人的言论而改变。属：附着，专注。垣：墙。

[24] 笱：鱼篓。

[25] 躬：自身。阅：相容，接纳。后四句注见《谷风》。

289

《小雅·蓼萧》

巧 言

嫉谗致乱也

这是一首强烈讽刺制造谣言的人的诗。方玉润《诗经原始》："此诗大旨因谗致乱，而谗之所以能入与不能入，则信与不信之故耳。"又认为这诗"必有所指，惜史无征，《序》不足信，徒存空言以为世戒"。

悠悠昊天[1]，曰父母且[2]。

无罪无辜，乱如此幠[3]，

昊天已威，予慎无罪[4]。

昊天泰幠，予慎无辜。

乱之初生，僭始既涵[5]。

乱之又生，君子信谗。

君子如怒[6]，乱庶遄沮[7]。

君子如祉，乱庶遄已[8]。

君子屡盟，乱是用长[9]。

君子信盗，乱是用暴。

盗言孔甘，乱是用餤[10]。

匪其止共，维王之邛[11]。

奕奕寝庙[12]，君子作之。

秩秩大猷[13]，圣人莫之[14]。

他人有心，予忖度之。

跃跃毚兔[15]，遇犬获之。

荏染柔木[16]，君子树之。

往来行言[17]，心焉数之。

蛇蛇硕言[18]，出自口矣。

巧言如簧，颜之厚矣。

彼何人斯？居河之麋[19]。

无拳无勇，职为乱阶[20]。

既微且尰[21]，尔勇伊何？

为犹将多[22]，尔居徒几何？

[1] 悠悠：远大的样子。

[2] 且：语气助词，没有实义。

[3] 憮：大。

[4] 慎：诚，确实。

[5] 僭：虚假。涵：包容接受。

[6] 君子如怒：君子如果听到谗言便发怒。

[7] 遄：很快。沮：止住。

[8] 祉：喜，高兴。已：甚，过分。

[9] 盟：达成盟约。是用：因此。

[10] 餕：增加，加剧。

[11] 邛：忧病。

[12] 奕奕：房屋高大的样子。寝庙：宫室和宗庙。

[13] 秩秩：等级，次序。猷：道也，社会制度。

[14] 莫：通"谟"，谋划。

[15] 跃跃：跳得很快的样子。毚兔：狡猾的兔子。

[16] 荏染：柔软的样子。

[17] 行言：流言。

[18] 蛇蛇：浅薄而自大的样子。硕言：大言，大话。

[19] 麋：通"湄"，水边。

[20] 职：只。乱阶：祸乱。

[21] 微：小腿生疮。尰：脚肿。

[22] 犹：谋。将：太。

何人斯

刺反侧也

《诗序》有云："何人斯，苏公刺暴公也。"暴公为卿士而僭苏公，故苏公作是诗以绝之。方玉润《诗经原始》："唯案诗意，通篇极力摹写小人反侧情状，未及谗谮一语；止'谁为此祸'四字见其互相倾轧之意，似不专指谗愬言。"

彼何人斯？其心孔艰[1]。

胡逝我梁，不入我门？

伊谁云从？维暴之云[2]。

二人从行，谁为此祸？

胡逝我梁，不入唁我[3]？

始者不如今，云不我可。

彼何人斯？胡逝我陈[4]？

我闻其声，不见其身。

不愧于人？不畏于天？

彼何人斯？其为飘风。

胡不自北？胡不自南？

胡逝我梁？祇搅我心[5]。

尔之安行，亦不遑舍。

尔之亟行[6]，遑脂尔车[7]？

壹者之来，云何其盱[8]。

尔还而入，我心易也[9]。

还而不入，否难知也。

壹者之来，俾我祇也[10]。

伯氏吹埙，仲氏吹篪。

及尔如贯，谅不我知。[11]

出此三物[12]，以诅尔斯[13]。

为鬼为蜮[14]，则不可得。

有靦面目[15]，视人罔极[16]。

作此好歌，以极反侧[17]。

[1] 孔：甚。艰：狠心，阴险。

[2] 维：只能。暴：暴公。言只听暴公的话。

[3] 啍：安慰。

[4] 逝：去，往。陈：堂前到门口的路。

[5] 祇：仅仅，只。搅：打搅，扰乱。

[6] 亟行：急行。

[7] 遑：有空。脂尔车：给车轴涂油脂，注见《泉水》。

[8] 壹：乃。盱：忧愁。

[9] 还：返回。易：喜悦。

[10] 疧：病。

[11] 贯：用绳串物，指串通。谅：确实。

[12] 三物：指狗、猪、鸡。

[13] 诅：盟誓。

[14] 蜮：传说中能含沙射影以致人死亡的动物，杀人于无形。

[15] 靦：人面之貌。

[16] 视人：示人。罔极：没有准则。

[17] 极：穷尽。反侧：反复无常的面目。

巷 伯

遭谗被宫也

巷伯即寺人，即宦官。其说有两解，一为《大序》云："寺人伤于谗，故作此诗。"朱熹《诗集传》遂以为"时有遭谗而被宫刑为巷伯者作此诗"。方玉润从此说。

萋兮斐兮，成是贝锦[1]。

彼谮人者[2]，亦已大甚！

哆兮侈兮[3]，成是南箕[4]。

彼谮人者，谁适与谋？

缉缉翩翩[5]，谋欲谮人。

慎尔言也，谓尔不信。

捷捷幡幡[6]，谋欲谮言。

岂不尔受？既其女迁。

骄人好好[7]，劳人草草[8]。

苍天苍天！视彼骄人，

矜此劳人[9]。

彼谮人者，谁适与谋？

取彼谮人，投畀豺虎[10]！

豺虎不食，投畀有北[11]！

有北不受，投畀有昊[12]！

杨园之道，猗于亩丘[13]。

寺人孟子，作为此诗。

凡百君子，敬而听之。

[1]萋、斐：花纹交错的样子。贝锦：有贝壳图案的纺织品。

[2]谮：陷害，诬陷。

[3]哆兮侈兮：嘴张大的样子。

[4]成：简直，就像。箕：二十八星宿之一，夏日晚出现在南方，形似簸箕。

[5]缉缉：交头接耳。翩翩：来来往往。

[6]捷捷：巧辩貌。幡幡：反复无常。

[7]骄人：诬陷别人的人。好好：得意非凡。

[8]劳人：被诬陷的人。草草：忧郁，愁苦。

[9]矜：同情，怜悯。

[10]畀：给予。

[11]北：北方寒冷不毛之地。

[12]昊：昊天，苍天。

[13]猗：靠近。

谷 风

伤友道绝也

　　本诗是一位遭丈夫遗弃的妇女的哀怨自诉。《后汉书·阴皇后纪》载光武诏书曰："吾微贱之时，娶于阴氏。因将兵征伐，遂各别离，幸得安全，俱脱虎口。'将恐将惧，维予与女。将安将乐，女转弃予'风人之戒，可不慎乎！"

习习谷风 [1]，维风及雨。

将恐将惧 [2]，维予与女 [3]。

将安将乐，女转弃予。

习习谷风，维风及颓 [4]。
（tuí）

将恐将惧，寘予于怀 [5]。
（zhì）

将安将乐，弃予如遗。

习习谷风，维山崔嵬 [6]。
（cuī wéi）

无草不死，无木不萎。

忘我大德，思我小怨 [7]。

[1] 习习：风吹和顺的样子。谷风：来自山谷的大风。

[2] 将：连词，且。

[3] 与：亲近。女：通"汝"，你。

[4] 颓：旋风。

[5] 寘：同"置"，放置。

[6] 崔嵬：山势高峻的样子。

[7] 小怨：小毛病。

《小雅·巷伯》

巷伯

巷伯刺幽王也寺人傷於讒故作是
詩也萋兮斐兮成是貝錦彼譖人者
亦已太甚哆兮侈兮成是南箕彼譖
人者誰適與謀緝緝翩翩謀欲譖人
慎爾言也謂爾不信捷捷幡幡謀欲
譖言豈不爾受既其女遷驕人好好
勞人草草蒼天蒼天視彼驕人矜此
勞人彼譖人者誰適與謀取彼譖人
投畀豺虎豺虎不食投畀有北有北
不受投畀有昊楊園之道猗于畝丘
寺人孟子作為此詩凡百君子敬而
聽之

蓼 莪
lù é

孝子痛不得终养也

    这是一首孤儿之歌。方玉润《诗经原始》："此诗为千古孝思绝作，尽人能识。……诗首尾各二章，前用比，后用兴；前说父母劬劳，后说人子不幸，遥遥相对。中间二章，一写无亲之苦，一写育子之艰，备极沉痛，几于一字一泪，可抵一部《孝经》读。"

蓼蓼者莪，匪莪伊蒿[1]。

哀哀父母，生我劬劳[2]！
  qú

蓼蓼者莪，匪莪伊蔚。

哀哀父母，生我劳瘁！

瓶之罄矣[3]，维罍之耻[4]。
qìng   léi

鲜民之生[5]，不如死之久矣！

无父何怙[6]？无母何恃[7]？
  hù

出则衔恤[8]，入则靡至[9]。

父兮生我，母兮鞠我[10]。
  jū

拊我蓄我，长我育我，
fǔ

顾我复我，出入腹我[11]。

欲报之德，昊天罔极[12]？

南山烈烈，飘风发发[13]。

民莫不穀[14]，我独何害！

南山律律，飘风弗弗。

民莫不穀，我独不卒[15]！

[1] 蓼蓼：长大的样子。莪：蒿属。春之生为莪，至秋老成，则为蒿。

[2] 哀哀：可怜，可叹。劬：辛苦。

[3] 罄：空，没有东西。

[4] 罍：酒坛子。耻：羞愧。

[5] 鲜民：父母双亡的人。

[6] 怙：依靠。

[7] 恃：倚仗，指望。

[8] 出：外出。衔：心中怀有。恤：忧虑。

[9] 入：回家。靡至：没有目的的。

[10] 鞠：养育。

[11] 腹：怀抱。

[12] 罔极：无常。

[13] 烈烈：高峻貌。发发：风疾貌。

[14] 莫：没有谁。穀：养育。

[15] 卒：终养父母。

大 东

哀东国也

　　这首诗描写的是西周王朝对东方诸侯国的剥削和压榨，反映了西周朝廷与东方诸侯国之间的巨大矛盾。《大序》谓："东国困于役而伤于财。"

有饛簋飧^[1]，有捄棘匕^[2]。

周道如砥^[3]，其直如矢。

君子所履，小人所视^[4]。

睠言顾之^[5]，潸焉出涕^[6]。

小东大东^[7]，杼柚其空^[8]。

纠纠葛屦，可以履霜^[9]？

佻佻公子^[10]，行彼周行。

既往既来，使我心疚。

有冽氿泉，无浸获薪^[11]。

契契寤叹，哀我惮人^[12]。

薪是获薪^[13]，尚可载也。

哀我惮人，亦可息也。

东人之子，职劳不来。

西人之子，粲粲衣服。

舟人之子，熊罴是裘。

私人之子，百僚是试^[14]。

或以其酒，不以其浆^[15]。

鞙鞙佩璲^[16]，不以其长。

维天有汉^[17]，监亦有光^[18]。

跂彼织女，终日七襄^[19]。

虽则七襄，不成报章^[20]。

睆彼牵牛，不以服箱^[21]。

东有启明，西有长庚。

有捄天毕，载施之行^[22]。

维南有箕，不可以簸扬。

维北有斗[23]，不可以挹酒浆[24]。

维南有箕，载翕其舌[25]。

维北有斗，西柄之揭[26]。

[1]饛：装满食物的样子。簋：食器。飧：熟食，即黍稷。

[2]捄：长而弯曲的样子。匕：勺子。

[3]周道：大道，道路。砥：磨刀石，形容平坦。

[4]履：礼，以礼行之。视：察看，效仿。

[5]睠：同"眷"，回头看。言：助词。

[6]潸：流泪的样子。

[7]小东大东：东方的大小诸侯，在今山东泰山以南至海滨一带。

[8]杼柚：织布机。

[9]注见《魏风·葛屦》。

[10]佻佻：独行的样子。

[11]氿泉：从旁流出的流水。获：刈割。以

泉浸薪，忧患之象。

[12]哀：可怜。惮人：劳苦人。

[13]薪：劈柴。获薪：砍来的柴火。

[14]百僚：百官。试：充当百官的仆役。

[15]浆：兑水的酒，言东人西人待遇不同。

[16]鞙鞙：佩玉貌。璲：瑞玉。

[17]汉：银河。

[18]监：同"鉴"，镜子。光：闪闪发光。

[19]跂：织女三星鼎足而成三角。七襄：织女星自西向东旋转，此指从卯时至酉时移动七次位置。

[20]报：反复，指织布。章：图案花纹。与下句"不以服箱"均指高高在上的统治者不能体民间之苦。

[21]服：用车拉。

[22]毕：长柄的网，用来捕鸟或兔。施：布置。

[23]斗：北斗星。

[24]挹：舀。

[25]翕：通"吸"。

[26]揭：高举。

302

四 月

逐臣南迁也

这是一首反映一个小官吏尽心为朝廷办事，却得不到提拔和重用的诗。另有方玉润《诗经原始》："逐臣南迁也。此诗明明逐臣南迁之词，而诸家所解，或主遭乱，或主行役，或主构祸，或主思祭，皆未尝即全诗而一诵之也。"

四月维夏，六月徂暑[1]。

先祖匪人，胡宁忍予[2]？

秋日凄凄，百卉具腓[3]。

乱离瘼矣[4]，爰其适归？

冬日烈烈，飘风发发。

民莫不穀，我独何害[5]？

山有嘉卉，侯栗侯梅[6]。

废为残贼[7]，莫知其尤[8]！

相彼泉水，载清载浊。

我日构祸[9]，曷云能穀？

滔滔江汉，南国之纪[10]。

尽瘁以仕，宁莫我有[11]？

匪鹑匪鸢[12]，翰飞戾天。

匪鳣匪鲔，潜逃于渊。

山有蕨薇，隰有杞桋。

君子作歌，维以告哀！

[1] 徂：通"祖"，开始。暑：炎热。

[2] 匪人：不是这儿的人。胡宁忍予：为何让我忍受炎热？

[3] 卉：草的总称。腓：草木枯萎。

[4] 乱离：祸乱，忧愁。瘼：病，疾苦。

[5] 注见《蓼莪》。

[6] 侯：句中语气词，维。

[7] 废：坏乱，衰败。残贼：在位凶暴之人。言衰败是因为在位者残暴。

[8] 尤：罪过。言其自己不自知。

[9] 构：造成。言诸侯天下作乱，谁称得上善呢？

[10] 纪：守则，纲纪。

[11] 有：通"友"，相亲。

[12] 鹑：同"鷻"，雕类猛禽。

303

北 山

刺大夫役使不均也

这首诗描写的是一个为官差所累，抱怨苦乐不均，受到不公正待遇的人。姚际恒《诗经通论》："此为为士者所作以怨大夫也，故曰'偕偕士子'，曰'大夫不均'，有明文矣。"

zhì
陟彼北山，言采其杞[1]。

偕偕士子[2]，朝夕从事。

gǔ
王事靡盬，忧我父母。

溥天之下[3]，莫非王土。

率土之滨[4]，莫非王臣。

大夫不均，我从事独贤[5]。

bāng
四牡彭彭[6]，王事傍傍[7]。

xiān
嘉我未老[8]，鲜我方将[9]。

旅力方刚[10]，经营四方[11]。

或燕燕居息[12]，或尽瘁事国。

或息偃在床，或不已于行。

或不知叫号[13]，或惨惨劬劳[14]。

yāng
或栖迟偃仰[15]，或王事鞅掌[16]。

或湛乐饮酒[17]，或惨惨畏咎[18]。

或出入风议[19]，或靡事不为。

[1] 陟：登上。言：我。

[2] 偕偕：身体强壮的样子。

[3] 溥：普遍。

[4] 率：沿着。滨：水边。率土之滨：意思是说四海之内。

[5] 独贤：一个人辛劳。

[6] 彭彭：奔跑不停的样子。

[7] 傍傍：无穷无尽。

[8] 嘉：善，美。

[9] 鲜：嘉善，美好。将：强壮。

[10] 旅力：体力，劲力。

[11] 经营：奔走。

[12] 燕燕：安闲的样子。

[13] 不知叫号：深居安逸，不闻人声。

[14] 惨惨：愁苦的样子。劬：辛苦。

[15] 栖迟：闲游。偃仰：躺卧。

[16] 鞅掌：指公事繁忙，没有时间整理仪容。

[17] 湛乐：沉溺于享乐之中。

[18] 畏咎：怕犯错。

[19] 风议：风，通"放"，闲来无事，夸夸其谈。一说通"讽"，微言劝告。

无将大车

自遣也

这是一首感怀时势纷乱之诗。方玉润《诗经原始》："此诗人感时伤乱，搔首茫茫，百忧并集，既又知徒忧无益，只以自病，故作此旷达，聊以自遣之词。"

无将大车[1]，祇自尘兮[2]。

无思百忧，祇自疧兮[3]。

无将大车，维尘冥冥[4]。

无思百忧，不出于颎[5]。

无将大车，维尘雝兮[6]。

无思百忧，祇自重兮[7]。

[1] 将：用手推车。大车：牛拉的载重车。

[2] 祇：只，仅仅。自尘：招惹灰尘。

[3] 疧：忧病。

[4] 冥冥：昏暗的样子。

[5] 颎：火光，亮光。一说为忧愁。

[6] 雝：通"壅"，遮蔽。唐石经作"雍"。

[7] 重：拖累。

小 明

大夫自伤久役，书怀以寄友也

这是一位官员久役于外思念故友的诗。《毛序》："小明，大夫悔仕于乱世也。"陈延杰驳之曰："顾自悔其出仕，乃反勉人以'靖共'，恐诗人之意不若是之矛盾焉。"方玉润《诗经原始》："此因己之久役而念友之安居。"

明明上天，照临下土。

我征徂西，至于艽野[1]。

二月初吉，载离寒暑。

心之忧矣，其毒大苦[2]！

念彼共人[3]，涕零如雨。

岂不怀归？畏此罪罟[4]！

昔我往矣，日月方除。

曷云其还？岁聿云莫[5]。

念我独兮，我事孔庶[6]。

心之忧矣，惮我不暇。

念彼共人，睠睠怀顾！

岂不怀归？畏此谴怒[7]！

昔我往矣，日月方奥[8]。

曷云其还？政事愈蹙。

岁聿云莫，采萧获菽。

心之忧矣，自诒伊戚[9]！

念彼共人，兴言出宿。

岂不怀归？畏此反覆[10]！

嗟尔君子，无恒安处！

靖共尔位[11]，正直是与。

神之听之，式榖以女[12]。

嗟尔君子，无恒安息！

靖共尔位，好是正直。

神之听之，介尔景福[13]。

[1] 艽野：荒远之地。

[2] 毒：灾祸。大苦：太深。

[3] 共人：同僚。

[4] 罪罟：古义皆指捕网，引申为刑罚。

[5] 曷：何时。岁：年。聿、云：助词。莫：通"暮"，晚。

[6] 事：差事。庶：众，多。

[7] 谴怒：谴责，责罚。

[8] 奥：通"燠"，温暖。

[9] 诒：遗。戚：忧伤。

[10] 反覆：无常，乱加罪名。

[11] 靖：心安。共：恭敬。

[12] 榖：善，指赐福予你。

[13] 介：给予。

鼓 钟

未详

　　这首诗的诗旨未明。方玉润《诗经原始》："此诗循文案义，自是作乐淮上，然不知其为何时、何代、何王、何事？……玩其词意，极为叹美周乐之盛，不禁有怀在昔。淑人君子德不可忘，而至于忧心且伤也。此非淮徐诗人重观周乐以志欣慕之作，而谁作哉？"

鼓钟将将^{qiāng}[1]，淮水汤汤^{shāng}[2]。

忧心且伤。

淑人君子[3]，怀允不忘[4]。

鼓钟喈喈^{jiē}[5]，淮水湝湝^{jiē}[6]。

忧心且悲。

淑人君子，其德不回[7]。

鼓钟伐鼛^{gāo}[8]，淮有三洲。

忧心且妯^{chōu}[9]。

淑人君子，其德不犹[10]。

鼓钟钦钦[11]，鼓瑟鼓琴。

笙磬同音^{shēngqìng}[12]。

以雅以南[13]，以籥不僭^{yuè}[14]。

[1] 鼓：敲击。将将：钟声。

[2] 汤汤：水势奔腾的样子。

[3] 淑：善。

[4] 怀：思念。允：语气助词。

[5] 喈喈：乐器声。

[6] 湝湝：水势奔腾的样子。

[7] 回：奸邪。

[8] 伐：击打。鼛：用于役事的大鼓。

[9] 妯：悲伤。

[10] 犹：过错，缺点。

[11] 钦钦：钟声。

[12] 笙：古代的一种管乐器。磬：石制，古代的一种打击乐器。

[13] 雅：雅乐，王朝之正乐。南：南夷之乐。

[14] 籥：古代管乐器，类箫，可以边舞边奏。僭：乱。

楚 茨 <small>cí</small>

王者尝烝以祭宗庙也

这是一首周王祭祀祖先的乐歌，大概成诗于西周昭、穆时代。吕祖谦《东塾读诗记》："楚茨极言祭祀事神受福之节，观其威仪之盛，物品之丰，所以交神明，逮群下至于受福无疆者，非德盛政修何以致之！"

楚楚者茨[1]，言抽其棘[2]，
自昔何为？我薿黍稷。
<small>yì</small>

我黍与与[3]，我稷翼翼[4]。

我仓既盈，我庾维亿[5]。

以为酒食，以享以祀，
以妥以侑[6]，以介景福[7]。
<small>yòu</small>

济济跄跄[8]，絜尔牛羊[9]，
<small>jǐ qiāng　　jié</small>

以往烝尝。

或剥或亨，或肆或将[10]。

祝祭于祊，祀事孔明[11]。
<small>bēng</small>

先祖是皇，神保是飨。

孝孙有庆，报以介福，

万寿无疆！

执爨踖踖[12]，为俎孔硕。
<small>cuàn jí　　zǔ</small>

或燔或炙。

君妇莫莫[13]，为豆孔庶。

为宾为客，献酬交错。

礼仪卒度，笑语卒获。

神保是格[14]，报以介福，
万寿攸酢！
<small>zuò</small>

我孔熯矣，式礼莫愆[15]。
<small>rǎn　　　　qiān</small>

工祝致告，徂赉孝孙[16]。
<small>lài</small>

苾芬孝祀[17]，神嗜饮食。

卜尔百福[18]，如几如式[19]。

既齐既稷[20]，既匡既敕。
<small>jì</small>

永锡尔极，时万时亿！

礼仪既备，钟鼓既戒。

孝孙徂位。工祝致告。

神具醉止，皇尸载起[21]。

鼓钟送尸，神保聿归[22]。

诸宰君妇，废彻不迟[23]。

诸父兄弟，备言燕私[24]。

乐具入奏，以绥后禄[25]。

尔肴既将，莫怨具庆。

既醉既饱，小大稽首。

神嗜饮食，使君寿考。

孔惠孔时[26]，维其尽之。

子子孙孙，勿替引之！

[1] 楚楚：植物丛生的样子。茨：蒺藜。

[2] 抽：拔除。言开疆之艰辛。

[3] 与与：茂盛的样子。

[4] 翼翼：繁盛的样子。上文"薿"为种植，指粮食多。

[5] 庾：露天堆积谷物处。

[6] 妥：安坐。侑：劝饮，劝食。

[7] 介：给予，赐予。景：大。

[8] 济济跄跄：士大夫威仪貌。

[9] 絜：清洁，洁净。

[10] 肆：陈设。将：捧持而进献。

[11] 祊：在宗庙的门内祭祖。明：指祭礼齐备。

[12] 爨：烧火煮饭。踏踏：局促而又恭敬。

[13] 莫莫：安静而恭敬。

[14] 神保：由被祭者的孙辈穿上先祖的衣服充任。格：至。

[15] 煤：恭敬。莫怨：不敢有过失。

[16] 徂：往。赉：赏赐。孝孙：主祭人。

[17] 苾芬：形容祭品的香味。

[18] 卜：予。

[19] 几：期。式：法。言如期而来，如法而备。

[20] 齐：整。稷：疾速。

[21] 皇：荣耀。尸：代表祖先受祭的人，既上文"神保"。

[22] 聿：助词，无义。

[23] 废彻：撤去。不迟：不拖延。

[24] 备：尽，完全。燕私：私家宴会。

[25] 后禄：前祭以受禄，燕既为后禄。

[26] 孔惠：很顺利。时：善。

309

信南山

shēn（信）

王者烝祭也

这也是一首周王祈福的乐歌。姚际恒《诗经通论》认为《楚茨》是周王秋祭的乐歌，因其中有“以往烝尝”一句，《信南山》是冬祭的乐歌，因其中有“以烝以享”一句，按次章云“雨雪雰雰”，正是冬祭时节。

信彼南山[1]，维禹甸之[2]。
畇畇(yún)原隰(xí)[3]，曾孙田之。
我疆我理[4]，南东其亩。

上天同云，雨雪雰雰(fēn)。
益之以霡霂(màimù)[5]，既优既渥(wò)。
既沾既足，生我百谷。

疆埸(yì)翼翼，黍稷彧彧(yù)[6]。
曾孙之穑，以为酒食。
畀(bì)我尸宾[7]，寿考万年。

中田有庐，疆埸有瓜。
是剥是菹(zū)[8]，献之皇祖。
曾孙寿考，受天之祜(hù)。

祭以清酒，从以骍牡(xīng mǔ)，
享于祖考。执其鸾刀[9]，
以启其毛，取其血膋(liáo)[10]。

是烝是享，苾苾芬芬。
祀(sì)事孔明，先祖是皇。
报以介福，万寿无疆。

[1] 信：通“伸”，延绵不断。

[2] 甸：治理。

[3] 畇畇：农田平整的样子。

[4] 疆：大片区域。理：用沟划分的小片区域。

[5] 霡霂：小雨。

[6] 埸：百亩之界。翼翼：整齐有序。彧彧：茂盛的样子。

[7] 畀：赐与。尸：见《楚茨》“皇尸”解。

[8] 菹：腌菜。

[9] 鸾刀：挂有铃铛的刀。

[10] 膋：牲畜肠子上的脂肪。

甫 田

王者祈年因以省耕也

这是一首周王祭祀土地和农神的乐歌。方玉润《诗经原始》："此王者祈年因而省耕也。祭方社，祀田祖，皆所以祈甘雨，非报成也。"

zhuō
倬 彼甫田，岁取十千[1]。

我取其陈[2]，食我农人。

自古有年，今适南亩，

yún zǐ　　　nǐ
或耘或耔[3]，黍稷薿薿[4]，

　　　　máo
攸介攸止，烝我髦士[5]。

zī
以我齐明，与我牺羊[6]。

以社以方，我田既臧。

农夫之庆，琴瑟击鼓。

　　　yà
以御田祖[7]，以祈甘雨。

以介我稷黍，以穀我士女[8]。

曾孙来止，以其妇子，

　　yè
馌彼南亩[9]，田畯至喜。

xiàng
攘其左右[10]，尝其旨否。

禾易长亩[11]，终善且有，

曾孙不怒，农夫克敏。

曾孙之稼，如茨如梁。

　　　yǔ　　chí
曾孙之庾，如坻如京[12]。

乃求千斯仓，乃求万斯箱。

黍稷稻粱，农夫之庆。

报以介福，万寿无疆。

[1] 倬：大。甫：大。十千：古时井田制
　　的收税方式。

[2] 陈：陈旧。

[3] 耘：锄草。耔：培土。

[4] 薿薿：茂盛的样子。

[5] 介：客舍，引为休息。烝：进献。髦：
　　俊杰。一说为《七月》中的"田畯"。

[6] 以：用。齐：通"粢"，古代用于祭祀
　　的谷物。牺：纯色的。

[7] 御：迎接。田祖：神农。

[8] 介：助，赐予。穀：养。

[9] 馌：给在田耕作的人送饭。

[10] 攘：通"馕"，给食与人。

[11] 易：整治田亩，除草。

[12] 庾：露天谷仓。坻：水中高地。京：
　　高丘。

大 田

这首诗与《甫田》一样是一首祭奠农事的诗。方玉润《诗经原始》："前篇重在祈年省耕，……此篇重在播种收成，故从农人一面极力摹写春耕秋敛，害必务去尽，利必使有余，所以竭在下者之力也。"

大田多稼，既 种 既戒 [1]，
（zhǒng）

既备乃事。以我覃耜 [2]，
（yǎn sì）

俶载南亩 [3]，播厥百谷，
（chù）

既庭且硕 [4]，曾孙是若。

既方既皂 [5]，既坚既好，
（zào）

不稂不莠。去其螟螣，
（míng tè）

及其蟊贼，无害我田稚 [6]。
（máo zéi）　　　（zhì）

田祖有神，秉畀炎火 [7]。

有渰萋萋 [8]，兴雨祁祁 [9]，
（yǎn）　　　　　（qí）

雨我公田，遂及我私。

彼有不获稚，此有不敛穧 [10]；
（jì）

彼有遗秉 [11]，此有滞穗 [12]，

伊寡妇之利 [13]。

曾孙来止，以其妇子，

馌彼南亩，田畯至喜。

来方禋祀，以其骍黑 [14]，
（yīn）

与其黍稷，

以享以祀，以介景福 [15]。

[1] 种：选种。戒：修整农具。

[2] 覃：锋利。耜：农具，类锹。

[3] 俶载：开始从事某种工作。郑玄读"炽菑"，即今之烧荒。南亩：向阳之田。

[4] 庭：直。硕：苗壮。

[5] 方：谷生未结实粒。皂：谷粒未成熟。

[6] 稚：禾之幼者。上文稂、莠皆为杂草。

[7] 秉：拿。畀：给。炎火：大火。

[8] 渰：云兴起的样子。萋萋：指云流动的样子。

[9] 祁祁：众多，大。

[10] 穧：已割而未收的谷物。

[11] 遗秉：从车上落下的谷物。

[12] 滞穗：折乱而收不尽的谷物。

[13] 寡妇：单独在后面收拾上述遗落谷物的妇人。

[14] 禋祀：祭祀。骍黑：毛色纯赤和黑的牛。

[15] 介：请求，求得。景：大的。福：福气，福泽。

瞻彼洛矣

阙疑

这是一首赞美"君子"的诗。朱熹《诗集传》："天子会诸侯于东都以讲武事，而诸侯美天子之诗。"方玉润《诗经原始》："唯此等歌咏必有所纪，非泛泛者。今既求其事而不得，则不如阙疑以俟知者之为愈也。"

瞻彼洛矣，维水泱泱^{yāng}[1]。

君子至止，福禄如茨[2]。

靺鞈有奭^{mèi gé}^{shì}[3]，以作六师。

瞻彼洛矣，维水泱泱。

君子至止，鞞琫有珌^{bǐngběng}^{bì}[4]。

君子万年，保其家室。

瞻彼洛矣，维水泱泱。

君子至止，福禄既同。

君子万年，保其家邦。

[1] 洛：洛水。泱泱：水深广的样子。

[2] 茨：草屋的房顶，有多层。

[3] 靺：茜草，根可作红色染料。鞈：士兵穿的敝膝。

[4] 鞞：刀鞘。琫：刀把上的玉饰。珌：刀鞘上的玉饰。

裳　裳者华
cháng

裳裳者华，其叶湑兮[1]。
我觏之子，我心写兮[2]。
我心写兮，是以有誉处兮。

裳裳者华，芸其黄矣。
我觏之子，维其有章矣。
维其有章矣，是以有庆矣[3]。

裳裳者华，或黄或白。
我觏之子，乘其四骆。
乘其四骆，六辔沃若[4]。

左之左之，君子宜之。
右之右之，君子有之。
维其有之，是以似之[5]。

[1] 裳裳：鲜明。一说为"常"，常棣。
湑：茂盛。

[2] 我：天子自称。觏：见。之子：来拜天子的诸侯。写：通"泻"，高兴，畅快。

[3] 章：文采。庆：福气。

[4] 骆、辔：注见《皇皇者华》。沃若：鲜艳气派。

[5] 似：通"嗣"。指继承祖宗的功业。

桑 扈 hù

天子飨诸侯也

　　这是一首天子宴会诸侯的诗。方玉润《诗经原始》："此诗词义昭然，的为天子燕诸侯之诗无疑。然颂祷中寓箴规意，非上世君臣交儆，未易有此和平庄雅之音。"王质《诗总闻》："当是诸侯来朝，而归国饯送之际，美戒兼同。"

交交桑扈[1]，有莺其羽[2]。

君子乐胥[3]，受天之祜。

交交桑扈，有莺其领[4]。

君子乐胥，万邦之屏。

之屏之翰[5]，百辟为宪[6]。

不戢不难[7]，受福不那[8]。

兕觥其觩[9]，旨酒思柔[10]。

彼交匪敖[11]，万福来求。

[1] 交交：鸟叫声。一说为鸟飞来飞去的样子。桑扈：布谷鸟。

[2] 莺：鸟羽有纹采，喻诸侯有才华。

[3] 胥：语气词。

[4] 领：颈。

[5] 翰：栋梁。

[6] 百辟：诸侯国君的通称。宪：典范，同《六月》中"万邦为宪"。

[7] 不：调整音节，无义。戢：和睦。难：恭敬。

[8] 那：多。

[9] 兕觥：兕角做的酒杯。觩：角弯曲的样子。

[10] 旨：美也。思：助词，无义。

[11] 彼：通"匪"，非也。交：通"骄"，骄横。敖：通"傲"，倨傲。

鸳 鸯

　　这是一首祝贺贵族新婚的诗。方玉润《诗经原始》："盖臣子颂君，何物不可以起兴，而乃有取于在梁敛翼之鸳鸯鸟耶？夫鸳鸯匹鸟，当其倦而双栖，……有夫妇情而无君臣义焉。……但彼谓咏成王，自不如幽王之切而有据耳。"

鸳鸯于飞，毕之罗之[1]。

君子万年，福禄宜之。

鸳鸯在梁，戢其左翼[2]。

君子万年，宜其遐福。

乘马在厩，摧之秣之[3]。
　jiù　cuò

君子万年，福禄艾之。

乘马在厩，秣之摧之。

君子万年，福禄绥之[4]。

[1] 毕、罗：捕鸟的网。

[2] 梁：用石块围堵的水坝，是捕鱼用。

　　戢：收起。

[3] 摧：通"莝"，铡草。秣：喂马料。

[4] 绥：平安。

316

頍 弁
kuǐ biàn

刺幽王亲亲谊薄也

这是一首周王宴请族人兄弟的诗。《毛序》谓："诸公刺幽王也。"旧说多从之。陈延杰《诗序解》："此诗写王者燕兄弟亲戚，其情颇相通。而优柔纡舒，甚有悲凉之概。非涵泳浸渍，何能得其音哉？诸家多拘于大小序之说，刺幽刺厉，辄乖戾不当，以是知三百篇之厄于传疏。信然。"

有頍者弁[1]，实维伊何？

尔酒既旨，尔殽既嘉。

岂伊异人？兄弟匪他。

茑与女萝[2]，施于松柏[3]。
niǎo   yì

未见君子，忧心奕奕[4]。

既见君子，庶几说怿[5]。
              yuè

有頍者弁，实维何期[6]？

尔酒既旨，尔殽既时。

岂伊异人？兄弟具来。

茑与女萝，施于松上。

未见君子，忧心怲怲[7]。
              bǐng

既见君子，庶几有臧。

有頍者弁，实维在首。

尔酒既旨，尔殽既阜[8]。

岂伊异人？兄弟甥舅。

如彼雨雪，先集维霰[9]。
              xiàn

死丧无日，无几相见[10]。

乐酒今夕，君子维宴。

[1]頍：古代一种用来束发并固定帽子的发饰。弁：帽子。

[2]茑：寄生树。女萝：兔丝草。这是比喻兄弟相互依附。

[3]施：蔓延，延续。

[4]奕奕：心神不宁。

[5]说怿：快乐的样子。

[6]何期：为何。与"伊何"同，均为"这是为何"意。

[7]怲怲：非常忧伤。

[8]殽：通"肴"，肉菜。阜：丰富。

[9]霰：雪粒。

[10]无几：没有多少。

车 辖 xiá

嘉贤友得淑女为配也

  这是一首诗人迎娶新娘时途中所作之诗。《左传》载："昭二十五年，叔孙婼如宋迎女，赋《车辖》。"方玉润《诗经原始》谓此诗"嘉贤友得淑女为配也"。

间关车之辖兮[1]，思娈季女逝兮[2]。

匪饥匪渴，德音来括[3]。

虽无好友？式燕且喜[4]。

依彼平林[5]，有集维鷮[6]。

辰彼硕女[7]，令德来教[8]。

式燕且誉，好尔无射[9]。

虽无旨酒？式饮庶几[10]。

虽无嘉殽？式食庶几。

虽无德与女？式歌且舞。

陟彼高冈，析其柞薪[11]。

析其柞薪，其叶湑兮[12]。

鲜我觏尔[13]，我心写兮[14]。

高山仰止，景行行止[15]。

四牡骓骓[16]，六辔如琴[17]。

觏尔新昏，以慰我心。

[1] 间关：车辖间的摩擦声。辖："舝"的古字。车轴两端的梢钉，用以固定车轮，使不脱落。

[2] 思：助词。娈：美貌。季女：少女。逝：往，出嫁。

[3] 德音：好消息。括：会面，见面。

[4] 式：语气助词，没有实义。燕：同"宴"。

[5] 依：茂密。平林：树林。

[6] 集：止息。鷮：野鸡的一种。

[7] 辰：美善貌。硕女：高挑的女子。

[8] 令德：好德行。

[9] 射：厌，厌恶。

[10] 庶几：也许，差不多。言希望也可以。

[11] 析：砍。柞：栎树。

[12] 湑：茂盛。

[13] 鲜：善。觏：见到。

[14] 写：同"泻"，高兴，畅快。

[15] 景行：大路，大道。

[16] 骓骓：排列行走。

[17] 辔：马缰绳。琴：指琴弦。

青 蝇

大夫伤于谗，因以戒王也

　　这是一首告诫人们谗言误国害民的诗。朱熹《诗集传》："诗人以王好听谗言，故以青蝇飞声比之，而戒王以勿听也。"方玉润《诗经原始》："盖诗明言'构我二人'，是此人已中其害，乃为诗以遗王，非徒空言刺而戒之已耳。"

营营青蝇[1]，止于樊[2]（fán）。

岂弟君子[3]，无信谗言！

营营青蝇，止于棘。

谗人罔极[4]，交乱四国。

营营青蝇，止于榛。

谗人罔极，构我二人[5]。

[1] 营营：苍蝇飞来飞去的声音。

[2] 樊：篱笆。

[3] 岂弟：同"恺悌"，快活平易。

[4] 罔极：没有准则。

[5] 构：离间。

宾之初筵
yán

卫武公饮酒悔过也

这是一首讽刺统治者饮酒无度，失礼败德的诗。《毛序》谓："卫武公刺时也。"方玉润《诗经原始》："诗为武公之作无疑，不必过为苛论也。……武公初入为王卿士，难免不与其宴，既见其如此无礼，而又未敢直陈君失，只好作悔过用以自警，使王闻之，或以稍正其失，未始非诗之力也。"

宾之初筵，左右秩秩 [1]。

笾豆有楚，殽核维旅 [2]。

酒既和旨，饮酒孔偕。

钟鼓既设，举酬逸逸 [3]。

大侯既抗 [4]，弓矢斯张。

射夫既同 [5]，献尔发功 [6]。

发彼有的 [7]，以祈尔爵。

籥舞笙鼓，乐既和奏。
yuè

烝衎烈祖，以洽百礼 [8]。
kàn

百礼既至，有壬有林 [9]。

锡尔纯嘏 [10]，子孙其湛 [11]。
gǔ dān

其湛曰乐，各奏尔能。

宾载手仇，室人入又 [12]。

酌彼康爵，以奏尔时。

宾之初筵，温温其恭。

其未醉止，威仪反反 [13]。

曰既醉止，威仪幡幡 [14]。

舍其坐迁，屡舞仙仙 [15]。

其未醉止，威仪抑抑 [16]。

曰既醉止，威仪怭怭 [17]。
bì bì

是曰既醉，不知其秩。

宾既醉止，载号载呶 [18]。
náo

乱我笾豆，屡舞僛僛。
qī

320

是曰既醉，不知其邮[19]。

侧弁之俄，屡舞傞傞[20]。

既醉而出，并受其福[21]。

醉而不出，是谓伐德[22]。

饮酒孔嘉，维其令仪。

凡此饮酒，或醉或否。

既立之监，或佐之史。

彼醉不臧，不醉反耻[23]。

式勿从谓，无俾大怰。

匪言勿言，匪由勿语[24]。

由醉之言[25]，俾出童羖[26]。

三爵不识，矧敢多又[27]？

[1] 筵：竹席。左右：主人在东，宾客在西。秩秩：有序貌。

[2] 笾：竹制食器，盛果食。豆：木制食器，盛肉食。殽：通"肴"，肉。核：干果。

[3] 逸逸：往来有次序。

[4] 大侯：箭靶。抗：将箭靶的四角绷紧。

[5] 同：会齐。

[6] 献：展现。发功：射箭的本领。

[7] 发：射箭。的：靶心。

[8] 烝：进献。衎：使……快乐。洽：合。

[9] 壬：隆重。林：众多。

[10] 纯：大。嘏：福。

[11] 湛：尽情欢乐。

[12] 手：取。室人：主人。言客人先射，主人亦入于次。

[13] 威仪：严肃的仪容。反反：慎重。

[14] 幡幡：轻率不庄重。

[15] 仙仙：旧作"僊"，脚步轻浮。

[16] 抑抑：态度谨慎。

[17] 怭怭：轻佻的样子。

[18] 呶：叫喊，喧哗。

[19] 邮：同"尤"，过错。

[20] 俄：颠倒貌。傞傞：醉舞不止的样子。

[21] 并：指主人和客人。

[22] 伐德：败坏道德。

[23] 以上四句为"有不醉的人，立监视之，以史督酒，令皆醉也。"

[24] 由：听从。

[25] 由：因，由于。

[26] 羖：黑色公羊。皆怕其装醉。

[27] 三爵：私燕之礼。矧：何况。又：劝酒。

鱼 藻

镐民乐王都镐也

这是镐京的人民赞美周王朝建都于此的诗。陈延杰《诗序解》:"是篇写鱼之乐,藻蒲相依,悠然自得。盖兴王之在镐,颇安所居。其体近乎风。"方玉润《诗经原始》:"此镐民私幸周王都镐而祝其永远在兹之词也。"

鱼在在藻,有颁其首 [1]。
fén

王在在镐,岂乐饮酒 [2]。
hào

[1] 颁:大头貌。

[2] 岂乐:欢乐。

[3] 莘:长长的。

[4] 那:安闲的样子。居:住处。

鱼在在藻,有莘其尾 [3]。
shēn

王在在镐,饮酒乐岂。

鱼在在藻,依于其蒲。

王在在镐,有那其居 [4]。
nuó

采 菽
shū

美诸侯来朝也

这是赞美诸侯来朝，周天子赏赐诸侯的诗。姚际恒《诗经通论》："大抵西周盛王，诸侯来朝，加以锡命之诗。"陈延杰《诗序解》："当是诸侯来朝，人君致礼。诗人观此情景，慨然而赋，于以见盛世之象焉。"

采菽采菽，筐之筥之 [1]。
jǔ

君子来朝，何锡予之？

虽无予之？路车乘马 [2]。
shèng

又何予之？玄衮及黼 [3]。
fǔ

觱沸槛泉 [4]，言采其芹。
bì   qín

君子来朝，言观其旂。
qí

其旂淠淠 [5]，鸾声嘒嘒。
pèi   huì

载骖载驷，君子所届 [6]。

赤芾在股 [7]，邪幅在下 [8]。
fú

彼交匪纾 [9]，天子所予。

乐只君子，天子命之。

乐只君子，福禄申之 [10]。

维柞之枝，其叶蓬蓬。

乐只君子，殿天子之邦 [11]。

乐只君子，万福攸同。

平平左右，亦是率从。

泛泛杨舟，绋缡维之 [12]。
fú lí

乐只君子，天子葵之。

乐只君子，福禄膍之 [13]。
pí

优哉游哉，亦是戾矣 [14]。

[1] 菽：豆类的总称。筐之筥之：用筐和筥盛。筐：方形竹制器具。筥：圆形竹制器具。

[2] 路车：大车。金路以赐同姓，象牙的路车以赐异姓。

[3] 衮：天子及三公所穿的衣服。黼：礼服上绣的黑白相间的花纹。

[4] 觱沸：形容泉水冒出，像沸水一样。

[5] 旂：画有龙的旗，竿头系鸾铃。浟浟：飘动貌。

[6] 届：至。

[7] 芾：蔽膝。注见《车攻》。

[8] 邪幅：绑腿。

[9] 交：通"娇"，骄横。纾：缓，怠慢。

[10] 申：重复。

[11] 殿：镇守。

[12] 绋：绳索。缅：系。用大绳将舟系上。

[13] 脤：厚赐。

[14] 庶：至。

角 弓

刺幽王远骨肉而近佥壬也

这是一首劝告周王亲兄弟远小人的诗。《汉书·刘向传》："幽、厉之际，朝廷不和，转向非怨。诗人刺之曰'民之无良，相怨一方。'"方玉润《诗经原始》："疏远兄弟而亲近小人，是此诗大旨。"

骍骍角弓，翩其反矣 [1]。

兄弟昏姻，无胥远矣 [2]。

尔之远矣，民胥然矣。

尔之教矣，民胥效矣。

此令兄弟，绰绰有裕 [3]。

不令兄弟，交相为瘉 [4]。

民之无良，相怨一方。

受爵不让，至于己斯亡。

老马反为驹，不顾其后。

如食宜饇 [5]，如酌孔取。

毋教猱升木，如涂涂附 [6]。

君子有徽猷，小人与属 [7]。

雨雪瀌瀌 [8]，见晛曰消 [9]。

莫肯下遗 [10]，式居娄骄 [11]。

雨雪浮浮，见晛曰流。

如蛮如髦 [12]，我是用忧。

[1] 骍：红色的。角弓：用角装饰弓。翩：通"偏"。言弓弦远离弓，形容远兄弟。

[2] 胥：相互。下文"胥"为副词，全都。远：疏远。

[3] 裕：富饶，富足。

[4] 令：善也。为瘉：残害。

[5] 饇：同"饫"，饱。

[6] 猱：猿猴。涂：旧作"塗"，泥。

[7] 徽猷：善行。小人与属：小人来依附。

[8] 瀌瀌：雨雪盛的样子。

[9] 晛：日光。

[10] 下遗：谦虚卑下对待人。

[11] 式：助词，无义。居：通"倨"。娄：通"屡"，多次。骄：骄横。

[12] 蛮：南方少数民族。髦：西南少数民族。

菀 柳
yù

诸侯忧王暴厉也

这是一位大臣有功于国又获罪的怨诗。方玉润《诗经原始》："大概王待诸侯不以礼，诸侯相与忧危之诗。……然诗中所刺又似厉王，非幽王也。盖其所述非暴即虐，于厉王为尤近云。"

有菀者柳[1]，不尚息焉[2]。

上帝甚蹈[3]，无自暱焉。
nì

俾予靖之[4]，后予极焉[5]！
jìng

有菀者柳，不尚愒焉[6]。
qì

上帝甚蹈，无自瘵焉[7]。
zhài

俾予靖之，后予迈焉[8]！

有鸟高飞，亦傅于天[9]。

彼人之心，于何其臻[10]？

曷予靖之，居以凶矜[11]！

[1] 菀：枝叶茂盛的样子。

[2] 尚：差不多。

[3] 上帝：上天。蹈：动，指变动无常。

[4] 俾：使。靖：谋划。

[5] 极：诛罚。用我谋划在先，诛罚我在后。

[6] 愒：歇息，休息。

[7] 瘵：病，生病。

[8] 迈：远离，疏远。另说"超过，求之过分"。

[9] 傅：到达。

[10] 臻：至，到。

[11] 以：于。凶矜：凶险之地。

都人士

缅旧都人物盛也

　　这是一首怀旧的诗。朱熹《诗集传》："乱离之后，人不复见昔日都邑之盛，人物仪容之美，而作此诗以叹惜之。"方玉润《诗经原始》："诗本无甚关系，然存之可以纪一时盛衰之感，而因以见先王化淳俗美之休犹未尽泯于人心云。"

彼都人士，狐裘黄黄。

其容不改，出言有章。

行归于周，万民所望。

彼都人士，臺笠缁撮^{zī cuō}[1]。

彼君子女，绸直如发[2]。

我不见兮，我心不说^{yuè}。

彼都人士，充耳琇^{xiù}实。

彼君子女，谓之尹吉。

我不见兮，我心苑^{yùn}结[3]。

彼都人士，垂带而厉[4]。

彼君子女，卷发^{quán}如虿^{chài}[5]。

我不见兮，言从之迈。

匪伊垂之，带则有余。

匪伊卷之，发则有旟^{yú}[6]。

我不见兮，云何盱^{xū}矣[7]！

[1]缁：黑色的衣料。撮：束发的帽子。臺：莎草，注见《南山有臺》。

[2]绸：浓密。一说为绑头发的饰物，与笠撮相对。

[3]苑结：苑，通"蕴"。忧闷积于心。

[4]厉：腰带下垂的部分。

[5]虿：蝎子。指妇女发式在耳朵两侧弄成向上的卷发。

[6]旟：飞扬貌，亦形容卷发。

[7]盱：忧愁。

采 绿

妇人思夫，期逝不至也

这首诗表达了一个妇女思念丈夫的感情。方玉润《诗经原始》："此真风诗也，……幽王之时，政烦赋重，征夫久劳于外，逾时不归，故其室思之如此。"

终朝采绿，不盈一匊^{jū}[1]。

予发曲局[2]，薄言归沐。

终朝采蓝，不盈一襜^{chān}[3]。

五日为期，六日不詹[4]。

之子于狩，言韔其弓^{chàng}[5]。

之子于钓，言纶之绳。

其钓维何？维鲂及鱮^{xù}[6]。

维鲂及鱮，薄言观者！

[1] 终朝：约早五点至十点。绿：荩草。
匊：两手合捧。

[2] 局：卷。因夫不在而不打扮。

[3] 襜：围裙。

[4] 詹：来，到。

[5] 韔：装弓入袋。

[6] 鱮：鲢鱼。

黍　苗

美召穆公营谢功成也

　　这是修建申国都城的人在完成工程后在途中的欢歌。朱熹《诗集传》：
"宣王封申伯于谢，命召穆公往营城邑，故将徒役南行，而行者作此。"方
玉润《诗经原始》："此诗明言召穆公营谢功成，士役美之之作。"

péng
　芃芃黍苗，阴雨膏之。

悠悠南行，召伯劳之。

rèn
我任我辇 [1]，我车我牛 [2]。

我行既集 [3]，盖云归哉。

我徒我御 [4]，我师我旅。

我行既集，盖云归处。

肃肃谢功 [5]，召伯营之。

烈烈征师，召伯成之。

xí
原隰既平 [6]，泉流既清。

召伯有成，王心则宁。

[1] 任：肩挑。辇：拉车。

[2] 车：手扶车行。

[3] 集：成功。

[4] 徒：步行。御：乘车。

[5] 肃肃：严正貌。谢功：营建谢邑的
工程。

[6] 隰：低地。

隰 桑
^{xí}

思贤人之在野也

　　这是一首女人思念爱人之诗。陈启源《稽古编》："《隰桑》思君子，犹《丘中有麻》之思留子也。《隰桑》诗音节略与《风雨》同。"另有方玉润认为其诗"思贤人之在野也"。

隰桑有阿^ē[1]，其叶有难^{nuó}[2]。

既见君子，其乐如何？

隰桑有阿，其叶有沃[3]。

既见君子，云何不乐？

隰桑有阿，其叶有幽[4]。

既见君子，德音孔胶[5]。

心乎爱矣，遐不谓矣[6]！

中心藏之[7]，何日忘之！

[1] 阿：柔美的样子。

[2] 难：枝叶茂盛的样子。

[3] 沃：柔嫩光滑的样子。

[4] 幽：深黑色。

[5] 胶：牢固。

[6] 遐不：何不，为什么不。

[7] 藏：同"臧"，善。

白 华

申后自伤被黜也

这是一首被抛弃的妇女所作怨诗。《大序》："幽：王取申女以为后，又得褒姒而黜申后，周人为之作是诗也。"方玉润认为："此诗情词凄婉，讬恨幽深，非外人所能代，故《集传》以为申后作。"

白华菅兮，白茅束兮[1]。

之子之远，俾我独兮。

英英白云，露彼菅茅。

天步艰难[2]，之子不犹[3]。

biāo
滮池北流，浸彼稻田。

啸歌伤怀，念彼硕人。

樵彼桑薪，áng卬烘于chén煁[4]。

维彼硕人，实劳我心。

鼓钟于宫，声闻于外。

念子懆懆[5]cǎo，视我迈迈[6]。

有鹙在梁qiū，有鹤在林。

维彼硕人，实劳我心。

鸳鸯在梁，戢其左翼。

之子无良，二三其德[7]。

有扁斯石[8]，履之卑兮[9]，

之子之远，俾我疧兮[10]。qí

[1] 白华：菅草。菅：已沤好的白华。白茅：茅草。

[2] 天步：时运，亦或国运。

[3] 不犹：不好。

[4] 卬：我。烘：燎。煁：能移动的火炉。

[5] 懆懆：忧虑不安。

[6] 迈迈：轻慢。一说为不。

[7] 二三：多次，指感情不专一。

[8] 扁：扁平的上车用的垫脚石。

[9] 履：踩。卑：低。言自己还不如垫脚石能与王亲近。

[10] 疧：忧病。

绵 蛮

王者加惠远方人士也

　　这首诗历来解读不同。王质《诗总闻》："重臣出行，而下士冗役告劳者也。闻其告劳，而旋生悯心。亦必贤者，是管谢之流也。"方玉润《诗经原始》："此王者加惠远方人士也。"

绵蛮黄鸟[1]，止于丘阿[2]。

道之云远，我劳如何[3]！

饮之食之，教之诲之。

命彼后车[4]，谓之载之。

绵蛮黄鸟，止于丘隅。

岂敢惮行[5]，畏不能趋[6]。

饮之食之，教之诲之。

命彼后车，谓之载之。

绵蛮黄鸟，止于丘侧。

岂敢惮行，畏不能极[7]。

饮之食之，教之诲之。

命彼后车，谓之载之。

[1]绵蛮：小小的模样。一说为鸟鸣声。

[2]丘阿：山坳。

[3]如何：像什么样。

[4]后车：副车，跟在后面的从车。

[5]惮：畏惧，惧怕。

[6]趋：快走。

[7]极：到达终点。

瓠 叶
_{hù}

不以物薄废礼也

　　这是一首贵族宴请宾客的诗。《毛序》："故思古人之不以微薄废礼焉。"朱熹辩之曰："序说非是，此亦燕饮之诗。"方玉润则从序说，谓"大抵古人燕宾，情真而意挚，不以丰备而寡情，亦不以微薄而废礼。"

幡幡瓠叶[1]，采之亨之[2]。

君子有酒，酌言尝之[3]。

有兔斯首[4]，炮之燔之[5]。

君子有酒，酌言献之。

有兔斯首，燔之炙之。

君子有酒，酌言酢之。

有兔斯首，燔之炮之。

君子有酒，酌言酬之。

[1] 幡幡：风吹翻动的样子。

[2] 亨：通"烹"，注见《楚茨》。

[3] 酌：斟酒。尝：品尝。

[4] 兔：兔子。首：量词。

[5] 炮：把带毛的肉涂上泥烧烤。燔：烧肉。

渐渐之石

chán

东征怨也

这是一首在外征战的士兵慨叹远征的诗。《毛序》："下国刺幽王也。……乃命将率东征，役久病于外，故作是诗也。"方玉润《诗经原始》："此将士东征，劳苦自叹之诗。"

渐渐之石，维其高矣。

山川悠远，维其劳矣 [1]。

武人东征，不皇朝矣 [2]。

渐渐之石，维其卒矣 [3]。

山川悠远，曷其没矣 [4]？

武人东征，不皇出矣 [5]。

有豕白蹢 [6]，烝涉波矣 [7]。

shǐ   dí

月离于毕 [8]，俾滂沱矣 [9]。

武人东征，不皇他矣 [10]。

[1] 劳：通"辽"。

[2] 朝：早上。皇：通"遑"，闲暇。

[3] 渐：通"巉"，高峻貌。卒：通"崒"，山岭。

[4] 曷其没矣：什么时候结束？

[5] 出：没有多余的时间逃离险境。无暇顾及出路。

[6] 豕：猪。白蹢：白蹄。

[7] 烝：进，另说为"众"。涉波：涉水。

[8] 月：月亮。离：通"丽"，附着。毕：星宿名。

[9] 俾：使。滂沱：大雨。

[10] 不遑他矣：无暇顾及其他。

<ruby>苕<rt>tiáo</rt></ruby>之华

伤饥乱也

这是一首百姓在饥乱之世自伤的诗。方玉润《诗经原始》："周室衰微，既乱且饥，所谓大兵之后，必有凶年也。人民生当此际，'不如无生'，盖深悲其不幸而生此凶荒之世耳。"

苕之华[1]，芸其黄矣[2]。

心之忧矣，维其伤矣！

苕之华，其叶青青。

知我如此，不如无生！

<ruby>牂<rt>zāng</rt></ruby>羊坟首[3]，三星在<ruby>罶<rt>liǔ</rt></ruby>[4]。

人可以食，鲜可以饱。

[1] 苕：凌霄花，藤本蔓生植物。

[2] 芸其黄：花草枯黄的样子。

[3] 牂羊：母羊。坟：旧作"豶"，大。

[4] 三星：星宿名。罶：竹制的捕鱼工具。言水中倒映星光。

何草不黄

征夫恨也

　　这是一首被征召服劳役的人的怨诗。朱熹《诗集传》："周室将亡，征役不息，行者苦之，故作此诗。"方玉润《诗经原始》："此征伐不息，行者愁怨之诗，人皆知之矣。"

何草不黄？何日不行？

何人不将[1]？经营四方[2]。

何草不玄[3]？何人不矜[4]？

哀我征夫，独为匪民。

匪兕匪虎，率彼旷野[5]。

哀我征夫，朝夕不暇。

有芃者狐[6]，率彼幽草[7]。

有栈之车[8]，行彼周道[9]。

[1] 将：行，走路。

[2] 经营：办理公务。四方：全国各地。

[3] 玄：黑色，这里指凋零。

[4] 矜：通"瘝"，苦痛。

[5] 率：沿着。

[6] 芃：兽毛蓬松的样子。

[7] 幽：深。

[8] 有栈之车：役车。

[9] 周道：大道。

大雅

朱子曰："《大雅》非圣贤不能为，平易明白，正大光明。"另方玉润曰："盖大、小《雅》之分，亦以体异焉耳。读者试即《宾之初筵》与《抑》诗合而咏之，而其体愈见。数诗皆前人之所谓人同、事同者也，而何以诗之词气与音节迥然不同？此可以知大、小《雅》之分矣。"

文 王

周公追述文德配天，以肇造乎周也

这是一首追述周文王功业的诗。一说作者为周公旦，方玉润《诗经原始》："周公追述文德配天，以肇造乎周也。"一说为西周晚期作品。"夫文王德配上帝，而其后遂有天下者，盖能尽人性以合天心，而天因以位育权畀之耳。"

文王在上，於昭于天！

周虽旧邦，其命维新。

有周不显，帝命不时 [1]。

文王陟降 [2]，在帝左右。

亹亹文王，令闻不已 [3]。

陈锡哉周，侯文王孙子 [4]。

文王孙子，本支百世。

凡周之士，不显亦世。

世之不显，厥犹翼翼 [5]。

思皇多士 [6]，生此王国。

王国克生，维周之桢 [7]。

济济多士 [8]，文王以宁。

穆穆文王，於缉熙敬止 [9]。

假哉天命 [10]！有商孙子。

商之孙子，其丽不亿 [11]。

上帝既命，侯于周服 [12]。

侯服于周，天命靡常。

殷士肤敏，祼将于京 [13]。

厥作祼将，常服黼冔 [14]。

王之荩臣，无念尔祖 [15]。

无念尔祖，聿修厥德。

永言配命，自求多福。

殷之未丧师 [16]，克配上帝。

宜鉴于殷，骏命不易。

命之不易，无遏尔躬[17]。

宣昭义问，有虞殷自天[18]。

上天之载，无声无臭^{xiù}。

仪刑文王[19]，万邦作孚[20]。

[1] 丕：通"岯"，大也。命：天命。时：美好。

[2] 陟降：升降。

[3] 亹亹：勤勉不倦的样子。令闻：美誉。

[4] 侯：乃，于是。

[5] 厥：代词，指上文的子孙。犹：谋划。翼翼：小心谨慎。

[6] 皇：美。

[7] 桢：栋梁，支柱。

[8] 济济：形容众多。

[9] 缉熙：光辉灿烂。

[10] 假：伟大。

[11] 丽：数目。不亿：不止于亿。

[12] 周服：臣服于周。

[13] 祼：祭祀仪式，将酒灌于地，求神。将：送，引为举行。京：京师。

[14] 黼：殷代贵族之礼冠。

[15] 荩臣：忠臣。殷商旧臣为文王所用，无不感念文王。

[16] 丧师：丧失人心。

[17] 遏：止。

[18] 有：又。虞：想到。

[19] 仪刑：效法。

[20] 孚：信服。

大 明

追述周德之盛，由于配偶天成也

　　这是一首历史叙事诗，讲述了文王婚配和武王伐纣的故事。方玉润《诗经原始》："周德之盛，由于配偶天成也。……其昏媾天成，有非人力所能为者。然太任、太姒明写，邑姜暗写，此又文心变幻处。"

明明在下，赫赫在上。

天难忱斯，不易维王[1]。

天位殷适[2]，使不挟四方[3]。

挚仲氏任，自彼殷商，

来嫁于周，曰嫔于京。

乃及王季[4]，维德之行。

大任有身[5]，生此文王。

维此文王，小心翼翼。

昭事上帝，聿怀多福[6]。

厥德不回[7]，以受方国[8]。

天监在下，有命既集。

文王初载[9]，天作之合[10]。

在洽之阳，在渭之涘[11]。

文王嘉止，大邦有子。

大邦有子，伣天之妹[12]。

文定厥祥[13]，亲迎于渭。

造舟为梁，不显其光。

有命自天，命此文王，

于周于京。缵女维莘[14]，

长子维行，笃生武王。

保右命尔，燮伐大商[15]。

殷商之旅，其会如林[16]。

矢于牧野[17]，维予侯兴。

上帝临女，无贰尔心。

牧野洋洋[18]，檀车煌煌[19]，

驷𫘤彭彭。维师尚父[20]，

（sì yuán bāng）

时维鹰扬。凉彼武王[21]，

肆伐大商，会朝清明。

[1] 忱：信赖。不易：难也。

[2] 适：旧作"適"，通"嫡"，正室所生
的儿子。殷：殷商。

[3] 挟：通"浃"，通达，周遍。

[4] 王季：文王父也。

[5] 有身：怀孕。

[6] 怀：招来，招致。

[7] 厥：他的。回：违背正道。

[8] 受：受封。方国：方百里之国。

[9] 初载：初年。

[10] 作：选定。合：配偶。

[11] 洽：水名，在陕西。阳：水的北面。
涘：水边。

[12] 大邦：莘国，姒姓国，文王妃太姒之
娘家。子：太姒。俔：好比，好像。妹：
少女。

[13] 文：送聘礼。祥：吉祥。

[14] 缵：继承。一说为"美好"。莘：国名。

[15] 燮：顺应。

[16] 会：集会，集合。

[17] 矢：通"誓"，发誓。牧野：地名。
在商都朝歌南七十里。

[18] 洋洋：广阔，辽远。

[19] 檀车：战车。煌煌：光彩夺目。

[20] 彭彭：行进貌。尚父：太公望。

[21] 凉：辅佐。

绵

追述周室之兴始自迁岐，民附也

这是一首宣扬周王朝历史基业的史诗。全诗叙述了从古公亶父迁岐山一直到文王发迹这段历史。方玉润《诗经原始》："追述周室之兴始自迁岐，民附也。……自古帝王未有不得人而能自昌者，地灵犹须人杰，是之谓耳。"

绵绵瓜瓞 dié [1]，民之初生 [2]，

自土沮漆 [3]，古公亶父 dǎn [4]，

陶复陶穴 [5]，未有家室。

古公亶父，来朝走马。

率西水浒 [6]，至于岐下。

爰及姜女 [7]，聿来胥宇 [8]。

周原膴膴 wǔ [9]，堇荼如饴 jīn [10]。

爰始爰谋 [11]，爰契我龟 [12]。

曰止曰时 [13]，筑室于兹。

乃慰乃止，乃左乃右，

乃疆乃理，乃宣乃亩 [14]。

自西徂东，周爰执事。 cú

乃召司空 [15]，乃召司徒 [16]，

俾立室家，其绳则直。

缩版以载 [17]，作庙翼翼 [18]。

捄之陾陾 jū réng [19]，度之薨薨 hōng [20]。

筑之登登，削屡冯冯 píng [21]。

百堵皆兴 [22]，鼛鼓弗胜 gāo [23]。

乃立皋门 [24]，皋门有伉 [25]。

乃立应门 [26]，应门将将 qiāng [27]。

乃立冢土 [28]，戎丑攸行 [29]。

肆不殄厥愠 tiǎn [30]，亦不陨厥问 [31]。

柞棫拔矣，行道兑矣 [32]。

混夷駾矣 kūn tuì [33]，维其喙矣 [34]。

虞芮质厥成 [35]，文王蹶厥生 guì [36]。

予曰有疏附 [37]，予曰有先后 [38]，

予曰有奔奏 [39]，予曰有御侮 [40]。

342

[1]绵绵：连续不绝的样子。瓞：小瓜。

[2]民：指周朝的民众。

[3]土：通"杜"，水名。沮、漆都是水名。

[4]古公：亶父的号。亶父：周太王的名。

[5]陶：挖掘。复：地室，为地上部分。

[6]水浒：水边。

[7]及：带着，一起。姜女：太王妃。

[8]胥：视察，察看。宇：居处。

[9]周原：地名，在岐山之南。膴膴：土地肥沃。

[10]堇、荼：两种野菜的名字。饴：饴糖。

[11]始：谋划。

[12]契：用火烧龟壳以占卜。

[13]止：停止，停留。时：是，此。可止居于此。

[14]宣：开沟挖渠。亩：耕田种地。

[15]司空：古代掌管土地的官。

[16]司徒：古代掌管役工的官。

[17]缩版：用绳子捆束筑墙的木板。

[18]翼翼：房子高大庄重的样子。

[19]捄：把泥土装在器物中。陾陾：人多的样子。另说为筑墙声。

[20]度：把泥土填进夹板中。薨薨：填土声。

[21]削屡：指修整墙面。冯冯：墙面坚硬，犹今之砰砰。

[22]堵：版筑的计量单位，一堵为五版。

兴：起。

[23]鼛：长一丈二尺的大鼓。

[24]皋门：宫城最南面的门。皋门与应门之间为外朝。

[25]伉：高的样子。

[26]应门：王宫里的正门，分割内朝与外朝。

[27]将将：房屋高大严正的样子。

[28]冢：大。土：古代祭祀的地方。建于皋门与应门之间的两侧。

[29]戎丑：众人。

[30]肆：遂。殄：断绝。愠：怨愤。

[31]陨：落下，废除。问：通"闻"，声誉。

[32]兑：通达，通畅。

[33]混夷：西方的国名。駾：因惊恐逃走。

[34]喙：困窘。

[35]虞、芮：周初两个国名。质：评断。成：平息、平和。

[36]蹶：兴起。生：生生不息之势。

[37]疏附：意思是下臣亲近上臣。

[38]先后：指引导。

[39]奔奏：奔走。

[40]御侮：抵抗外敌欺侮。

棫 朴
yù pú

文王能作士也

  这是一首歌颂文王任用贤人的诗，但诗中又叙述了征伐之事，历来解说不一。汪龙《毛诗异义》："国之大事，在祀与戎，举此二者以明贤才之用。"该说似可调停今古文之说。

芃芃棫朴，薪之槱之[1]。péng   yǒu

济济辟王，左右趣之[2]。bì

济济辟王，左右奉璋[3]。

奉璋峨峨，髦士攸宜[4]。máo

淠彼泾舟[5]，烝徒楫之[6]。pì

周王于迈，六师及之。

倬彼云汉[7]，为章于天。zhuō

周王寿考[8]，遐不作人？

追琢其章[9]，金玉其相。

勉勉我王，纲纪四方。

[1] 棫：白桵，有刺。槱：堆柴燃烧。

[2] 辟：天子。趣：趋向。

[3] 奉：捧。

[4] 峨峨：庄严的样子。髦士：出类拔萃的人。

[5] 淠：船行貌。泾：泾水。

[6] 烝：众矣。楫：划船。

[7] 倬：广阔。云汉：银河。

[8] 寿考：周文王九十七乃终，谓寿考。

[9] 追琢：雕琢。

旱 麓
lù

祭必受福也

这是歌颂周文王祭祀祖先的诗。方玉润《诗经原始》："此盖指其祭祀受福而言也。与上篇绝不相类。上篇言作人，于祭祀见其一端，此篇言祭祀，而作人亦见其极盛。"

瞻彼旱麓 [1]，榛楛济济 [2]。
zhēn hù jǐ

岂弟君子 [3]，干禄岂弟 [4]。
kǎi tì

瑟彼玉瓒，黄流在中 [5]。
zàn

岂弟君子，福禄攸降。

鸢飞戾天，鱼跃于渊。
yuān

岂弟君子，遐不作人 [6]？

清酒既载，骍牡既备。

以享以祀，以介景福。

瑟彼柞棫，民所燎矣 [7]。
liáo

岂弟君子，神所劳矣。

莫莫葛藟，施于条枚 [8]。
lěi yì

岂弟君子，求福不回 [9]。

[1] 麓：山脚。

[2] 济济：众多。

[3] 岂弟：安乐的样子。

[4] 干禄：追求福禄。

[5] 瑟：茂密，众多。玉瓒：古时以圭为柄的一种酒器，在圭的前头有一勺，可以灌酒祭神。黄流：酒在器中流，故曰黄流。

[6] 遐：胡，为何。作人：培养人材。

[7] 燎：燃烧。

[8] 莫莫：茂密的。条：树枝。枚：树干。

[9] 不回：光明磊落。

思 齐

刑于化洽也

这是一首全面歌颂文王的诗。《毛序》："思齐，文王所以圣也。"方玉润《诗经原始》："诗盖咏歌文王刑于之化也。洽化无不本于闺门，由寡妻而兄弟，由兄弟而家邦；乘其机而顺以导之，势甚便也。……所谓德修于内而化成乎天下者，非文王而能若是乎？"

思齐大任^{tài}[1]，文王之母。

思媚周姜[2]，京室之妇[3]。

大姒嗣徽音[4]，则百斯男[5]。

惠于宗公[6]，神罔时怨[7]，

神罔时恫^{tōng}[8]。刑于寡妻[9]，

至于兄弟，以御于家邦[10]。

雍雍在宫[11]，肃肃在庙[12]。

不显亦临[13]，无射^{yì}亦保[14]。

肆戎疾不殄[15]，烈假不瑕[16]。

不闻亦式，不谏亦入[17]。

肆成人有德，小子有造。

古之人无斁^{yì}[18]，誉髦斯士[19]。

[1] 思：语气助词，没有实义。齐：端庄。大任：太任，指周文王的母亲。

[2] 媚：敬爱。周姜：太姜，周文王的祖母。

[3] 京室：周王室。

[4] 大姒：太姒，指周文王的妻子。嗣：继承。徽音：美好的名声。

[5] 则百斯男：意思是说子孙众多。

[6] 惠：孝顺。宗公：宗庙的先人。

[7] 时：是。怨：不高兴。言神明无是怨恚。

[8] 恫：哀痛。

[9] 刑：仪法典范。寡妻：嫡妻，正室。

[10] 御：治理。

[11] 雍雍：和谐的样子。宫：家。

[12] 肃肃：庄严恭敬的样子。

[13] 不：语助词，无义。显：文王明德。临：照临。

[14] 射：厌恶。保：安于现状。

[15] 肆：因此，所以。戎疾：大灾难，另说为西戎的入侵。不：语气助词。殄：尽绝。

[16] 烈假：均为病。瑕：停止。不瑕即瑕。

[17] 入：容纳，采纳。

[18] 斁：厌倦。

[19] 誉：有声誉。髦：俊杰，出类拔萃的。

皇 矣

周始大也

　　这是一首歌颂周民族创业至文王伐密、伐崇的史诗。但历来解诗在功，方玉润则认为其诗在歌德，"故此诗历叙太王以来积功累仁之事，而尤著意摹写王季友爱一段至德。……三代帝王，莫不本天德以为王道；若后世，则兵强马壮者为之而已。"

皇矣上帝，临下有赫^[1]。
监观四方，求民之莫^[2]。
维此二国，其政不获^[3]。
维彼四国，爰究爰度。
上帝耆之^[4]，憎其式廓^[5]。
乃眷西顾^[6]，此维与宅。

作之屏之，其菑其翳^[7]。
修之平之，其灌其栵。
启之辟之，其柽其椐。
攘之剔之^[8]，其檿其柘。
帝迁明德，串夷载路^[9]。
天立厥配，受命既固。

帝省其山，柞棫斯拔，
松柏斯兑。帝作邦作对，
自大伯王季。维此王季，
因心则友，则友其兄，
则笃其庆，载锡之光。
受禄无丧，奄有四方^[10]。

维此王季，帝度其心，
貊其德音^[11]，其德克明^[12]，
克明克类，克长克君。
王此大邦，克顺克比^[13]。
比于文王，其德靡悔。
既受帝祉，施于孙子。

帝谓文王："无然畔援[14]，
无然歆羡[15]，诞先登于岸[16]。"
密人不恭[17]，敢距大邦，
侵阮徂共[18]。王赫斯怒，
爰整其旅，以按徂旅。
以笃于周祜，以对于天下[19]。

依其在京，侵自阮疆。
陟我高冈，无矢我陵[20]，
我陵我阿ē，无饮我泉，
我泉我池。度其鲜原[21]，
居岐之阳，在渭之将。
万邦之方，下民之王。

帝谓文王："予怀明德，
不大声以色，不长夏以革。
不识不知，顺帝之则。"
帝谓文王："询尔仇方，
同尔弟兄。以尔钩援[22]，
与尔临冲，以伐崇墉[23]。"

临冲闲闲，崇墉言言。
执讯连连，攸馘guó安安[24]。
是类是祃mà[25]，是致是附[26]，
四方以无侮。临冲茀茀fú，
崇墉仡仡yì[27]。是伐是肆，
是绝是忽。四方以无拂[28]。

[1] 临下：俯视天下。赫：清楚，明白。

[2] 莫：安居乐业。

[3] 一本作"正"。不获：不得民心。

[4] 耆：憎恶。

[5] 憎：厌恶。式：助词，无义。廓：广阔，大。

[6] 眷：回头看。

[7] 作：砍，斩。屏：除掉。菑：枯死而未倒的树。翳：树木自己死掉。

[8] 攘、剔：排除。檿：桑木，可以为弓。

[9] 迁：指周人迁至岐。串夷：西部少数民族。路：通"露"，失败。

[10] 奄有：覆盖广有。此言王季善待其兄，上天赐其福禄。

[11] 貊：通"莫"，清静。

[12] 克：能够。明：明辨是非。下文克长克君意"教诲不倦，赏罚分明"。

[13] 顺：慈和。比：亲近。

[14] 无然：不要这样。畔援：飞扬跋扈。

[15] 歆羡：觊觎，贪婪。

[16] 诞：助词，无义。登于岸：登诸高岸之上，意为拯民于水火。

[17] 密：密须氏，姞姓国。

[18] 阮：国名。共：阮地名。

[19] 对：安定，平定。

[20] 矢：陈列排兵。一说为毁坏。

[21] 鲜原：山地与平原。另说为地名，在咸阳东。

[22] 钩援：古时攻城工具。与下文"临冲"同。

[23] 崇：国名。墉：城也。

[24] 馘：割掉敌人的耳朵以献功。

[25] 类：出师时举行的祭祀。祃：在到达地点举行的祭祀。

[26] 致：招致。附：依附，归附。

[27] 仡仡：高耸的样子。

[28] 拂：违抗。

灵 台

美游观也

这是一首纪念周文王建成灵台后乘兴游览的诗。陈奂《传疏》："皇矣言伐崇而灵台即言作丰。于伐崇观天命之归，而于作丰验民心之所归往，皆文王受命六年中事。"方玉润《诗经原始》："灵台，美游观也。"

经始灵台[1]，经之营之[2]。

庶民攻之[3]，不日成之。

经始勿亟[4]，庶民子来。

王在灵囿[5]，麀鹿攸伏[6]。
（yòu）（yōu）

麀鹿濯濯[7]，白鸟翯翯[8]。
（zhuó）（hè）

王在灵沼，於牣鱼跃[9]。
（rèn）

虡业维枞[10]，贲鼓维镛[11]。
（jù）（cōng）（fén）（yōng）

於论鼓钟[12]，於乐辟雍[13]。
（lún）

於论鼓钟，於乐辟雍。

鼍鼓逢逢[14]，矇瞍奏公[15]。
（tuó）（péng）（méngsǒu）

[1] 经：计划。灵台：周文王所造，由于造得快，有如神助，所以叫灵台。

[2] 经：勘测。营：建造。

[3] 攻：从事、进行工作。

[4] 亟：急。

[5] 灵囿：灵台下面养鸟兽的花园。

[6] 麀鹿：母鹿。攸：语气助词，没有实义。

[7] 濯濯：毛色润泽的样子。

[8] 翯翯：羽毛洁白的样子。

[9] 於：语气助词，没有实义。牣：满。

[10] 虡：挂钟的柱子。业：挂钟横梁上的大板。枞：悬钟的木架上所刻锯齿状物。

[11] 贲鼓：大鼓。镛：大钟。

[12] 论：通"伦"，秩序，依次（演奏）。

[13] 辟雍：文王离宫，贵族学习、礼射、玩乐之地。

[14] 鼍鼓：鳄鱼皮蒙的鼓。逢逢：和顺的鼓声。

[15] 矇：有眼珠的盲人。瞍：无眼珠的盲人。矇瞍：指盲人乐师。公：从事，这里指奏乐。

下 武

美武王上继文德以昭后嗣也

这是一首赞美周武王功业的诗。方玉润《诗经原始》："武王伐殷而有天下，谥曰武……人几疑其以武功显……殊知其所称善继、善述者，乃在文德而不在武功，故诗人特表而咏之，亦可谓深知武王者。"

下武维周[1]，世有哲王[2]。　　　受天之祜，四方来贺。

三后在天[3]，王配于京[4]。　　　於万斯年，不遐有佐。

王配于京，世德作求[5]。

永言配命，成王之孚[6]。

[1] 下：后，后代。武：继承。

[2] 世：世代。哲王：英明的君主。

成王之孚，下土之式[7]。

[3] 三后：太王、王季、文王。

永言孝思，孝思维则。

[4] 王：武王。配：顺应天命。京：镐京。

[5] 求：通"逑"，搭配。

[6] 孚：声誉。

[7] 式：榜样。

媚兹一人[8]，应侯顺德。

[8] 媚：拥护，爱戴。一人：武王。

永言孝思，昭哉嗣服。

[9] 许：进。

[10] 绳：承接，继承。

昭兹来许[9]，绳其祖武[10]。

於万斯年，受天之祜。

文王有声

镐以成丰志也

这是一首歌颂文王迁丰，武王迁镐的诗。方玉润《诗经原始》："此诗专以迁都定鼎为言……盖诗人命意必有所在……言文王者，偏曰伐崇'武功'，言武王者，偏曰'镐京辟雍'，武中寓文，文中有武。"

文王有声，遹骏有声^[1]。

遹求厥宁^[2]，遹观厥成。

文王烝哉^[3]！

文王受命，有此武功。

既伐于崇，作邑于丰^[4]。

文王烝哉！

筑城伊淢^[5]，作丰伊匹^[6]。

匪棘其欲^[7]，遹追来孝^[8]。

王后烝哉！

王公伊濯^[9]，维丰之垣。

四方攸同，王后维翰^[10]。

王后烝哉！

丰水东注，维禹之绩。

四方攸同，皇王维辟^[11]。

皇王烝哉！

镐京辟雍^[12]，自西自东，

自南自北，无思不服。

皇王烝哉！

考卜维王，宅是镐京。

维龟正之，武王成之。

武王烝哉！

丰水有芑，武王岂不仕[13]？

诒阙孙谋[14]，以燕翼子[15]。

武王烝哉！

[1] 遹：助词。骏：大。

[2] 厥：代词，其。

[3] 烝：美。赞其炽盛升进之意。

[4] 作邑：迁都。丰：地名，原属崇国。

[5] 淢：护城河。

[6] 匹：匹配。

[7] 棘：通"急"。

[8] 追：追悼，缅怀。孝：孝心。

[9] 公：通"功"，功德，功业。濯：伟大。

[10] 王后：文王。翰：骨干。

[11] 皇王：武王。辟：法则，榜样。

[12] 辟雍：离宫。注见《灵台》。

[13] 仕：选人材。言武王无不用之。

[14] 诒：通"贻"，遗留。

[15] 燕：安也。翼：保护。子：成王。

生　民

述后稷诞生之异，为周家农业始也

　　这是一首周朝史诗，主要记述先祖后稷的故事。《毛序》："生民，尊祖也。后稷生于姜嫄，文武之功起于后稷，故推以配天焉。"方玉润《诗经原始》谓："述后稷诞生之异，为周家农业始也。"

厥初生民，时维姜嫄。

生民如何？克禋克祀[1]，

以弗无子。履帝武敏歆[2]，

攸介攸止[3]。载震载夙[4]，

载生载育，时维后稷。

诞弥厥月，先生如达[5]。

不坼不副，无菑无害。

以赫厥灵。上帝不宁[6]，

不康禋祀，居然生子。

诞寘之隘巷，牛羊腓字之[7]。

诞寘之平林，会伐平林[8]。

诞寘之寒冰，鸟覆翼之。

鸟乃去矣，后稷呱矣。

实覃实讦[9]，厥声载路[10]。

诞实匍匐，克岐克嶷[11]，

以就口食。蓻之荏菽[12]。

荏菽旆旆[13]，禾役穟穟，

麻麦幪幪[14]，瓜瓞唪唪。

诞后稷之穑，有相之道。

茀厥丰草，种之黄茂。

实方实苞，实种实襃[15]，

实发实秀[16]，实坚实好，

实颖实栗，即有邰家室[17]。

诞降嘉种，维秬维秠^[18]，
维穈维芑。恒之秬秠^[19]，
是获是亩。恒之穈芑，
是任是负。以归肇祀。

诞我祀如何？或舂或揄^[20]。
或簸或蹂^[21]。释之叟叟^[22]。
烝之浮浮^[23]。载谋载惟，
取萧祭脂，取羝以軷^[24]。
载燔载烈，以兴嗣岁。

卬盛于豆，于豆于登，
其香始升。上帝居歆^[25]，
胡臭亶时！后稷肇祀，
庶无罪悔^[26]。以迄于今^[27]。

[1] 禋：升烟以祭，古代祭天的典礼。

[2] 履：践。武：足迹。敏：大脚趾。歆：心有所感。

[3] 攸：于是。介：客舍。一说为歇息。

[4] 震：通"娠"，有孕。夙：严肃。

[5] 弥：终。指怀胎足月。达：通"羍"，初生的小羊。

[6] 赫：显示，显耀。灵：福佑。不宁：宁也。不字无义。

[7] 腓：庇护。字：爱。

[8] 会：碰上。伐平林：伐木。

[9] 实：是。覃、讦：长。

[10] 载：充满。

[11] 岐：明事。嶷：识理。

[12] 艺：种植。荏菽：大豆。

[13] 旆旆：盛大的样子。

[14] 幪幪：茂盛的样子。

[15] 种：生出短苗。褎：禾苗渐长貌。

[16] 发：禾茎拔节。秀：禾穗结实。

[17] 邰：后稷封国，在今武功县。

[18] 降：把种子给百姓。秬、秠：黍的种类。下文"穈、芑"为粟的种类。

[19] 恒：遍及。

[20] 揄：舀取米。

[21] 蹂：用手搓米。

[22] 释：淘米。叟叟：淘米的声音。

[23] 浮浮：蒸饭的气。

[24] 脂：宗庙之祭。軷：出行之祭。

[25] 居歆：安享祭礼。

[26] 庶：幸好。

[27] 迄：流传。

355

行 苇

未详

    这是描写周朝统治者在宴会上游乐比射的诗。方玉润《诗经原始》："此诗首章总提燕兄弟，次言酬酢，三言射礼，末言尊优耆老。词意甚明而诗用莫详者，盖以为燕射，而无尊老之文；以为养老，则更非角射之典。"

tuán
敦彼行苇，牛羊勿践履。
方苞方体，维叶泥泥 [1]。

戚戚兄弟，莫远具尔 [2]。
yán
或肆之筵，或授之几。

肆筵设席，授几有缉御 [3]。
jiǎ
或献或酢，洗爵奠斝。

tǎn hǎi
醓醢以荐 [4]，或燔或炙。
jué   è
嘉肴脾臄，或歌或咢 [5]。

diāo   hóu
敦弓既坚 [6]，四鍭既钧 [7]。
舍矢既均 [8]，序宾以贤。

gòu
敦弓既句 [9]，既挟四鍭。
四鍭如树，序宾以不侮 [10]。

曾孙维主，酒醴维醹 [11]。
lǐ rú
gǒu
酌以大斗，以祈黄耇 [12]。

黄耇台背，以引以翼。
寿考维祺，以介景福。

[1] 泥泥：柔嫩有光泽。

[2] 尔：通"迩"，亲近。

[3] 肆：陈列。几：矮脚木桌。缉御：恭敬。

[4] 醓：肉酱汁。醢：肉酱。

[5] 脾：牛胃。臄：舌头。咢：徒手击鼓。

[6] 敦：通"雕"，画弓。

[7] 鍭：箭矢。钧：同"均"，符合标准。

[8] 舍：发射。均：皆中。

[9] 句：张满弓。

[10] 树：通"竖"。不侮：射以中多者为贤，以不侮为德。

[11] 醹：醇厚的酒。

[12] 耇：老年人。

356

既 醉

　　这是祭祀祖先时，工祝对主祭者周王所致的祝词。方玉润《诗经原始》："既醉，嘏词也。"林义光《诗经通解》："此诗为工祝奉尸命以致嘏于主人之辞。"《礼记·礼运》注："嘏，祝为尸致福于主人之辞也。"祝，即为工祝。

既醉以酒，既饱以德[1]。

君子万年，介尔景福。

既醉以酒，尔殽既将[2]。

君子万年，介尔昭明。

昭明有融[3]，高朗令终[4]。

令终有俶[5]，公尸嘉告。

其告维何？笾豆静嘉[6]。

朋友攸摄[7]，摄以威仪。

威仪孔时，君子有孝子。

孝子不匮，永锡尔类[8]。

其类维何？室家之壶[9]。

君子万年，永锡祚胤[10]。

其胤维何？天被尔禄。

君子万年，景命有仆[11]。

其仆维何？釐尔女士[12]。

釐尔女士，从以孙子。

[1] 饱：满足。

[2] 殽：通"肴"，肉食。将：捧食而进献。

[3] 融：长久。

[4] 高朗：光荣明德。令：美。终：持久。

[5] 令终有俶：祝词。祝其善始善终。

[6] 笾豆：盛器。静嘉：清洁。

[7] 朋友：助祭的宾客。摄：佐理，辅助。

[8] 匮：竭也。类：族类。

[9] 壶：同"梱"，郑玄解为"畜聚之物"。

[10] 祚：福。胤：后代。

[11] 仆：附着。

[12] 釐：赐福。女士：有伴侣的女子。

凫鹥
fú yī

绎祭也

　　这是周王绎祭时所唱的歌。古时天子祭祀，第一日为正祭，《既醉》所述为第一日。第二日为绎祭。《郑笺》："祭祀既毕，明日又设醴而与尸燕。"醴为甜酒。

凫鹥在泾，公尸来燕来宁 [1]。

尔酒既清，尔殽既馨。

公尸燕饮，福禄来成 [2]。

凫鹥在沙，公尸来燕来宜。

尔酒既多，尔殽既嘉。

公尸燕饮，福禄来为。

凫鹥在渚，公尸来燕来处。

尔酒既湑 xǔ，尔殽伊脯 fǔ [3]。

公尸燕饮，福禄来下 [4]。

凫鹥在潨 zhōng，公尸来燕来宗 [5]。

既燕于宗 [6]，福禄攸降。

公尸燕饮，福禄来崇。

凫鹥在亹 mén，公尸来止熏熏 [7]。

旨酒欣欣，燔炙芬芬。

公尸燕饮，无有后艰 [8]。

[1] 公尸：注见《楚茨》。

[2] 成：促成。

[3] 湑：过滤后的酒。脯：干肉。

[4] 下：降。

[5] 潨：水会流之处。宗：尊敬。

[6] 于宗：在宗庙。

[7] 亹：峡口，山间水流处。熏熏：快乐安享的样子。

[8] 后艰：今后的艰难。

假 乐
xià lè

未详

这是周天子宴会诸侯和臣属，臣属歌颂功德的诗歌。方玉润《诗经原始》："此等诗无非奉上美词，若无'不解于位'一语，则近谀矣。其所用既无考证，诗意亦未显露，故不知其为何王，亦莫定其为何用矣。"

假乐君子[1]，显显令德。

宜民宜人，受禄于天。

保右命之[2]，自天申之[3]。

千禄百福[4]，子孙千亿。

穆穆皇皇，宜君宜王。

不愆不忘[5]，率由旧章[6]。
（qiān）

威仪抑抑，德音秩秩。

无怨无恶，率由群匹[7]。

受禄无疆，四方之纲。

之纲之纪，燕及朋友。

百辟卿士[8]，媚于天子[9]。
（bì）

不解于位，民之攸墍[10]。
（xiè）（jì）

[1] 假乐：欢喜愉悦。另说嘉、美。

[2] 右：佑助。

[3] 申：不断地。

[4] 另有版本做"干"字，祈求意。

[5] 不愆：没有过失。

[6] 率：依照，遵循。由：跟随。旧章：原有的制度。

[7] 群匹：群臣。

[8] 辟：诸侯。卿士：大臣。

[9] 媚：喜爱。

[10] 解：惰。墍：休息。

公 刘

这是一首叙述周人先祖公刘带领大家从邰地迁到豳地的史诗。《史记·周本纪》："公刘虽在戎狄之间，复修后稷之业……民赖其庆，百姓怀之，多徙而保归焉。周道之兴自此始，故诗人歌乐思其德。"

笃公刘[1]，匪居匪康[2]。

乃埸乃疆，乃积乃仓；

乃裹糇粮，于橐于囊[3]，

思辑用光[4]。弓矢斯张，

干戈戚扬[5]，爰方启行[6]。

笃公刘，于胥斯原[7]。

既庶既繁，既顺既宣[8]，

而无永叹。陟则在巘[9]，

复降在原。何以舟之？

维玉及瑶，鞞琫容刀[10]。

笃公刘，逝彼百泉，

瞻彼溥原，乃陟南冈，

乃觏于京。京师之野，

于时处处，于时庐旅[11]，

于时言言，于时语语。

笃公刘，于京斯依。

跄跄济济[12]，俾筵俾几[13]，

既登乃依。乃造其曹[14]，

执豕于牢，酌之用匏[páo]。

食之饮之，君之宗之。

笃公刘，既溥既长[15]。

既景乃冈[16]，相其阴阳[17]，

观其流泉，其军三单[18]；

度其隰[xí]原，彻田为粮[19]，

度其夕阳[20]，豳居允荒。

笃公刘，于豳斯馆。

涉渭为乱[21]，取厉取锻[22]。

止基乃理，爰众爰有[23]。

夹其皇涧，溯其过涧。

止旅乃密[24]，芮鞫之即[25]。
<small>ruì jū</small>

[1] 笃：敦厚正直。公刘：周人先祖。后稷之曾孙。

[2] 居：安居。康：康宁。

[3] 糇粮：干粮。橐：袋子。

[4] 思：发语词。辑：安定繁荣。用：以。光：荣光。

[5] 干：盾。戈：戟。戚扬：斧钺。

[6] 爰：于是。方：开始。启行：动身出发。

[7] 胥：相，观看。

[8] 顺：安定。一说巡行。宣：宣布王命。

[9] 巘：山形如甑。

[10] 鞞：刀鞘。琫：刀把处的装饰物。容刀：佩刀。

[11] 处处：安置居民。庐旅：盖屋给居民。皆言在京师之野外安置。

[12] 跄跄：步趋有节的样子。济济：多而整齐的样子。形容公刘与族人欢宴。

[13] 俾：使。筵：（摆）竹席。几：（摆）凭几，给老人准备的，可靠。

[14] 造：告祭。曹：成群。

[15] 溥：宽大。

[16] 景：日影。冈：山冈。

[17] 相：看。

[18] 单：周初军农合一的单位。

[19] 彻：治，开发。

[20] 度：测量。夕阳：山的西边。

[21] 乱：横渡。

[22] 厉："砺"的本字，磨刀石。

[23] 止：居。理：疆界。众：指人口增加。有：指物产丰富。

[24] 旅：众。密：安。

[25] 芮鞫：水之交汇与弯曲之地。即：靠近，去到。

泂 酌

jiǒng

召康公戒成王也

　　这是一首歌颂统治者深得民心的诗。《毛序》谓"召康公戒成王"，未知其何所据。方玉润《诗经原始》："此等诗总是欲在上之人当以父母斯民为心，盖必在上者有慈祥岂弟之念，而后在下者有亲附来归之诚。"

泂酌彼行潦[1]，挹彼注兹[2]，
可以餴饎[3]。

岂弟君子，民之父母。

泂酌彼行潦，挹彼注兹，
可以濯罍[4]。

岂弟君子，民之攸归。

泂酌彼行潦，挹彼注兹，
可以濯溉[5]。
岂弟君子，民之攸塈[6]。

[1] 泂：远。行潦：路有积水。

[2] 挹：舀。注：倒。

[3] 餴：蒸饭。饎：酒食。

[4] 濯：洗涤。罍：古代器名。盛酒和水。

[5] 溉：古漆器酒樽。另说为"洗涤"。

[6] 塈：休息。

卷 阿

quán ē

召康公从游，歌以献王也

　　这是周天子率群臣出游卷阿之地，诗人借此歌颂周天子礼贤下士、开创盛世之诗。方玉润《诗经原始》："是前半写君德，后半喻臣贤，末乃带咏游时车马，并点明作诗意旨，与首章相应作收，章法极为明备。"

有卷者阿 [1]，飘风自南。
岂弟君子，来游来歌，
以矢其音 [2]。

伴奂尔游矣 [3]，优游尔休矣。
岂弟君子，俾尔弥尔性 [4]，
似先公酋矣。

尔土宇昄章 [5]，亦孔之厚矣。
岂弟君子，俾尔弥尔性，
百神尔主矣。

尔受命长矣，茀禄尔康矣 [6]。
岂弟君子，俾尔弥尔性，
纯嘏尔常矣 [7]。

有冯有翼 [8]，有孝有德，
以引以翼。
岂弟君子，四方为则。

颙颙卬卬，如圭如璋，
令闻令望 [9]。
岂弟君子，四方为纲。

凤凰于飞，翙翙其羽，
亦集爰止。蔼蔼王多吉士，
维君子使 [10]，媚于天子。

凤凰于飞，翙翙其羽，
亦傅于天 [11]。蔼蔼王多吉人，
维君子命，媚于庶人。

凤凰鸣矣，于彼高冈。

梧桐生矣，于彼朝阳。

_{běng}
菶菶萋萋^[12]，雍雍喈喈。

君子之车，既庶且多。

君子之马，既闲且驰。

矢诗不多^[13]，维以遂歌^[14]。

[1] 卷：曲，起伏。阿：大丘陵。

[2] 矢：展示。音：声音，歌喉。

[3] 伴奂：悠然自得。优游：起居自适，随意。

[4] 俾：使。弥：增加，延长。性：命。

[5] 土宇：国土。昄章：版图。

[6] 茀：通"福"。康：安。

[7] 纯：大。嘏：福气。

[8] 冯：依靠。翼：辅佐。

[9] 颙颙卬卬：体貌之尊严。如圭如璋：德性之温纯。令闻：声誉之美。令望：仪态之优。

[10] 使：差遣。

[11] 傅：到，迫近。

[12] 菶菶萋萋：草木茂盛的样子。

[13] 矢：陈述。

[14] 遂：谱写。

民 劳

这是一首告诫周天子安民防奸的诗。一说为周厉王。严粲解此诗"穆公戒同列之用事者，言国以民为本，民劳则国危。今周民亦疲劳矣，庶几可以小安之乎……但权位尊重者，往往乐软熟而惮正直，故诡随之人得肆其志，是居上位者纵之为患也"。

民亦劳止，汔可小康[1]。

惠此中国[2]，以绥四方。

无纵诡随[3]，以谨无良[4]。

式遏寇虐[5]，憯不畏明[6]。

柔远能迩[7]，以定我王。

民亦劳止，汔可小休。

惠此中国，以为民逑[8]。

无纵诡随，以谨惽恢[9]。

式遏寇虐，无俾民忧。

无弃尔劳，以为王休。

民亦劳止，汔可小息。

惠此京师，以绥四国。

无纵诡随，以谨罔极[10]。

式遏寇虐，无俾作慝[11]。

敬慎威仪，以近有德。

民亦劳止，汔可小愒[12]。

惠此中国，俾民忧泄。

无纵诡随，以谨丑厉[13]。

式遏寇虐，无俾正败。

戎虽小子[14]，而式弘大[15]。

民亦劳止，汔可小安。

惠此中国，国无有残[16]。

无纵诡随，以谨缱绻[17]。

式遏寇虐，无俾正反。

王欲玉女[18]，是用大谏[19]。

[1]泛：庶几，差不多。

[2]中国：周主直接统治。

[3]纵：听信。诡随：诡计多端的人。

[4]谨：小心，谨防。

[5]式：发语词。遏：制止。寇：劫掠。

[6]憯：乃，曾。明：礼法。

[7]柔：安。能：亲善。迩：近。

[8]逑：聚居。

[9]愠恅：争执。

[10]罔：无，没有。极：法纪。

[11]愿：恶。

[12]愒：通"憩"，休息。

[13]丑厉：为非作歹。

[14]戎：你。

[15]而：但，表转折。式：作用。

[16]残：破坏。

[17]缱绻：指结党营私。一说反覆无常。

[18]玉女：爱你。

[19]大谏：力谏。

366

板

凡伯规同僚以警王也

　　这是借批评同僚为名告诫周王的诗。一说为周厉王。方玉润《诗经原始》："凡伯规同僚以警王也。"《后汉书·李固传》载凡伯为周公后裔，厉王流亡彘地时被立为王，宣王继位，凡伯主动退出，回到了自己的封地凡邑。

上帝板板，下民卒瘅^{dàn}[1]。

出话不然[2]，为犹不远。

靡圣管管[3]。不实于亶[4]。

犹之未远，是用大谏[5]。

天之方难，无然宪宪[6]。

天之方蹶^{guì}，无然泄泄^{yì}。

辞之辑矣[7]，民之洽矣。

辞之怿矣[8]，民之莫矣[9]。

我虽异事[10]，及尔同僚。

我即尔谋，听我嚣嚣^{áo}。

我言维服[11]，勿以为笑。

先民有言：询于刍荛^{chúráo}[12]。

天之方虐，无然谑谑[13]。

老夫灌灌^{huàn}[14]，小子蹻蹻^{jiǎo}[15]。

匪我言耄^{mào}，尔用忧谑[16]。

多将熇熇^{hè}[17]，不可救药。

天之方懠^{qí}[18]，无为夸毗^{pí}[19]。

威仪卒迷[20]，善人载尸。

民之方殿屎^{xī}，则莫我敢葵[21]。

丧乱蔑资[22]，曾莫惠我师[23]？

天之牖民^{yǒu}[24]，如埙如篪^{xūn}^{chí}，

如璋如圭，如取如携。

携无日益，牖民孔易。

民之多辟^{pì}，无自立辟^{bì}[25]！

价人维藩^{jiè}[26]，大师维垣，

大邦维屏，大宗维翰。

怀德维宁，宗子维城。

无俾城坏，无独斯畏！

敬天之怒，无敢戏豫。

敬天之渝，无敢驰驱[27]。

昊天曰明，及尔出王[28]。

昊天曰旦，及尔游衍[29]。

[1] 板板：违反正道。瘅：劳累致病。

[2] 不然：不对，不一致。

[3] 管管：见识短浅。

[4] 不实于亶：言行不一。

[5] 犹：谋划。大谏：深切地劝谏。

[6] 无然：不要这样。宪宪：高兴忘怀。

[7] 辥：政令。辑：和睦，安定。

[8] 怿：高兴。

[9] 莫：平安。

[10] 异事：职务不同。

[11] 服：实情。

[12] 刍荛：割草打柴的人。

[13] 谑谑：喜乐的样子。

[14] 灌灌：恳切。

[15] 蹻蹻：狂妄。

[16] 用：认为，以为。忧：忧患。谑：玩笑。

[17] 熇熇：火势炽盛的样子。

[18] 懥：发怒。

[19] 夸毗：奉承，谄媚。

[20] 卒：尽。迷：迷乱。

[21] 方：正在。殿屎：呻吟。葵：通"揆"，度量。

[22] 蔑：无。资：财产。

[23] 曾：居然。惠：安抚。师：众民。

[24] 牖：通"诱"，诱导。

[25] 多辟：邪辟，不老实。立辟：立法。

[26] 价：诚，善。藩：国家的屏障。

[27] 渝：变化。驰驱：放纵。

[28] 王：往。

[29] 游衍：外出游乐。

荡

这是一首哀叹厉王无道，周室将危的诗。方玉润《诗经原始》："此诗自二章以下，皆托言文王叹商以刺厉王。盖臣子奉君，不敢直斥其恶，而目击时事日非，纪纲大坏，又难自忍，故假托往事以警时王。"

荡荡上帝，下民之辟^{bì} [1]。
疾威上帝 [2]，其命多辟^{pì}。
天生烝民，其命匪谌^{chén} [3]。
靡不有初，鲜克有终。

文王曰咨，咨女殷商 [4]！
曾是强御，曾是掊克^{póu} [5]，
曾是在位，曾是在服。
天降滔德^{tāo}，女兴是力 [6]。

文王曰咨，咨女殷商！
而秉义类 [7]，强御多怼^{duì} [8]。
流言以对，寇攘式内 [9]。
侯作侯祝^{zǔ zhòu}，靡届靡究 [10]。

文王曰咨，咨女殷商！
女炰烋于中国^{páoxiāo} [11]，敛怨以为德。
不明尔德，时无背无侧。
尔德不明，以无陪无卿 [12]。

文王曰咨，咨女殷商！
天不湎尔以酒 [13]，不义从式。
既愆尔止 [14]，靡明靡晦。
式号式呼，俾昼作夜。

文王曰咨，咨女殷商！
如蜩如螗^{tiáo táng}，如沸如羹^{gēng}。
小大近丧，人尚乎由行 [15]。
内奰于中国^{bì} [16]，覃及鬼方 [17]。

文王曰咨，咨女殷商！

匪上帝不时[18]，殷不用旧。

虽无老成人，尚有典刑。

曾是莫听，大命以倾[19]。

文王曰咨，咨女殷商！

人亦有言：颠沛之揭[20]，

枝叶未有害，本实先拨[21]。

殷鉴不远[22]，在夏后之世。

[1] 荡荡：放纵。一说为坦荡。辟：国君。

[2] 疾威：暴虐。

[3] 谌：相信。下文"靡不有初，鲜克有终"言有始无终，正合此句意。

[4] 咨：叹词，嗟也。女：汝，指纣王。

[5] 强御：暴虐。掊克：聚敛、贪狠。

[6] 滔：傲慢。朱熹本作"慆"。兴：助长。

[7] 而：你。秉：执掌。义类：德政。

[8] 怼：怨恨。

[9] 攘：窃取。式：任用。内：亲近的人，言内忧外患。

[10] 作：通"诅"。祝：通"咒"。届：尽。究：穷。

[11] 炰烋：怒吼，咆哮。中国：指都城朝歌。

[12] 以上四句指纣王不明善恶，不分忠奸。

[13] 湎：沉迷于酒。

[14] 愆：使有差错。止：言行举止。

[15] 丧：失去。尚：还，仍。由行：依照旧制执行。

[16] 奰：激怒。

[17] 覃：及，延。鬼方：远方。

[18] 不时：不好。

[19] 大命：天数。

[20] 颠沛：倒。揭：连根而起。

[21] 拨：毁坏。根已毁坏，树叶再好也无用。

[22] 鉴：镜子。

抑

卫武公自儆也

这是一首周国老臣劝诫周天子同时自儆的诗。《毛序》谓"卫武公刺厉王，亦以自警"。按《史记》考之，武公即位在厉王之后，宣王之时，距厉王殁已七八十年。故此有人认为是追刺，也有人认为是"刺平王"，方玉润则认为"卫武公自儆也"。

抑抑威仪，维德之隅。

人亦有言：靡哲不愚。

庶人之愚，亦职维疾[1]。

哲人之愚，亦维斯戾[2]。

无竞维人，四方其训之。

有觉德行，四国顺之。

訏谟定命[3]，远犹辰告[4]。

敬慎威仪，维民之则。

其在于今，兴迷乱于政。

颠覆厥德，荒湛于酒。

女虽湛乐从[5]，弗念厥绍[6]。

罔敷求先王，克共明刑[7]。

肆皇天弗尚[8]，如彼泉流，

无沦胥以亡。夙兴夜寐，

洒扫廷内[9]，维民之章。

修尔车马，弓矢戎兵。

用戒戎作，用逷蛮方[10]。

质尔人民，谨尔侯度[11]，

用戒不虞。慎尔出话，

敬尔威仪，无不柔嘉。

白圭之玷，尚可磨也；

斯言之玷，不可为也。

无易由言，无曰苟矣。

莫扪朕舌，言不可逝矣[12]。

无言不雠^[13]，无德不报。

惠于朋友，庶民小子。

子孙绳绳^[14]，万民靡不承。

视尔友君子，辑柔尔颜，

不遐有愆。相在尔室，

尚不愧于屋漏。无曰不显，

莫予云觏。神之格思，

不可度思，矧可射思^[15]。

辟尔为德^[16]，俾臧俾嘉。

淑慎尔止，不愆于仪。

不僭不贼^[17]，鲜不为则。

投我以桃，报之以李。

彼童而角^[18]，实虹小子^[19]。

荏染柔木，言缗之丝。

温温恭人，维德之基。

其维哲人，告之话言，

顺德之行。其维愚人，

覆谓我僭^[20]，民各有心。

於乎小子！未知臧否。

匪手携之，言示之事。

匪面命之，言提其耳。

借曰未知^[21]，亦既抱子。

民之靡盈，谁夙知而莫成？

昊天孔昭，我生靡乐。

视尔梦梦，我心惨惨^[22]。

诲尔谆谆^[23]，听我藐藐^[24]。

匪用为教，覆用为虐^[25]。

借曰未知，亦聿既耄^[26]。

於乎小子！告尔旧止。

听用我谋，庶无大悔。

天方艰难，曰丧厥国。

取譬不远，昊天不忒^[27]。

回遹其德，俾民大棘^[28]。

[1]庶：众人。职：本身。疾：缺点，毛病。

[2]戾：反常。

[3]訏：大。谟：谋略。定：确定。命：命令，政令。

[4]犹：道。辰：按时。告：戒也。

[5]虽：惟。

[6]厥绍：继承先公之业。

[7]罔：无。敷：铺，广。求：探求。克共：不敢怠慢。刑：法也。

[8]肆：于是。弗尚：不佑助。

[9]廷内：室内。

[10]戒：戒备。戎作：戎事。遏：远。另说为剪除。

[11]厎：安定。侯度：诸侯所守之法度。

[12]扪：执持。朕：我。逝：追，引为后悔。

[13]俾：应答。

[14]绳绳：戒慎的样子。

[15]觏：况。斁：厌也。

[16]辟：明，彰明。

[17]僭：越礼，差错。贼：害人。

[18]童：牛羊无角曰童。

[19]虹：同"讧"，惑乱。

[20]覆：反。僭：不信。

[21]借：假如。

[22]惨惨：悲伤。

[23]谆谆：教诲不倦的样子。

[24]藐藐：疏远的样子。

[25]不以我言为教诲，反谓我言为相虐。

[26]耄：老。

[27]譬：比方。言所喻之事乃平常之事。忒：差。

[28]遹：邪僻。棘：危急。

桑 柔

芮伯哀厉王也

　　这是芮良夫哀伤周厉王昏庸无能终至灭亡的诗。此诗《左传》《国语》《史记》均有记载，作者为芮良夫无疑。芮良夫，畿内诸侯，王卿士也。方玉润《诗经原始》："诗中所言，无非追究同朝不能匡救君恶，以至危亡，并恨己无大力拯民水火，可以挽回天意。"

菀彼桑柔，其下侯旬，
捋采其刘，瘼此下民 [1]。
不殄心忧，仓兄填兮 [2]。
倬彼昊天 [3]，宁不我矜？

忧心慇慇，念我土宇。
我生不辰，逢天僤怒。
自西徂东，靡所定处。
多我觏痻，孔棘我圉 [10]。

四牡骙骙，旟旐有翩。
乱生不夷，靡国不泯。
民靡有黎，具祸以烬 [4]。
於乎有哀！国步斯频！

为谋为毖，乱况斯削 [11]。
告尔忧恤，诲尔序爵。
谁能执热，逝不以濯？
其何能淑，载胥及溺！

国步蔑资 [5]，天不我将 [6]。
靡所止疑 [7]，云徂何往？
君子实维 [8]，秉心无竞。
谁生厉阶，至今为梗 [9]？

如彼溯风，亦孔之僾 [12]。
民有肃心，荓云不逮 [13]。
好是稼穑，力民代食。
稼穑维宝，代食维好。

374

天降丧乱，灭我立王。

降此蟊^{máo}贼，稼穑卒痒。

哀恫^{tōng}中国，具赘^{zhuì}卒荒[14]。

靡有旅力，以念穹苍。

维此惠君，民人所瞻。

秉心宣犹，考慎其相。

维彼不顺，自独俾臧。

自有肺肠，俾民卒狂。

瞻彼中林，甡甡^{shēn}其鹿[15]。

朋友已谮^{jiàn}[16]，不胥以穀[17]。

人亦有言："进退维谷。"

维此圣人，瞻言百里。

维彼愚人，覆狂以喜。

匪言不能，胡斯畏忌？

维此良人，弗求弗迪[18]。

维彼忍心，是顾是复。

民之贪乱，宁为荼毒。

大风有隧，有空大谷。

维此良人，作为式穀。

维彼不顺，征以中垢。

大风有隧，贪人败类。

听言则对，诵言如醉[19]。

匪用其良，覆俾我悖[20]。

375

嗟尔朋友，予岂不知而作[21]？

如彼飞虫[22]，时亦弋获。

既之阴女[23]，反予来赫。

民之罔极，职凉善背[24]。

为民不利，如云不克。

民之回遹，职竞用力。

民之未戾，职盗为寇。

凉曰不可，覆背善詈[25]。

虽曰匪予，既作尔歌！

[1] 刘：稀疏，残缺。瘼：病。

[2] 殄：断绝。仓兄：同"怆怳"，悲悯。

[3] 倬：明大貌。

[4] 黎：众多。具：通"俱"。烬：灰烬。

[5] 步：运也。蔑资：无济，没有依靠。

[6] 将：奉养。

[7] 疑：定。

[8] 维：想，思考。

[9] 厉：怨。梗：灾害。

[10] 瘥：灾难。棘：急。圉：边疆。

[11] 慇：慎重。况：更加。

[12] 僾：喘气困难，窒息。

[13] 肃：恭敬。羿：使。

[14] 赘：连缀。卒：尽。

[15] 蛀蛀：同"莘莘"，众多。

[16] 谮：通"僭"，不亲不信。

[17] 彀：善，友好。

[18] 求：贪求。迪：进，向上爬。

[19] 好听的话则喜而对之，谏言则昏昏如醉。

[20] 悖：谬误，悖逆。反使我为悖逆之臣。

[21] 而：你。

[22] 飞虫：飞鸟。

[23] 阴：同"荫"，庇护。

[24] 职：专。凉：通"谅"，信也。

[25] 背善：与上文"善背"同，反复无常。詈：骂。

376

云 汉

宣王为民禳旱也

这是周宣王祈雨赐福的诗。《毛序》谓"仍叔美宣王",方玉润驳之"篇中所言亦非美王意,乃王自祷词耳。诗开口即为民号冤,仰天上诉……只此一念之诚,哀矜恻怛不能自已,已足为消灾弭祸之本。"

倬彼云汉[1],昭回于天[2]。

王曰:於乎!何辜今之人[3]?

天降丧乱,饥馑荐臻[4]。

靡神不举[5],靡爱斯牲。

圭璧既卒[6],宁莫我听!

旱既大甚,蕴隆虫虫[7]。

不殄禋祀,自郊徂宫。

上下奠瘗[8],靡神不宗。

后稷不克,上帝不临。

耗斁下土[9],宁丁我躬[10]!

旱既大甚,则不可推[11]。

兢兢业业,如霆如雷。

周馀黎民,靡有孑遗。

昊天上帝!则不我遗[12]。

胡不相畏?先祖于摧[13]。

旱既大甚,则不可沮。

赫赫炎炎,云我无所。

大命近止,靡瞻靡顾。

群公先正[14],则不我助。

父母先祖,胡宁忍予?

旱既大甚,涤涤山川。

旱魃为虐,如惔如焚[15]。

我心惮暑,忧心如熏。

群公先正,则不我闻。

昊天上帝!宁俾我遁?

旱既大甚,黾勉畏去。

377

胡宁瘨我以旱^[16]，憯不知其故^[17]。

祈年孔夙，方社不莫。

昊天上帝！则不我虞^[18]。

敬恭明神，宜无悔怒。

旱既大甚，散无友纪^[19]。

鞫哉庶正！疚哉冢宰^[20]。

趣马师氏，膳夫左右^[21]。

靡人不周^[22]，无不能止。

瞻卬昊天，云如何里^[23]？

瞻卬昊天，有嘒其星。

大夫君子，昭假无赢。

大命近止，无弃尔成。

何求为我？以戾庶正。

瞻卬昊天，曷惠其宁？

[1] 倬：大。云汉：银河，天河。

[2] 昭：光。回：转。言光随天而转。

[3] 辜：罪。

[4] 荐臻：接连而来。

[5] 举：祭祀。

[6] 卒：用尽。

[7] 蕴隆：闷热。虫虫：热气蒸人。

[8] 奠：置于地上。瘗：埋于地下。皆祭神之物。

[9] 斁：败坏。

[10] 丁：当，逢。

[11] 推：去，除。

[12] 遗：慰问，恩赐。

[13] 摧：断绝。言先祖之祀将自此而灭。

[14] 群：众，诸位。先正：古之公以下者，卿士大夫类。

[15] 魃：旱神也。惔：焚烧。

[16] 瘨：病，加害。

[17] 憯：竟。

[18] 虞：安抚，帮助。不虞我。

[19] 散：涣散。友：通"有"。纪：纲纪。

[20] 鞫：困窘。庶：众。正：公卿、大臣。冢宰：六卿之首。

[21] 趣马：掌马之官。

[22] 周：周济。以上之人无一不受救济。

[23] 卬：仰望。里：忧也。

崧 高

送申伯就封于谢，用式南邦也

　　这是周宣王大臣尹吉甫送别申伯之诗。朱熹《诗集传》："宣王之舅申伯出封于谢，而尹吉甫作诗以送之。"方玉润《诗经原始》："呜乎！令德圣主，忠荩贤臣，其推诚相与，夫固有非形迹所能喻者。此尹吉甫之所为长言而歌咏之也欤？"

崧高维岳，骏极于天[1]。

维岳降神，生甫及申。

维申及甫，维周之翰。

四国于蕃(fān)，四方于宣。

亹亹(wěi)申伯[2]，王缵(zuǎn)之事[3]。

于邑于谢，南国是式[4]。

王命召伯，定申伯之宅。

登是南邦，世执其功。

王命申伯，式是南邦。

因是谢人，以作尔庸。

王命召伯，彻申伯土田[5]。

王命傅御[6]，迁其私人。

申伯之功，召伯是营。

有俶其城，寝庙既成。

既成藐藐，王锡申伯。

四牡蹻蹻，钩膺濯濯(zhuó)。

王遣申伯，路车乘马。

我图尔居，莫如南土。

锡尔介圭，以作尔宝。

往近王舅(jì)[7]，南土是保。

申伯信迈，王饯于郿。

申伯还南，谢于诚归。

王命召伯，彻申伯土疆。

以峙(zhāng)其粮[8]，式遄(chuán)其行[9]。

申伯番番（bō），既入于谢。

徒御啴啴（tān）[10]，周邦咸喜，

戎有良翰[11]。不显申伯，

王之元舅，文武是宪[12]。

申伯之德，柔惠且直。

揉此万邦[13]，闻于四国。

吉甫作诵，其诗孔硕[14]，

其风肆好[15]，以赠申伯。

[1] 崧：山大而高。岳：山之尊者。骏：高大。

[2] 亹亹：勤勉。

[3] 缵：继承。

[4] 邑：国都之处。谢：周王朝南部的地名。
南国：周王朝南边的国家。式：法，引申为
榜样。

[5] 彻：测量。划定税收。

[6] 傅御：申伯家臣。

[7] 迩：语气助词。

[8] 峙：积蓄。粮：食粮。

[9] 遄：速。

[10] 啴啴：和乐的样子。

[11] 戎：你们。良翰：栋梁之才。

[12] 宪：模范，表率。

[13] 揉：治理，顺服。

[14] 孔：很。硕：大。指诗意深切。

[15] 风：曲调，《雅》《颂》可称"风"。肆好：
极好。

烝 民

　　这是尹吉甫送别仲山甫的诗。朱熹《诗集传》："宣王命樊侯仲山甫筑城于齐，而尹吉甫作诗以送之。"方玉润则谓："是二诗者，尹吉甫有意匹配之作也。有意匹配二臣，为宣王中兴生色。"另外方玉润也认为该诗有"怀柔东诸侯"之意。

天生烝民 [1]，有物有则 [2]。

民之秉彝 [3]，好是懿德。

天监有周，昭假于下。

保兹天子，生仲山甫。

肃肃王命 [7]，仲山甫将之 [8]。

邦国若否，仲山甫明之。

既明且哲，以保其身 [9]。

夙夜匪解 [10]，以事一人。

仲山甫之德，柔嘉维则 [4]。

令仪令色，小心翼翼。

古训是式，威仪是力。

天子是若，明命使赋。

人亦有言：柔则茹之 [11]，

刚则吐之 [12]。维仲山甫，

柔亦不茹，刚亦不吐。

不侮矜寡 [13]，不畏强御。

王命仲山甫，式是百辟 [5]，

缵戎祖考，王躬是保。

出纳王命，王之喉舌。

赋政于外，四方爰发 [6]。

人亦有言：德輶如毛 [14]，

民鲜克举之。我仪图之，

维仲山甫举之，爱莫助之。

衮职有阙 [15]，维仲山甫补之。

仲山甫出祖[16]，四牡业业，

征夫捷捷，每怀靡及！

四牡<ruby>彭<rt>bāng</rt></ruby>彭，八鸾锵锵。

王命仲山甫，城彼东方。

四牡<ruby>骙<rt>kuí</rt></ruby>骙，八鸾喈喈。

仲山甫徂齐，式遄其归[17]。

吉甫作诵，穆如清风。

仲山甫永怀，以慰其心。

[1] 烝：众。

[2] 物：客观事物。则：法则。

[3] 彝：常理，常道。

[4] 柔：温和。嘉：美好。则：有原则。

[5] 式：榜样。百辟：诸侯、公卿。

[6] 发：执行。

[7] 肃肃：庄严的样子。

[8] 将：奉行。

[9] 明：明于理。哲：察于事。保：保护，保全。

[10] 解：懈怠，松懈。

[11] 茹：吃。

[12] 刚：硬物。

[13] 侮：侮辱，欺负。矜寡：无所依靠的人。

[14] 辀：轻。

[15] 衮职：天子或三公之职。阙：缺失。

[16] 祖：路祭。

[17] 遄：速。

韩 奕

送韩侯入觐归娶，为国北卫也

　　这是一首写韩侯朝觐天子，归国北上的诗。方玉润《诗经原始》："韩侯初立，入觐受赐，因以便道亲迎归国，诗人美之之作。"邹忠胤谓"韩为望国，诸侯之向背系焉。而又密迩北国，为一方屏藩"，点明了天子召韩侯入觐的重要性。

奕奕梁山 [1]，维禹甸之 [2]，

有倬其道。韩侯受命，

王亲命之：缵戎祖考 [3]，
（zuǎn）

无废朕命。夙夜匪解，
（xiè）

虔共尔位，朕命不易。

幹不庭方，以佐戎辟 [4]。
（gàn）（bì）

四牡奕奕，孔修且张 [5]。

韩侯入觐，以其介圭，

入觐于王。王锡韩侯，

淑旂绥章，簟茀错衡。
（qí）

玄衮赤舄，钩膺镂钖，
（xì）（yáng）

鞹鞃浅幭，鞗革金厄。
（kuòhóng）（miè）（tiáo）

韩侯出祖，出宿于屠 [6]。

显父饯之，清酒百壶。

其殽维何？炰鳖鲜鱼。
（páo）

其蔌维何？维笋及蒲。
（sù）

其赠维何？乘马路车。

笾豆有且，侯氏燕胥 [7]。
（jū）

韩侯取妻，汾王之甥，

蹶父之子。韩侯迎止，

于蹶之里。百两彭彭，
（bāng）

八鸾锵锵，不显其光！

诸娣从之，祁祁如云。

韩侯顾之，烂其盈门 [8]。

蹶父孔武，靡国不到。

为韩姞相攸 [9]，莫如韩乐。

孔乐韩土，川泽诈诈 [10]，

鲂鱮甫甫 [11]，麀鹿噳噳 [12]，

有熊有罴，有猫有虎。

庆既令居，韩姞燕誉。

溥彼韩城，燕师所完 [13]。

以先祖受命，因时百蛮 [14]。

王锡韩侯，其追其貊 [15]，

奄受北国，因以其伯。

实墉实壑 [16]，实亩实藉 [17]。

献其貔皮，赤豹黄罴。

[1] 奕奕：高大的样子。梁山：今陕西合阳县西北。

[2] 甸：治。

[3] 缵：继承。戎：你。

[4] 幹：治理。庭：来庭朝贡。方：国家。辟：君主。

[5] 修：旧作"脩"，长。张：大。此章所言皆车马之饰，注见《载驱》《出车》《蓼萧》。

[6] 祖：祭路神。屠：通"杜"，即汉杜陵一带。

[7] 且：多。侯氏：诸侯。燕：宴。胥：皆。

[8] 烂：灿烂，有光彩。盈门：满门。

[9] 韩姞：朱熹《诗集传》："蹶父之子，即韩侯妻。"相：看。攸：所，居处。

[10] 诈诈：广大。

[11] 甫甫：大的样子。

[12] 噳噳：众多的样子。

[13] 用燕国的民众为役，营建韩城。

[14] 因：依靠。时：这些。蛮：少数民族。

[15] 追、貊：两个少数民族部落。先在北方，后迁东方。

[16] 墉：城。壑：池，护城河。

[17] 亩：整饬田地。藉：征收赋税。

江 汉

召穆公平淮铭器也

这是一首追述周宣王命召虎带兵讨伐淮夷的事。一说该诗本身就是古器物簋的铭文。方玉润《诗经原始》："盖穆公平淮夷，归受上赏，因作成于祖庙，归美康公，以祀其先也。"

江汉浮浮，武夫滔滔。

匪安匪游 [1]，淮夷来求 [2]。

既出我车，既设我旟。

匪安匪舒，淮夷来铺 [3]。

江汉 汤汤 shāng [4]，武夫 洸洸 guāng [5]。

经营四方，告成于王。

四方既平，王国庶定。

时靡有争 [6]，王心载宁。

江汉之浒，王命召虎。

式辟四方 pì [7]，彻我疆土 [8]。

匪疚匪棘 [9]，王国来极 [10]。

于疆于理 [11]，至于南海。

王命召虎，来旬来宣 [12]。

文武受命，召公维翰。

无曰予小子，召公是似。

肇敏戎公 [13]，用锡尔祉。

釐尔圭瓒，秬鬯一卣 jù chàng yǒu [14]。

告于文人 [15]，锡山土田。

于周受命，自召祖命。

虎拜稽首 [16]，天子万年！

虎拜稽首，对扬王休 [17]。

作召公考，天子万寿！

明明天子，令闻不已，

矢其文德，洽此四国。

[1] 匪：不（敢）。安：安逸。游：游玩，享乐。

[2] 求：征讨。

[3] 铺：出兵。

[4] 汤汤：浩浩荡荡。

[5] 洸洸：威武的样子。

[6] 时：是。争：战争。

[7] 式：应。辟：开拓，扩展。

[8] 彻：治，开发。

[9] 疚：病。棘：急。

[10] 极：准则。

[11] 于：助词。疆：规划疆土。理：治理田地。

[12] 来：语气助词。旬：巡视。宣：宣抚。

[13] 肇：图谋。戎：大。公：功。

[14] 釐：赐予。秬：黑黍。鬯：郁金香草。卣：
酒杯。言赐一杯秬鬯酿的酒。

[15] 文人：文王。祭祖告于文王。下文"召祖"
即为穆公之祖康公。

[16] 虎：召虎，即穆公。稽首：古时跪拜礼。

[17] 对扬：颂扬。王休：王的美德。

386

常　武

宣王自将伐徐也

　　这是一首赞美宣王讨伐徐国，平定叛乱的诗。方玉润《诗经原始》："常者，恒也，谓事之有恒者而后可常焉。盖对变言，而又近乎黩者也。武者，事之变，讵可以为常武也？不可黩，又岂可视为恒？唯当其时，不能不用武以定乱，则虽变也，而亦正焉。"

赫赫明明，王命卿士 [1]。

南仲大祖，大师皇父。

整我六师，以修我戎 [2]。

既敬既戒 [3]，惠此南国。

王谓尹氏，命程伯休父：

左右陈行，戒我师旅。

率彼淮浦 [4]，省此徐土 [5]。

不留不处，三事就绪 [6]。

赫赫业业，有严天子。

王舒保作 [7]，匪绍匪游 [8]。

徐方绎骚 [9]，震惊徐方。

如雷如霆，徐方震惊。

王奋厥武 [10]，如震如怒。

进厥虎臣，阚如虓虎 [11]。

铺敦淮濆 [12]，仍执丑虏 [13]。

截彼淮浦 [14]，王师之所。

王旅啴啴，如飞如翰。

如江如汉，如山之苞。

如川之流，绵绵翼翼。

不测不克 [15]，濯征徐国。

王犹允塞 [16]，徐方既来。

徐方既同 [17]，天子之功。

四方既平，徐方来庭。

徐方不回 [18]，王曰还归。

[1] 明明：明察，明智。卿士：下文"皇父"之官。周朝不设三公，皆兼职而已。

[2] 修：完善。戎：军队装备。

[3] 敬：警惕。戒：戒备，调集。

[4] 率：顺，沿。浦：水滨。

[5] 省：察看，勘探。

[6] 三事：三卿。谓分主六军之三事大夫，无一不尽职以就绪也。

[7] 舒：徐缓。保：安。作：行军。

[8] 绍：迟缓。游：玩耍。

[9] 绎：扰乱。绎骚：犹言慌乱。

[10] 奋：发挥，发扬。武：勇猛。

[11] 进：击鼓进军。阗：虎怒。虩：虎吼。

[12] 铺：布防。敦：通"屯"，驻扎。濆：大堤沿河高地。

[13] 仍：就。执：俘虏，捕获。

[14] 截：切断。

[15] 测：推测。克：战胜。

[16] 犹：谋划。允：信，确实。塞：安定。

[17] 同：会同。

[18] 不回：不再谋反，背叛。

瞻卬
yǎng

刺幽王嬖褒姒以致乱也

　　这是一首讽刺周幽王专宠褒姒，以致政乱国衰的诗。方玉润认为国乱不能全部怨女人，"夫贤人君子，国之栋梁；耆旧老成，邦之元气。今元气已损，栋梁将倾。此何如时耶？"

瞻卬昊天，则不我惠。

孔填不宁，降此大厉 [1]。
chén

邦靡有定，士民其瘵 [2]。
zhài

蟊贼蟊疾 [3]，靡有夷届 [4]。
máo

罪罟不收 [5]，靡有夷瘳 [6]。
gǔ　　　　　chōu

人有土田，女反有之；

人有民人，女覆夺之。

此宜无罪，女反收之 [7]；

彼宜有罪，女覆说之 [8]。
tuō

哲夫成城，哲妇倾城。

懿厥哲妇 [9]，为枭为鸱。
xiāo　chī

妇有长舌，维厉之阶。

乱匪降自天，生自妇人。

匪教匪诲，时维妇寺 [10]。

鞫人忮忒 [11]，谮始竟背 [12]。
jū　zhì tuī

岂曰不极？伊胡为慝 [13]？
tè

如贾三倍，君子是识。
gǔ

妇无公事，休其蚕织。

天何以刺 [14]？何神不富 [15]？

舍尔介狄，维予胥忌。

不吊不祥 [16]，威仪不类 [17]。

人之云亡，邦国殄瘁 [18]。
tiǎn

天之降罔 [19]，维其优矣。

人之云亡，心之忧矣。

天之降罔，维其几矣。

人之云亡，心之悲矣。

bì

觱沸槛泉，维其深矣。

心之忧矣，宁自今矣？

不自我先，不自我后。

藐藐昊天，无不克巩[20]。

无忝皇祖，式救尔后。

[1] 填：久。厉：乱。

[2] 瘥：痛苦不堪。

[3] 蟊：害虫。贼、疾：损害，破坏。

[4] 夷：语气助词。届：止尽。

[5] 罪罟：罪网，法网。不收：不停。

[6] 瘳：病愈。

[7] 女：汝，指周幽王。收：逮捕。

[8] 说：通"脱"，赦免。

[9] 懿：叹词。一说为美。哲妇：褒姒。

[10] 匪教匪诲：不用教就能诬陷别人。寺：宦官。

[11] 鞠：穷困。忮：妒忌。忒：奸诈。

[12] 谮：欺骗。始：开始。竟：最后。背：违背。

[13] 愿：恶，残忍。

[14] 刺：责备。

[15] 富：福。

[16] 吊：抚恤，慰问。

[17] 类：善，好。

[18] 殄：疲敝。瘁：毁坏。

[19] 罔：同"网"。

[20] 巩：牢固。

召旻
mín

刺幽王政由内乱也

　　这首诗讽刺周幽王任用奸臣，以致内乱外患频仍，国之将亡。方玉润《诗经原始》："刺幽王政由内乱……大凡朝政之乱，无不出内以及外。况幽王嬖宠褒姒，而褒姒又工于谗谮，为厉之阶。"

旻天疾威，天笃降丧。
　　　　　diān
瘨我饥馑 [1]，民卒流亡。
我居圉卒荒！

天降罪罟，蟊贼内讧。
　zhuó　　　　yù
昏椓靡共 [2]，溃溃回遹 [3]，
实靖夷我邦 [4]。

gāo　zǐ
皋皋訿訿 [5]，曾不知其玷。
兢兢业业，孔填不宁，
我位孔贬。

如彼岁旱，草不溃茂 [6]。
　　　　　chá
如彼栖苴 [7]，
我相此邦，无不溃止。

维昔之富，不如时，
维今之疚，不如兹 [8]。
　　　　bài
彼疏斯粺 [9]，胡不自替 [10]？
职兄斯引 [11]。

池之竭矣，不云自频 [12]？
泉之竭矣，不云自中？
溥斯害矣！职兄斯弘 [13]，
不灾我躬！

昔先王受命，有如召公。
　　　　　　　　cù
日辟国百里，今也日蹙国百里 [14]。
於乎哀哉，维今之人，
不尚有旧！

[1]瘵：病也，使受苦。

[2]椓：诽谤。共：供职。

[3]溃溃：乱。回遹：邪僻。

[4]靖：治理。夷：平。

[4]溃：溃乱。

[5]皋皋：欺骗。訿訿：陷害，说人坏话。

[6]溃茂：茂盛。

[7]苴：水中枯草。

[8]疚：灾害。兹：代词，这样。

[9]疏：糙米。粺：细米。

[10]自替：主动退位。

[11]引：长。言君子与小人如疏粺之分，小人
为何不自动退位，反而继续做官延长这种乱世。

[12]云：助词，无义。濒：水边。

[13]职兄：这种形势。弘：扩大。言池之干
竭由外之不入，泉之竭由内之不出，祸乱必
有源头。

[14]辟：开，扩张。戚：缩小，紧迫。

颂

《毛序》云："颂者，美盛德之形容，以其成功告于神明者也。"

章氏潢曰："颂有颂之体，其词则简，其义隽则永而不尽也。"又曰："宗庙朝廷均有颂也，大约主于祭祀而交神明，颂之道也。"

周颂

郑玄曰："《周颂》者，周室成功致太平德洽之诗。其作在周公摄政，成王即位之初。"姚际恒驳之，以为《颂》有武王时作，有在昭王时作，不必拘释。

清　庙

祀文王也

这是周天子在祭祀文王宗庙时的乐歌。郑玄谓："清庙者，祭有清明之德者之宫，谓祭文王也。天德清明，文王象焉，故祭之而歌此诗也。庙之言貌也，死者精神不可得而见，但以生时之居，立宫室象貌为之耳。"

於穆清庙[1]，肃雍显相[2]。

济济多士，秉文之德[3]。

对越在天[4]，骏奔走在庙[5]。

不显不承[6]，无射于人斯[7]。

[1] 於：赞叹词。穆：美好。清：清明之德。

[2] 雍：和顺。显：尊贵。相：助祭之公卿诸侯。

[3] 秉：承继。

[4] 对越：报答称颂。

[5] 骏：疾，迅速。

[6] 不：通"丕"，十分。显：耀眼。承：尊奉也。

[7] 射：厌弃。

《周颂·清庙》

维天之命

祀文王也

这是一首祭祀周文王的诗歌。方玉润《诗经原始》："愚谓此诗并非说理，命字亦不可训为道字。其意若曰：自来历数，维天所命，而天命至深且远，又恒悠久不息。唯'文王之德之纯'，足以诞膺天命而大显王业。"

维天之命，於穆不已[1]！

於乎不显！文王之德之纯。

假以溢我[2]，我其收之。

骏惠我文王[3]，曾孙笃之。

[1] 不已：无极，无穷尽。

[2] 假：嘉，美，一说为"使"。溢：戒慎。另说为溢出。

[3] 骏：大。惠：顺从，忠。

维 清

祀文王也

　　这是一首祭祀周文王的诗。《毛序》："维清，奏象舞也。"方玉润《诗经原始》："古乐既亡，乐章亦不知其何所用。后儒循文案义，率皆臆测，非真知也……象舞者，象武功之乐而为之舞也。"

维清缉熙[1]，文王之典[2]。

肇禋^{zhào yīn}[3]，迄用有成[4]，

维周之祯^{zhēn}[5]。

[1] 清：清明。缉：延续。熙：光明。

[2] 典：前代定下的法则。

[3] 肇：开始。禋：祭天。

[4] 迄：至，到。有成：指拥有天下。

[5] 祯：祥瑞，吉祥。

烈 文

成王戒助祭诸侯也

这是周成王祭祀祖先时劝诫诸侯的诗歌。孔颖达曰："烈文，成王初即洛邑，诸侯助祭之乐。"郑玄注曰："新王即政，必以朝享之礼祭于祖考，告嗣位也。"

烈文辟公[1]，锡兹祉福。
（bì）

惠我无疆，子孙保之。

无封靡于尔邦[2]，维王其崇之[3]。

念兹戎功，继序其皇之[4]。

无竞维人[5]，四方其训之。

不显维德，百辟其刑之[6]，

於乎前王不忘！

[1] 烈：武功。文：文德。辟公：诸侯，与下文"百辟"同义。

[2] 封靡：过分奢侈淫逸。一说指大罪。

[3] 崇：尊重。

[4] 皇：辉煌，光大。

[5] 无：语气助词。竞：强。人：贤人。

[6] 百辟：即上文的"辟公"，指诸侯。刑：模范、典型。

天 作

享岐山也

这是周天子上岐山祭祀先祖的乐歌。季明德曰："窃意此盖祀岐山之乐歌……是周本有岐山之祭。"方玉润《诗经原始》："其意盖以大王迁岐为王业之基，文王治岐为王业之盛，光前裕后，二君为大。"

天作高山^[1]，大王荒之^[2]。

彼作矣^[3]，文王康之^[4]。

彼徂矣^[5]，岐有夷之行^[6]。

子孙保之！

[1] 作：生，造就。高山：指岐山。

[2] 大王：指文王的祖父古公亶父，到武王时，追尊为"太王"。荒：治理。

[3] 彼：指周太王。

[4] 康：继承发扬。

[5] 徂：同"岨"，山势险峻。

[6] 夷：平坦。行：路。

昊天有成命

祀成王也

这是周天子祭祀成王时的乐歌。朱熹《诗集传》："此诗多道成王之德，疑祀成王之诗也。"贾谊《新书礼容篇》："二后，文王、武王。成王者，文王之孙，武王之子也。文王有大德而功未就，武王有大功而治未成，及成王成嗣，仁以临民，故称昊天焉。"

昊天有成命，二后受之[1]。

成王不敢康，夙夜基命宥^{yòu}密[2]。

於缉熙^{wū}，单^{dǎn}厥心[3]，

肆其靖之[4]。

[1] 二后：指文王、武王。

[2] 基：巩固，踏实。命：天命，政权。宥：宽厚，仁德。密：安静，平和。

[3] 单：同"亶"，诚实，厚道。厥：其，指成王。

[4] 靖：太平。

我 将

祀帝于明堂，以文王为之配也

　　关于《我将》的主题，历来众说纷纭。《毛序》："祀文王于明堂也。"方玉润认为此篇并非专祀文王。王国维则认为这是周朝《大武》六章中的一篇。《大武》有舞有歌，舞分六场，歌分六章，有一场象征武王出征的舞，歌《我将》篇。

我将我享[1]，维羊维牛。维天其右之[2]。

仪式刑文王之典[3]，日靖四方[4]。

伊嘏文王[5]，既右飨之[6]。

我其夙夜，畏天之威，于时保之[7]。

[1] 将：奉。享：献。

[2] 右：古以右为尊，故称所尊者为右。

[3] 仪、式、刑：皆效法也。

[4] 靖：平定。

[5] 嘏：赐福。

[6] 飨：享用。

[7] 时：是。

《周颂·昊天有成命》

时 迈

武王巡守告祭柴望也

这是武王克商后，巡视山川祭祀众神的诗歌。孔颖达注疏谓："武王既定天下，而巡行其守土诸侯，至于方岳之下，乃作告至之祭，为柴望之礼。周公述其事而为此歌焉。"

时迈其邦[1]，昊天其子之？
实右序有周。薄言震之[2]，
莫不震叠[3]。怀柔百神[4]，
及河乔岳。允王维后[5]，
明昭有周[6]，式序在位。
载戢干戈，载櫜弓矢。
我求懿德，肆于时夏[7]。
允王保之！

[1] 时：语气助词。迈：行，指巡守。邦：指诸侯的国家。

[2] 右：尊也。序：序次。震：威慑。

[3] 震叠：震摄。

[4] 怀：来。柔：安。

[5] 及：来到。乔：高。言走遍山川大河。允：确实。后：君王。

[6] 明昭：明见。

[7] 肆：施行。夏：华夏，指中国。

执 竞

关于这首诗的主题，毛序谓"祀武王也"，三家诗从之。后世欧阳修、朱熹认为"祀武王、成王、康王"，方玉润《诗经原始》："若谓'三王并祭'，无论典礼无稽，即文势亦隔阂难通。"按三王并祭，周无此例。

执竞武王，无竞维烈[1]。

不显成康，上帝是皇。

自彼成康，奄有四方[2]，

斤斤其明。钟鼓喤喤[3]，

磬筦(guǎnqiāng) 将将[4]。降福穰穰(ráng)[5]，

降福简简[6]，威仪反反[7]。

既醉既饱，福禄来反。

[1] 执：制服。竞：强，强敌。无竞：超不过，比不上。烈：功绩。

[2] 奄有：拥有。

[3] 喤喤：和鸣，声调和谐。

[4] 筦：一种管乐器。

[5] 穰穰：众多。

[6] 简简：广大。

[7] 反反：慎重的样子。

思 文

这是一首祭祀周人祖先后稷的诗歌。《国语》载"周文公之为《颂》曰'思文后稷，克配彼天'"，证明为周公所作，周人郊祀分两种，一为冬至之郊，一为祈谷之郊，此诗为祈谷之郊时所作。

思文后稷，克配彼天[1]。

立我 烝 民[2]，莫匪尔极[3]。
zhēng

贻我来牟[4]，帝命率育[5]。

无此疆尔界，陈常于时夏。

[1] 文：文德。克：能。配：匹配。

[2] 立：假借为"粒"，谷粒。指种粮食养人。

[3] 极：准则。

[4] 来牟：大麦、小麦。

[5] 率育：普遍种植。

臣 工

王耕籍田以敕农官也

这是一首周天子在耕种籍田时劝诫农官的诗。《礼记·月令》："孟春之月，天子亲载耒耜，措之于参保介之御间，帅三公、九卿、诸侯、大夫躬耕帝籍。"这首诗就是在籍田时唱的歌。籍田为天子土地。

嗟嗟臣工，敬尔在公。

王釐尔成[1]，来咨来茹[2]。

嗟嗟保介，维莫之春[3]，

亦又何求[4]？如何新畲[5]？

於皇来牟[6]，将受厥明。

明昭上帝，迄用康年。

命我众人，庤乃钱镈[7]，

奄观铚艾[8]。

[1] 釐：赐予，奖赏。

[2] 咨：询问。茹：商讨。

[3] 保介：一说为田官，即田畯，另说为兵车上的武士，天子田耕时看管农具。莫：通"暮"，晚。

[4] 又：有。

[5] 新：新田。畲：旧田。

[6] 於皇：赞美之词。

[7] 庤：储备。钱：旧作"錢"，一种类似铁铲的农具。镈：锄田去草的农具。

[8] 铚：农具名，一种短小的镰刀。艾：收割。

409

噫 嘻
yī xī

春祈谷也

这是春夏时候祈谷时候唱的歌。《毛序》："噫嘻，春夏祈谷于上帝也。"诗中叙述了康王令田官带领农民播种百谷，开垦私田，号召人们集体劳作，也反映了当时人们关于公田、私田的制度。

噫嘻成王，既昭假尔[1]。

率时农夫，播厥百谷。

骏发尔私[2]，终三十里[3]。

亦服尔耕[4]，十千维耦[5]。

[1] 假：至、到。尔：指招请的神灵。

[2] 骏：快。发：耕地。私：私田。

[3] 终：终极。

[4] 亦：语气助词。服：从事。

[5] 耦：二人同耕，相互配合。

振 鹭
lù

微子来助祭也

关于本诗的解说一直存在争议。《毛序》认为是夏朝和商朝后裔来参加周天子祭祖时的乐歌。方玉润则认为是纣王之兄微子启来助祭时的歌。单从诗的本身看，应该是周天子招待来朝的诸侯时所作之歌。

振鹭于飞，于彼西雍[1]。

我客戾止[2]，亦有斯容[3]。

在彼无恶，在此无斁[4]。

庶几夙夜，以永终誉[5]。

[1] 西雍：辟雍，花园。

[2] 客：夏、商之后代。戾：到。

[3] 亦有斯容：指有白鹭这样的容貌。

[4] 斁：同"恶"，厌恶。

[5] 誉：声誉，名望。

411

丰 年

秋冬大报也

　　这是秋天丰收后祭祀祖先时所唱的歌。《毛序》谓"丰年，秋冬报也"，方玉润《诗经原始》："然详观此诗言黍稌之多，仓禀之富，而得为此酒醴以飨祖考，洽群神，祀事无缺，而百礼咸备，皆上帝之赐，故曰'降福孔皆'也。"

丰年多黍多稌[1]，

亦有高廪[2]，

万亿及秭[3]。

为酒为醴，烝畀祖妣[4]，

以洽百礼[5]，降福孔皆[6]。

[1] 稌：稻子。

[2] 廪：收藏粮食的仓库。

[3] 亿：数万。秭：数亿。亿、秭都指数量极多。

[4] 烝：进献。畀：送上。妣：女性祖先。

[5] 洽：齐备。

[6] 孔：很。皆：普遍。

有 瞽
gǔ

成王始行祫祭也

　　这是周天子在祭祀祖先时合奏的乐歌。孔颖达注疏谓"合诸乐器于祖庙奏之，告神以知和否"，按《礼记·月令》载此种祭祀每年三月举行一次，周天子和群臣均须参加。

有瞽有瞽[1]，在周之庭。

设业设虡[2]，崇牙树羽[3]。
（jù）

应田县鼓[4]，鞉磬柷圉[5]。
（xuán）（táoqìngzhù yǔ）

既备乃奏，箫管备举。

喤喤厥声，肃雍和鸣，

先祖是听。

我客戾止，永观厥成[6]。

[1] 有瞽：乐官，多为盲人。

[2] 业、虡：挂钟鼓的架子。

[3] 崇牙：设在业上，形状像牙齿，用来悬挂乐器的东西。树羽：给崇牙装饰上五彩鸟羽。

[4] 应：小鼓。田：大鼓。县：同"悬"。

[5] 鞉磬柷圉：四种打击乐器。

[6] 永：长久。

潜

冬荐鱼也

　　这是一首周天子在祖庙祭祀献鱼时候的乐歌。《毛序》谓"冬季荐鱼，春献鲔"，方玉润则认为"鱼本二季皆可荐，而诗云'潜有多鱼'，下并举六鱼以实之者，是冬令鱼潜不行而肥美，凡鱼皆可荐之时也。故总举六鱼，随荐皆可，用以为乐。"

猗与漆沮^[1]！潜有多鱼^[2]，

有鳣有鲔，鲦鲿鰋鲤。

以享以祀，以介景福^[3]。

[1] 猗与：叹词。漆、沮：水名，皆为渭河支流。

[2] 潜：积柴水中以捕鱼。

[3] 介：祈求。景：大。

雍

祭文王以徹俎也

这是祭祀周文王的典礼结束时撤掉祭品时唱的乐歌。朱熹《诗集传》："此但为武王祭文王而彻俎之诗，而后通用于他庙耳。"《汉书·刘向传》中有"文王既没，武王、周公继政……以事其先祖。其诗曰'有来雍雍，至止肃肃……'言四方皆以和来也"。

有来雍雍[1]，至止肃肃。

相维辟公[2]（bì），天子穆穆。

於荐广牡[3]（wū），相予肆祀。

假哉皇考！绥予孝子[4]。

宣哲维人，文武维后。

燕及皇天，克昌厥后。

绥我眉寿[5]，介以繁祉[6]。

既右烈考[7]，亦右文母[8]。

[1] 雍雍：和睦的样子。

[2] 相：助祭。辟公：诸侯。

[3] 荐：进献。广牡：大的公畜。

[4] 假：大。皇考：文王。绥：安。孝子：武王自称。

[5] 绥：给、助。眉寿：长寿。

[6] 介：赏赐。

[7] 烈考：文王。

[8] 文母：太姒。

载 见
^{zài}

诸侯入朝，始助祭于武王庙也

这是一首成王率领诸侯祭拜武王庙时求福的歌。陈奂《诗集传疏》：
"成王之世，武王庙为祢庙。武王主丧毕入祢庙，而诸侯于是乎始见之，此
其乐歌也。"

载见辟王，曰求厥章。

龙旂阳阳^{qí} [1]，和铃央央 [2]。

儵革有鸧^{tiáo} ^{qiāng} [3]，休有烈光 [4]。

率见昭考，以孝以享。

以介眉寿，永言保之，

思皇多祜 [5]。烈文辟公 [6]，

绥以多福，俾缉熙于纯嘏^{bǐ} ^{gǔ} [7]。

[1] 旂：交龙旗。阳阳：鲜艳夺目。

[2] 和、铃：车轮上挂的是和，旂杆上挂的是铃。央央：铃声。

[3] 儵革：马笼头上的装饰。鸧：饰物的撞击声。

[4] 休：华美。

[5] 祜：福。

[6] 辟公：指诸侯。

[7] 俾：使。缉熙：光明。纯嘏：大福。

有 客

箕子来朝见祖庙也

　　此诗解说各有不同,《毛序》、朱熹均认为是微子来朝,"此微子来见祖庙之诗。周既灭商,封微子于宋,以祀其先王,而以客礼待之,不敢臣也。"方玉润《诗经原始》:"非箕子不足以当武王之眷顾如是也……若微子纵极贤德,不过宠以封赐,俾承殷祀足矣,何必眷顾羁留若是……故《振鹭》愚信其为微子发,此诗愚尤信其为箕子咏也。"

有客有客,亦白其马 [1]。

有萋有且,敦琢其旅 [2]。
　jū　diāo

有客宿宿 [3],有客信信 [4]。

言授之絷,以絷其马。
　zhí

薄言追之,左右绥之 [5]。

既有淫威,降福孔夷 [6]。

[1] 亦:语气词。

[2] 萋、且:笾豆之荐,指束帛礼。敦琢:同"雕琢",选择贤臣,代指行加璧礼。旅:同伴。

[3] 宿宿:两宿。

[4] 信信:四宿。

[5] 绥:安抚。

[6] 孔夷:大大平安。

武

奏大武也

　　这是一首歌颂武王功业的乐歌，也是周公所作的《大武》乐歌之一。《礼记·乐记》载"武乐六成"，何楷《诗经世本古义》认为"武、酌、赉、般、时迈、桓"为六成（场），王国维认为"武、桓、赉、酌、般、我将"为六成。

於皇武王，无竞维烈[1]。

允文文王[2]，克开厥后。

嗣武受之，胜殷遏刘[3]，

zhǐ
耆定尔功[4]。

[1] 烈：功绩。

[2] 允：语气词。文：文德。

[3] 刘：杀。

[4] 耆定：致使，促成。

闵予小子

祎武王主于庙也

　　这是一首成王在武王死后，追思祖先，警诫自己的诗歌。方玉润《诗经原始》："此当为成王冲幼第一章诗，而其志向已如此，无怪其能缵承文武大业，为圣世明王，夫岂无因而致此哉？"

闵予小子[1]，遭家不造[2]，

qióng

　嬛嬛在疚[3]。

於乎皇考！永世克孝。

zhì

念兹皇祖，陟降庭止[4]。

维予小子，夙夜敬止[5]。

於乎皇王！继序思不忘[6]。

[1] 闵：可怜。

[2] 遭：遇上。不造：未成。

[3] 嬛嬛：孤独的样子。疚：忧病。

[4] 陟降：升降官职。与《访落》《敬之》同

[5] 敬：戒慎。止：语气词。

[6] 继：继承。序：事业。思：语助词。

419

访 落

成王即政告庙，以咨君臣也

这是周成王继位后朝拜武王庙并与群臣议政的诗歌。方玉润《诗经原始》："此诗诸家所言大略相同，盖成王初即政而朝于庙，以延访群臣之诗。名虽延访，而意实属望昭考，盖家学原有素也。"

访予落止 [1]，率时昭考 [2]。

於乎悠哉，朕未有艾 [3]。

将予就之，继犹判涣 [4]。

维予小子，未堪家多难。

绍庭上下 [5]，陟降厥家。

休矣皇考，以保明其身。

[1] 访：询问。落：始，犹宫室之落成。

[2] 率：遵照。昭考：周武王。

[3] 艾：治理。一说为阅历，经历。

[4] 判涣：分散。

[5] 绍：继。

敬 之

成王自箴也

　　这是成王劝诫自己的诗歌。有人说诗分两部分，第一部分为群臣劝诫，第二部分为成王自答。方玉润谓："此诗乃一呼一应，如自问自答之意，并非两人语也。"

敬之敬之[1]，天维显思，

命不易哉[2]！无曰高高在上，

陟降厥士，日监在兹。

维予小子，不聪敬止[3]。

日就月将[4]，学有缉熙于光明[5]。

bì
佛时仔肩[6]，示我显德行。

[1] 敬：戒慎。

[2] 不易：言其难也。

[3] 敬：小心谨慎。

[4] 日就：天天积累。月将：月月进步。

[5] 缉熙：继承发扬。

[6] 佛：通"弼"，辅佐。仔肩：责任，重担。

《周颂·闵予小子》

小 毖
bì

成王惩管蔡之祸而自儆也

　　这是成王诛杀管、蔡，灭掉武庚后的自惩诗。方玉润《诗经原始》："盖《访落》欲绍前徽，此诗乃惩后患，用意各有所在，辞气亦迥不侔……然武庚之祸亦非小者……此诗名虽'小毖'，意实大戒，盖深自惩也。"

予其惩[1]，而毖后患[2]。

莫予荓蜂[3]，自求辛螫[4]。
pīng　　　　　shì

肇允彼桃虫[5]，拚飞维鸟[6]，
zhào　　　　　　　fān

未堪家多难，予又集于蓼[7]。
liǎo

[1] 惩：警诫，警惕。

[2] 毖：小心谨慎。

[3] 荓蜂：牵扯，使。指无人肯相助。

[4] 螫：毒虫或毒蛇刺咬。

[5] 肇：开始。允：语气助词，没有实义。

桃虫：一种小鸟。

[6] 拚：通"翻"，上下飞舞。

[7] 蓼：一种苦草，比喻陷入困境。

载 芟 shān

春祈社稷也

这是一首周天子在春天籍田时祭祀众神的乐歌。王先谦《诗经集疏》："《载芟》，一章三十一句，春耕籍田祈社稷之所歌也。"《南齐书》载："汉章帝时，玄武司马班固奏用《周颂·载芟》以祈先农。"

载芟载柞[1]，其耕泽泽[2]。

千耦其耘，徂隰徂畛。

侯主侯伯，侯亚侯旅[3]，

侯强侯以。有嗿其馌[4]。

思媚其妇，有依其士[5]。

有略其耜，俶载南亩[6]。

播厥百谷，实函斯活[7]。

驿驿其达[8]，有厌其杰[9]。

厌厌其苗，绵绵其麃[10]。

载获济济，有实其积[11]，

万亿及秭。为酒为醴，

烝畀祖妣，以洽百礼。

有飶其香[12]，邦家之光。

有椒其馨[13]，胡考之宁[14]。

匪且有且，匪今斯今，

振古如兹。

[1] 芟：除草。柞：砍伐树木。

[2] 泽泽：土地疏散润泽，好耕种。

[3] 主：一家主。伯：长子。亚：仲叔。旅：众子弟。

[4] 强：来帮助的人。以：佣工。嗿：吃饭时发出的声响。馌：饭食。

[5] 有依其士：有倚其夫。

[6] 略：使锋利。耜：农具。俶：始。载：事，种。

[7] 实：果实。函：蕴含。活：生机，活力。

[8] 驿驿：苗生貌。达：破土而出。

[9] 厌：佳，好。杰：先长出的苗。

[10] 麃：耕耘。

[11] 实：指粮食。积：露天谷仓。

[12] 飶：食物芳香。

[13] 馨：芳香。

[14] 胡考：寿考，长寿。

《周颂·载芟》

良 耜
（sì）

这是周天子在秋收后祭祀土神和谷神的诗歌。方玉润《诗经原始》："此诗当秋祭而预言冬获，则前诗当春祭何不可以预言秋成？是《载芟》为春祈无疑矣。盖二诗皆举农工本末而言……并云'邦家之光'，非王者之祭而谁祭哉？"

畟畟良耜 [1]，俶载南亩。
（cè）

播厥百谷，实函斯活。

或来瞻女，载筐及筥，
（jǔ）

其饷伊黍 [2]。其笠伊纠 [3]，
（xiǎng）

其镈斯赵 [4]，以薅荼蓼。
（bó）（diào）（hāo）（liǎo）

荼蓼朽止，黍稷茂止。

获之挃挃 [5]，积之栗栗 [6]。
（zhì）

其崇如墉 [7]，其比如栉，
（zhì）

以开百室。

百室盈止，妇子宁止。

杀时犉牡，有捄其角 [8]。
（rún）（qiú）

以似以续 [9]，续古之人。

[1] 畟畟：深耕快进的样子。耜：农具。

[2] 饷：用食物款待。伊：是。

[3] 纠：绞合的绳索，引为项下系结。

[4] 镈：农具，用于锄草。赵：刺地，除草。

[5] 挃挃：收割作物的声音。

[6] 栗栗：众多的样子。

[7] 崇：高。

[8] 犉：黄毛黑嘴的牛。捄：弯曲貌。

[9] 似：同"嗣"，继续，不断。

丝 衣

阙疑

这是一首周天子祭神后宴请宾客的诗歌。王先谦《诗经集疏》："丝衣，一章九句，绎宾尸之所歌也。"郑玄谓"绎，又祭也。天子诸侯曰绎，以祭之明日；卿大夫曰宾尸，与祭同日。"

丝衣其紑 ^{fóu} [1]，载弁俅俅 ^{biàn qiú} [2]。

自堂徂基 ^{cú} [3]，自羊徂牛，

鼐鼎及鼒 ^{nài zī sì} [4]，兕觥其觩 ^{qiú}，

旨酒思柔。

不吴不敖 [5]，胡考之休。

[1] 丝衣：祭服。紑：衣服鲜洁。

[2] 俅俅：恭顺的样子。

[3] 基：门槛。

[4] 鼐：大鼎。鼒：小鼎。

[5] 吴：喧哗。敖：傲慢。

《周颂·良耜》

良耜秋報社稷也畟畟良耜俶

載南畮播厥百穀實函斯活或

来瞻女載筐及筥其饟伊黍其

笠伊糾其鎛斯趙以薅荼蓼荼

蓼朽止黍稷茂止穫之挃挃積

之栗栗其崇如墉其比如櫛以

開百室百室盈止婦子寧止殺

時犉牡有捄其角以似以續續

古之人

良耜

酌

美武王能酌时宜也

这是歌颂武王战胜商朝，建立伟业的赞歌，也是《大武》乐章之一。方玉润《诗经原始》："此诗虽不用诗中字，而以'酌'名篇，其所言皆颂武王能酌时宜之意，义旨极明。"朱熹解诗曰："圣人无忘天下之心，亦无利天下之心，此所以为圣人之武也。"

於铄王师[1]，遵养时晦[2]。

时纯熙矣[3]，是用大介[4]。

我龙受之[5]（jiǎo），蹻蹻王之造。

载用有嗣，实维尔公允师[6]。

[1] 铄：辉煌。

[2] 遵：率。养：取，含兵不血刃之意。晦：草木凋零，指殷商。

[3] 时：时机。纯：大，极。熙：光明。

[4] 大介：大军。

[5] 我：指成王。龙：光荣。

[6] 尔公：指武王。师：效法。

432

桓

祀武王于明堂也

这是一首歌颂周武王功德的诗歌，是《大武》乐章其中之一。方玉润《诗经原始》载："愚意《桓》诗即明堂祀武之乐歌……其序当次《我将》之后，而编之于此者，以连篇皆武诗故耳。"

绥万邦，娄丰年[1]。天命匪解。

桓桓武王[2]，保有厥士。

于以四方，克定厥家。

於昭于天，皇以间之[3]。

[1] 娄：通"屡"，屡次，连连。

[2] 桓桓：威武。

[3] 间：取代，接替。

《周颂·桓》

栢講武類禡也栢武志也綏萬

邦娄豐年天命匪解栢栢武王

保有厥士于以四方克定厥家

於昭于天皇以間之

栢

赉
lài

武王克商，归告文王庙也

　　这是武王克商后回到首都祭祀文王，赏赐封臣的诗歌，也是《大武》乐章之一。方玉润《诗经原始》："盖武王初克商，归祀文王庙，大告诸侯所以得天下之意耳……此篇与下《般》诗皆武王初有天下之辞。"

文王既勤止，我应受之[1]。

敷时绎思[2]，我徂维求定[3]。

时周之命，於绎思[4]！

[1] 受：继承，接受。

[2] 敷：施政。绎：连续不绝。谓勤政。

[3] 徂：往。求定：寻求安定。

[4] 绎：又重申王与诸侯始终无倦意。思：句末语气词。

pán

般

　　这是武王巡狩祭祀山川的乐歌。《毛序》："般，巡守而祀四岳河海。"方玉润引姚际恒谓："此亦武王之诗。《时迈》亦武王巡守。意彼之巡守，封赏诸侯；此则初克商，巡守柴望岳渎，告所以得天下之意。"

於皇时周！陟其高山，

隋山乔岳 [1]，允犹翕河 [2]。
(duò)　　　　　(xī)

敷天之下，裒时之对 [3]，
　　(póu)

时周之命。

[1] 隋：山之狭长貌。另说山之相连貌。

[2] 允犹：实由。翕：汇聚。

[3] 裒：聚。时：世代。对：匹配。另说为对答。

《周颂·访落》

鲁颂

《诗集传》："成王以周公有大勋劳于天下，故赐伯禽以天子之礼乐。"鲁于是乎有"颂"，以为庙乐。其后又自作诗以美其君，亦谓之"颂"。

jiōng

駉

喻育贤也

　　这是歌颂鲁国养马众多，国富民强的诗歌。方玉润《诗经原始》："此诸家皆谓'颂僖公牧马之盛'，愚独以为喻鲁育贤之众，盖借马以比贤人君子耳。"

駉駉牡马，在坰之野[1]。

薄言駉者！

有驈有皇[2]，有骊有黄，

以车彭彭。

思无疆，思马斯臧！

駉駉牡马，在坰之野。

薄言駉者！

有骓有駓[3]，有骍有骐[4]，

以车伾伾[5]。

思无期，思马斯才！

駉駉牡马，在坰之野。

薄言駉者！

有驒有骆[6]，有駵有雒[7]，

以车绎绎[8]。

思无斁[9]，思马斯作[10]！

駉駉牡马，在坰之野。

薄言駉者！

有骃有騢[11]，有驔有鱼[12]，

以车祛祛[13]。

思无邪[14]，思马斯徂！

[1] 坰：离城很远的郊外。

[2] 骊：白股的黑马。

[3] 骓：苍白杂毛的马。骃：黄白杂毛的马。

[4] 骍：赤黄色的马。骐：青黑色的马。

[5] 伾伾：有力的样子。

[6] 驿：青色斑纹的马。

[7] 骊：赤身黑鬣的马。雒：黑身白鬣的马。

[8] 绎绎：连续不断的样子。

[9] 无斁：无厌，满意。

[10] 作：奋起。

[11] 骃：浅黑带白色的杂毛马。騢：赤白杂毛
的马。

[12] 驔：脚胫有长毛的马。鱼：二目毛色白
的马。

[13] 祛祛：强健的样子。

[14] 无邪：不坏，不错。

有駜

bì

颂鲁侯燕不废公也

这是歌颂鲁国国君和群臣饮酒欢乐的诗歌。据史载，鲁国多年饥荒，到僖公时国内情况有所好转。方玉润《诗经原始》："愚谓此诗因饮酒而称颂，又开后世柏梁燕飨、赋诗献颂之渐，与前虚颂良马喻贤材者，别为一体。故亦不可以不存也。"

有駜有駜[1]，駜彼乘黄。

夙夜在公，在公明明[2]。

振振鹭[3]，鹭于下[4]。

鼓咽咽[5]，醉言舞。

yīn

于胥乐兮[6]！

有駜有駜，駜彼乘牡。

夙夜在公，在公饮酒。

振振鹭，鹭于飞。

鼓咽咽，醉言归。

于胥乐兮！

有駜有駜，駜彼乘骃[7]。

xuān

夙夜在公，在公载燕。

自今以始，岁其有。

君子有穀[8]，诒孙子[9]。

于胥乐兮！

[1] 駜：马肥壮、力强的样子。

[2] 明明：勤勉。

[3] 鹭：指持鹭羽的舞蹈。另说是一种修辞手法。

[4] 鹭于下：舞者仿鹭蹲下。

[5] 咽咽：鼓声。

[6] 胥：皆，都。

[7] 骃：青黑色的马。

[8] 穀：善，美好。

[9] 诒：遗。

《周颂·有駜》

有駜頌僖公君臣之有道也有駜

有駜駜彼乘黃夙夜在公在公明

明振振鷺鷺于下鼓咽咽醉言舞

于胥樂兮有駜有駜駜彼乘牡夙

夜在公飲酒振振鷺鷺于飛

鼓咽咽醉言歸于胥樂兮有駜有

駜駜彼乘騅夙夜在公載燕

自今以始歲其有君子有穀詒孫

子于胥樂兮

有駜

泮 水

pàn

受俘泮宫也

　　这是一首记述鲁国国君战胜淮夷后，在泮宫大宴群臣，祝捷庆功的诗。方玉润《诗经原始》："诗前半皆饮酒落成新宫，后半乃威服丑夷，故中间云'既作泮宫，淮夷攸服'，诗旨甚明。"

思乐泮水 [1]，薄采其芹。

鲁侯戾止，言观其旂。

其旂茷茷，鸾声哕哕。

无小无大，从公于迈。

思乐泮水，薄采其藻。

鲁侯戾止，其马蹻蹻。

其马蹻蹻，其音昭昭 [2]。

载色载笑，匪怒伊教。

思乐泮水，薄采其茆。

鲁侯戾止，在泮饮酒。

既饮旨酒，永锡难老。

顺彼长道，屈此群丑 [3]。

穆穆鲁侯，敬明其德。

敬慎威仪，维民之则。

允文允武，昭假烈祖 [4]。

靡有不孝 [5]，自求伊祜 [6]。

明明鲁侯，克明其德。

既作泮宫，淮夷攸服。

矫矫虎臣，在泮献馘 [7]。

淑问如皋陶，在泮献囚。

济济多士，克广德心。

桓桓于征 [8]，狄彼东南。

烝烝皇皇，不吴不扬 [9]。

不告于讻 [10]，在泮献功。

446

角弓其觓[11]，束矢其搜[12]。

戎车孔博，徒御无敳[13]。

既克淮夷，孔淑不逆。

式固尔犹，淮夷卒获。

翩彼飞鸮，集于泮林。

食我桑黮[shèn]，怀我好音[14]。

憬彼淮夷[15]，来献其琛[16]。

元龟象齿，大赂南金[17]。

[1] 泮：泮宫外围的水。泮宫为诸侯行射礼的地方。

[2] 音：说话的声音，引申为德行声誉。昭昭：明快响亮。

[3] 长道：大道。屈：收服。丑：众。

[4] 昭假：向……祈祷。

[5] 孝：效。

[6] 祜：赐福。

[7] 献馘：献上敌人的耳朵请功。

[8] 桓桓：威武的样子。

[9] 吴：喧哗。扬：高声说话。

[10] 诰：穷究。讻：争辩，言不争功也。

[11] 觓：弯曲的样子。形容弓拉的满。

[12] 束：五十矢为束。搜：矢疾声，如"嗖"。

[13] 敳：疲倦，厌烦。

[14] 黮：通"葚"。怀：回馈。

[15] 憬：觉悟。

[16] 琛：宝物。

[17] 南金：荆、扬之金也。

447

闷 宫
bì

美僖公能新庙祀也

这首诗歌颂了鲁僖公能复兴祖业，修建新庙。《毛序》谓"颂僖公能复周公之宇也"。方玉润则认为"此诗褒美失实，制作又无关紧要，原不足存，其所以存者，以备体耳。盖《颂》中变格，早开西汉扬、马先声，固知其非全无关心也。"

闷宫有侐[1]，实实枚枚[2]。

赫赫姜嫄，其德不回。

上帝是依，无灾无害，

弥月不迟[3]。

是生后稷，降之百福。

黍稷重穋，稙稚菽麦[4]。

奄有下国[5]，俾民稼穑。

有稷有黍，有稻有秬。

奄有下土，缵禹之绪。

后稷之孙，实维大王。

居岐之阳，实始翦商。

至于文武，缵大王之绪。

致天之届，于牧之野。

"无贰无虞，上帝临女。"

敦商之旅，克咸厥功[6]。

王曰："叔父，建尔元子，

俾侯于鲁。大启尔宇，

为周室辅。"

乃命鲁公，俾侯于东。

锡之山川，土田附庸。

周公之孙，庄公之子。

龙旂承祀，六辔耳耳。

春秋匪解，享祀不忒。

皇皇后帝，皇祖后稷。

448

享以骍牺，是飨是宜 [7]，

降福既多。

周公皇祖，亦其福女。

秋而载尝，夏而楅衡。

白牡骍刚，牺尊将将。

毛炰胾羹，笾豆大房 [8]。

万舞洋洋，孝孙有庆。

俾尔炽而昌！俾尔寿而臧！

保彼东方，鲁邦是常。

不亏不崩，不震不腾。

三寿作朋，如冈如陵。

公车千乘，朱英绿縢。

二矛重弓，公徒三万，

贝胄朱綅 [9]，烝徒增增 [10]。

戎狄是膺 [11]，荆舒是惩。

则莫我敢承 [12]。

俾尔昌而炽！俾尔寿而富！

黄发台背，寿胥与试。

俾尔昌而大！俾尔耆而艾！

万有千岁，眉寿无有害。

泰山岩岩，鲁邦所詹。

奄有龟蒙，遂荒大东 [13]。

至于海邦，淮夷来同。

莫不率从，鲁侯之功。

449

《周颂·小毖》

保有凫绎 [14]，遂荒徐宅。

至于海邦，淮夷蛮貊。

及彼南夷，莫不率从。

莫敢不诺，鲁侯是若 [15]。

天锡公纯嘏，眉寿保鲁。

居常与许，复周公之宇。

鲁侯燕喜，令妻寿母。

宜大夫庶士，邦国是有。

既多受祉，黄发儿齿。

徂徕之松，新甫之柏。

是断是度 [16]，是寻是尺。

松桷有舄 [17]，路寝孔硕，

新庙奕奕。奚斯所作 [18]，

孔曼且硕 [19]，万民是若。

[1]閟：关闭。伲：安静。

[2]实实：牢固的样子。枚枚：细密的样子。

[3]弥：满。迟：推迟，拖延。

[4]穜：早熟的庄稼。稑：晚熟的庄稼。

[5]奄：覆盖，拥有。下国：天下。

[6]敦：治理。咸：成就，达成。

[7]飨、宜：鬼神享用祭品。

[8]大房：玉饰的俎。

[9]贝胄：用贝装饰的甲。綅：线。

[10]徒：步卒。增增：众多的样子。

[11]膺：阻击抵抗。

[12]承：制止，抵御。

[13]龟蒙：二山名。大东：极东。

[14]保：安抚，安定。凫绎：二山名。

[15]若：归顺。

[16]度：剖。

[17]桷：方形的椽子。舄：大貌。

[18]奚斯：公子鱼也。

[19]曼：长。

452

商颂

《诗集传》云："契为舜司徒，而封于商，传十四世，而汤有天下。其后三宗迭兴，及纣无道，为武王所灭。封其庶兄微子启于宋，修其礼乐以奉商后。其后政衰，至戴公时，大夫正考甫行《商颂》十二篇于周，归以祀先王。"

那

nuó

祀成汤也

这是记述宋国国君祭祀祖先成汤的诗歌。王先谦引《鲁诗》谓："宋襄公之时，修仁行义，欲为盟主。其大夫正考父美之，故追道汤、契、高宗所以兴，作《商颂》。"

猗与那与！置我鞉鼓[1]。

奏鼓简简，衎我烈祖[2]。

汤孙奏假[3]，绥我思成。

鞉鼓渊渊，嘒嘒管声。

既和且平，依我磬声[4]。

於赫汤孙！穆穆厥声。

庸鼓有斁[5]，万舞有奕[6]。

我有嘉客，亦不夷怿[7]。

自古在昔，先民有作[8]。

温恭朝夕，执事有恪[9]。

顾予烝尝[10]，汤孙之将[11]。

[1] 鞉：带柄的小鼓。

[2] 衎：快乐。烈祖：汤也。

[3] 奏假：奏，进，指祷告。

[4] 依我磬声：指奏乐时依磬声相终始。

[5] 庸：同"镛"，大钟。

[6] 奕：一说为安闲之貌。另说为有次序。

[7] 不：通"丕"，十分。夷怿：高兴、欢快。

[8] 先民：祖先。作：作为。

[9] 恪：恭敬。

[10] 顾：光顾，光临。烝：冬祭。尝：秋祭。

[11] 将：奉献。

烈 祖

祀成汤也

　　这是宋国国君祭祀祖先成汤的诗歌。辅广曰："《那》与《烈祖》皆祀成汤之乐，然《那》诗则专言乐声，至《烈祖》则及于酒馔焉。"方玉润引申谓"周制，大享先王凡九献；商制虽无考，要亦大略相同。每献有乐则有歌，纵不能尽皆有歌……前诗专言声，当一献降神之曲，此诗兼言清酤和羹……此可以知其各有专用，同为一祭之乐，无疑也"。

嗟嗟烈祖，有秩斯祜^[1]。

申锡无疆，及尔斯所。

既载清酤^[2]，赉我思成^[3]。

亦有和羹^[4]，既戒既平^[5]。

鬷假无言^[6]，时靡有争。

绥我眉寿，黄耇无疆。

约軧错衡，八鸾鸧鸧^[7]。

以假以享^[8]，我受命溥将^[9]。

自天降康，丰年穰穰。

来假来飨^[10]，降福无疆。

顾予烝尝，汤孙之将。

[1] 秩：常规。

[2] 载：陈列。酤：酒。

[3] 赉：赐予。思：助词，无义。成：福。

[4] 和羹：五味调和的浓汤。

[5] 成：到，及。平：平静。

[6] 鬷假无言：默默祈祷。

[7] 鸧：同"锵"。

[8] 假：通"格"，请……到来。

[9] 溥：广大。

[10] 一本作"享"。

455

玄 鸟

祀高宗也

　　这是一首宋人祭祀祖先的诗歌。《毛序》认为"祀高宗也"，三家说诗解为"宋公祀中宗之乐歌"，朱熹《诗集传》载："此亦祭祀宗庙之乐，而追叙商人之所由生，以及其有天下之初也。"

天命玄鸟，降而生商，

宅殷土芒芒 [1]。

古帝命武汤，正域彼四方 [2]。

方命厥后，奄有九有 [3]。

商之先后，受命不殆，

在武丁孙子。

武丁孙子，武王靡不胜。

龙旂十乘，大糦是承 [4]。

邦畿千里，维民所止，

肇域彼四海 [5]。

四海来假，来假祁祁。

景员维河，殷受命咸宜 [6]，

百禄是何 [7]。

[1] 宅：住在。芒芒：大貌。

[2] 正域：征服统治。

[3] 九有：九州。

[4] 糦：特指黍稷等谷类祭品。

[5] 肇：开始。域：统治。四海：天下。

[6] 景：景山。另说为语气助词。员：四周。河：大河。另说为亳，商都城。咸：都。宜：适宜，相称。

[7] 何：通"荷"，负担，承受。

长　发

大禘也

　　这是宋国国君祭祀商汤，同时也祭祀伊尹的诗歌。王先谦说"此或亦祀成汤之诗。诗本亦主祀汤，而以伊尹从祀。其历述先世，著汤业所由开，非皆祀之。否则，宋为诸侯，礼不得禘帝喾，又安得及有娀乎？"

濬哲维商 [1]！长发其祥 [2]。

洪水芒芒！禹敷下土方 [3]。

外大国是疆，幅陨既长 [4]。

有娀方将 [5]，帝立子生商。

玄王桓拨！

受小国是达 [6]，受大国是达。

率履不越，遂视既发 [7]。

相土烈烈 [8]，海外有截 [9]。

帝命不违，至于汤齐。

汤降不迟，圣敬日跻 [10]。

昭假迟迟，上帝是祇 [11]，

帝命式于九围 [12]。

受小球大球，为下国缀旒 [13]。

何天之休。不竞不绿 [14]，

不刚不柔。敷政优优 [15]，

百禄是遒。

受小共大共，为下国骏厖 [16]，

何天之龙。敷奏其勇，

不震不动，不戁不竦 [17]，

百禄是总。

武王载旆，有虔秉钺 [18]。

如火烈烈，则莫我敢曷。

苞有三蘖 [19]，莫遂莫达。

457

九有有截，韦顾既伐，

昆吾夏桀。

昔在中叶，有震且业[20]。

允也天子！降予卿士，

实维阿衡，实左右商王[21]。

[1] 睿哲：英明睿智。

[2] 长：久远。发：出现。祥：好的征兆。

[3] 敷：治理。

[4] 幅陨：幅员。

[5] 有娀：商朝始祖契之母家。将：大。指长大。

[6] 达：顺畅。

[7] 履：礼，以礼行之。视：察看。发：施行。

[8] 相土：契之孙也。烈烈：威武的样子。

[9] 截：整齐。

[10] 跻：升。

[11] 祗：敬。

[12] 九围：九州。

[13] 大球：大圭。小球：小圭。皆天子所执。缀旒：表率。

[14] 竦：心急，烦躁。

[15] 优优：平和的样子。

[16] 小共大共：通"珙"，合珙之玉。骏庞：庇护。

[17] 戁、竦：恐惧。

[18] 虔：牢固。

[19] 三蘖：代指韦、顾、昆吾，汤武先伐韦、次伐顾、后伐昆吾，最后伐桀。

[20] 震：动荡。业：危机。

[21] 阿衡：伊尹官号也。左右：辅佐。

殷 武

高宗庙成也

这是宋国建立宗庙祭祀高宗的乐歌。《毛序》："殷武，祀高宗也。"孔颖达注疏谓："高宗前世，殷道中衰，宫室不修，荆楚背叛。高宗有德，中兴殷道，伐荆楚，修宫室。既崩之后，子孙美之，追述其功，而歌此诗也。"

挞彼殷武 [1]，奋伐荆楚。

罙入其阻，裒荆之旅 [2]。

有截其所 [3]，汤孙之绪 [4]。

维女荆楚，居国南乡 [5]。

昔有成汤，自彼氐羌，

莫敢不来享，莫敢不来王 [6]。

曰商是常 [7]。

天命多辟，设都于禹之绩。

岁事来辟，勿予祸适 [8]，

稼穑匪解。

天命降监，下民有严 [9]。

不僭不滥 [10]，不敢怠遑。

命于下国，封建厥福。

商邑翼翼，四方之极 [11]。

赫赫厥声，濯濯厥灵。

寿考且宁，以保我后生。

陟彼景山，松柏丸丸。

是断是迁，方斲是虔 [12]。

松桷有梴，旅楹有闲 [13]，

寝成孔安。

[1] 挞："达"的假借，疾速。

[2] 罙：深入。一说突击。袤：俘虏其士众。

[3] 截：治服。

[4] 绪：功绩。

[5] 国：中国。

[6] 享：进贡。王：诸侯朝见。

[7] 常：长。

[8] 来辟：来朝君。适：谴责。

[9] 严：敬，守法。

[10] 僭：赏之差也。滥：刑之过也。

[11] 商邑：王都。极：中心。一说为景山，商朝旧都。

[12] 断：断之于景山。迁：迁之于造作之所。斫：砍、削。虔：截。

[13] 梴：木头长的样子。闲：大的样子。